百年经典散文

CENTURY CLASSIC PROSE

谢冕◎主编

亲情无限

著名作家黄蓓佳，著名文学评论家孟繁华、王干，著名特级教师王岱联袂推荐——

聆听大家心语，沐浴经典成长。

山东人民出版社

全国百佳图书出版单位 国家一级出版社

图书在版编目（CIP）数据

亲情无限 / 谢冕主编 .— 济南 : 山东人民出版社，2014. 5（2023.4重印）
（百年经典散文）
ISBN 978-7-209-05728-8

Ⅰ.①亲… Ⅱ.①谢… Ⅲ.①散文集—中国—近现代
Ⅳ.①I126

中国版本图书馆 CIP 数据核字（2014）第 019953 号

责任编辑： 王媛媛

亲情无限

谢冕　主编

山东出版传媒股份有限公司
山东人民出版社出版发行

社　址：济南市舜耕路517号　邮编：250003
网　址：http://www.sd－book.com.cn
市场部：（0531）82098027　82098028
新华书店经销
三河市华东印刷有限公司印装

规　格　16开（170mm × 240mm）
印　张　18
字　数　175 千字
版　次　2014 年 5 月第 1 版
印　次　2023 年 4 月第 4 次
ISBN 978-7-209-05728-8
定　价　58.00 元

如有质量问题，　请与印刷厂调换。（010）57572860

那些让人心旌摇荡的文字 [①]

谢　晃

这里汇聚了近百年来世界和中国一批散文名家的作品，作者来自中国和中国以外的国度。有的非常知名，有的未必知名，但所有的入选文字都是非常优秀的。这可说是一次空前的集聚。这里所谓的"空前"，不仅指的是作品的主题涉及社会人生浩瀚而深邃的领域，也不仅指的是它们在文体创新方面以及在文字的优美和艺术的精湛方面所达到的高度，而且指的是它们概括了人类长期积累的宝贵经验，它所传达的洞察世事的智慧，特别重要的是它代表了人性的美以及人类的良知。

从十九世纪后期到二十世纪末这一百年间，人类经历了从工业革命到电子革命的沧桑巨变，科技的发达给人类创造了伟大的二十世纪文明。人类理所当然地享受着它应有的荣光，同时，他们也曾蒙受空前的苦难：天灾、战乱、饥饿，特别是两次世界大战给人类留下了巨大的伤痛。在战争的废墟上反顾来

[①] 这是为山东人民出版社《百年经典散文》所写的总序。这套丛书计八卷，分别为《闲情谐趣》《游踪漫影》《天南海北》《励志修身》《亲情无限》《挚友真情》《纯情私语》《哲理美文》。

路，那些优秀的、未曾沉酣的大脑开始了深刻的反思。于是有了关于未来的忧患和畏惧，有了对于和平的祈求和争取，以及对于人类更合理的生活秩序和理想的召唤。这种反思集中在对于人类本性的恢复和重建上。

世纪的反思以多种方式展开，其中尤以文学的和艺术的方式最为显眼有力，它因生动具象而使这种反思更具直观的效果。以文学的方式出现的诗歌、小说和戏剧的文体当然有着令人印象深刻的贡献。而我们此刻面对的是散文，这是有别于其他文体的一种文学类别。在我们通常的识见中，文学创作的优长之处在它的虚构性。我们都知道，文学的使命是想象的，人们通过那些非凡的想象力获得对物质世界和精神世界更真实也更有力的升华，从而获得更有超越性的审美震撼。

散文作为文学的一种无疑也具有上述特性。但我们觉察到，散文似乎隐约地在排斥文学的虚构，那些优秀的散文几乎总在有意无意地"遗忘"虚构。散文这一文体的动人心魄之处是：它对于人的内心世界的绝对的"忠实"，它断然拒绝情感和事实的"虚拟"。散文重视的是直达人的内心，它弃绝对心灵的虚假装饰。一般而言，一旦散文流于虚情，散文的生命也就荡然无存，而不论它的辞采有多么华美。散文看重的是真情实意。以往人们谈论最多的"形散而神不散"，其实仅仅是就它在谋篇构思等的外在因素而言，并不涉及散文创作的真质。当然，这里表述的只是个人的浅见，并不涉及严格的文体定义。这种表述也许更像是个人对散文价值的一次郑重体认。

广泛地阅读，认真地品鉴，严格地遴选，一百年来中外的散文名篇跃进了选家的眼帘，并在读者面前展示了它的异彩。可以看出，所有的作者面对他的纷繁多姿的世界，面对这个世界的万事万物万种情思，他们都未曾隐匿自己的忧乐爱憎，而且总是付诸真挚而坦率的表达。真文是第一，美文在其次，思想、情怀加上文采，它们到达的是文章的极致。

这些作者通过一百年的浩瀚时空，给了我们一百年人世悲欢离合的感兴，他们以优美的文字记下这一切内心历程，满足我们也丰富我们。有的文字是承载着哲理的思忖，有的文字充盈人间的悲悯情怀，有的文字敞开着宽广的胸怀，是上下数千年的心灵驰骋。人们披卷深思并发现，大自对于五千年后的子孙的深情寄语，论说灵魂之不朽，精神之长在，对生命奥秘之拷问，乃至对抽象的自由与财富之价值判断，他们面对这一切命题，均能以睿智而从容的心境处之。表达也许完美，表达也许并不完美，这都不重要，重要的是，所有的文字均源生于对于自然界的一草一木、人世间的一颦一笑，于日常的举手投足之间，总是充满了人间的智慧和情趣。

这些文字，有的深邃如哲学大师的启蒙，有的活泼如儿童天籁般的童真，有的深沉而淡定，有的幽默而理趣。我们手执一卷，犹如占有整个世界。整个世界都在聆听大师，整个世界都在与我们平等对话，我们像是在过着盛大的节日。这里的奉献，不仅是宽容的、无私的，而且是慷慨的，我们仿佛置身于精神的盛宴。举世滔滔，灯红酒绿，充满了时尚的诱惑与追逐，使人深感被疏远的、从而显得陌生的精神是多么可贵。

能够在一杯茶或一杯咖啡的余温里沐浴着这种温暖的、智性的阳光，这应该是人间的至乐了！朋友，书已置放在你的案前，那些依然健在的，或者已经远去的心灵，在等待与你对话，那些让人心旌摇荡的文字，在等待你的聆听。

二〇一三年一月一日，执笔于北京昌平寓所

目　录

目　录

目　录

父亲的病

□〔中国〕鲁迅

大约十多年前吧，S城中曾经盛传过一个名医的故事：

他出诊原来是一元四角，特拔十元，深夜加倍，出城又加倍。有一夜，一家城外人家的闺女生急病，来请他了，因为他其时已经阔得不耐烦，便非一百元不去。他们只得都依他。待去时，却只是草草地一看，说道"不要紧的"，开一张方，拿了一百元就走。那病家似乎很有钱，第二天又来请了。他一到门，只见主人笑面承迎，道，"昨晚服了先生的药，好得多了，所以再请你来复诊一回。"仍旧引到房里，老妈子便将病人的手拉出帐外来。他一按，冷冰冰的，也没有脉，于是点点头道，"唔，这病我明白了。"从从容容走到桌前，取了药方纸，提笔写道：

"凭票付英洋壹百元正。"下面是署名，画押。

"先生，这病看来很不轻了，用药怕还得重一点罢。"主人在背后说。

"可以，"他说。于是另开了一张方：

"凭票付英洋贰百元正。"下面仍是署名，画押。

这样，主人就收了药方，很客气地送他出来了。

我曾经和这名医周旋过两整年，因为他隔日一回，来诊我的父亲的病。那时虽然已经很有名，但还不至于阔得这样不耐烦；可是诊金却已经是一元四角。现在的都市上，诊金一次十元并不算奇，可是那时是一元四角已是巨款，很不容易张罗的了；又何况是隔日一次。他大概的确有些特别，据舆论说，用药就与众不同。我不知道药品，所觉得的，就是"药引"的难得，新方一换，就得忙一大场。先买药，再寻药引。"生姜"两片，竹叶十片去尖，他是不用的了。起码是芦根，须到河边去掘；一到经霜三年的甘蔗，便至少也得搜寻两三天。可是说也奇怪，大约后来总没有购求不到的。

据舆论说，神妙就在这地方。先前有一个病人，百药无效；待到遇见了什么叶天士先生，只在旧方上加了一味药引：梧桐叶。只一服，便霍然而愈了。"医者，意也。"其时是秋天，而梧桐先知秋气。其先百药不投，今以秋气动之，以气感气，所以……我虽然并不了然，但也十分佩服，知道凡有灵药，一定是很不容易得到的，求仙的人，甚至于还要拼了性命，跑进深山里去采呢。

这样有两年，渐渐地熟识，几乎是朋友了。父亲的水肿是逐日厉害，将要不能起床；我对于经霜三年的甘蔗之流也逐渐失了信仰，采办药引似乎再没有先前一般踊跃了。正在这时候，他有一天来诊，问过病状，便极其诚恳地说：

"我所有的学问，都用尽了。这里还有一位陈莲河先生，本领比我高。我荐他来看一看，我可以写一封信。可是，病是不要紧的，不过经他的手，可以格外好得快……"

这一天似乎大家都有些不欢，仍然由我恭敬地送他上轿。进来时，看见父亲的脸色很异样，和大家谈论，大意是说自己的病大概没有希望的了；他因为看了两年，毫无效验，脸又太熟了，未免有些难以为情，所以等到危急时候，便荐一个生手自代，和自己完全脱了干系。但另外有什么法子呢？本城的名医，除他之外，实在也只有一个陈莲河了。明天就请陈莲河。

陈莲河的诊金也是一元四角。但前回的名医的脸是圆而胖的，他却长而胖了：这一点颇不同。还有用药也不同。前回的名医是一个人还可以办的，这一回却是一个人有些办不妥帖了，因为他一张药方上，总兼有一种特别的丸散和一种奇特的药引。

芦根和经霜三年的甘蔗，他就从来没有用过。最平常的是"蟋蟀一对"，旁注小字道："要原配，即本在一窠中者。"似乎昆虫也要贞节，续弦或再醮，连做药资格也丧失了。但这差使在我并不为难，走进百草园，十对也容易得，将它们用线一缚，活活地掷入沸汤中完事。然而还有"平地木十株"呢，这可谁也不知道是什么东西了，问药店，问乡下人，问卖草药的，问老年人，问读书人，问木匠，都只是摇摇头，临末才记起了那远房的叔祖，爱种一点花木的老人，跑去一问，他果然知道，是生在山中树下的一种小树，能结红子如小珊瑚珠的，普通都称为"老弗大"。

"踏破铁鞋无觅处，得来全不费功夫。"药引寻到了，然而还有一种特别的丸药：败鼓皮丸。这"败鼓皮丸"就是用打破的旧鼓皮做成；水肿一名鼓胀，一用打破的鼓皮自然就可以克伏他。清朝的刚毅因为憎恨"洋鬼子"，预备打他们，练了些兵称作"虎神营"，取虎能食羊，神能伏鬼的意思，也就是这道理。可惜这一种神药，全城中只有一家出售的，离我家就有五里，但这却不像平地木那样，必须暗中摸索了，陈莲河先生开方之后，就恳切详细地给我们说明。

"我有一种丹，"有一回陈莲河先生说，"点在舌上，我想一定可以见效。因为舌乃心之灵苗……价钱也并不贵，只要两块钱一盒……"

我父亲沉思了一会，摇摇头。

"我这样用药还会不大见效，"有一回陈莲河先生又说，"我想，可以请人看一看，可有什么冤愆……医能医病，不能医命，对不对？自然，这也许是前世的事……"

我的父亲沉思了一会，摇摇头。

凡国手，都能够起死回生的，我们走过医生的门前，常可以看见这样的匾额。现在是让步一点了，连医生自己也说道："西医长于外科，中医长于内科。"但是S城那时不但没有西医，并且谁也还没有想到天下有所谓西医，因此无论什么，都只能由轩辕岐伯的嫡派门徒包办。轩辕时候是巫医不分的，所以直到现在，他的门徒就还见鬼，而且觉得"舌乃心之灵苗"。这就是中国人的"命"，连名医也无从医治的。

不肯用灵丹点在舌头上，又想不出"冤愆"来，自然，单吃了一百多天的"败鼓皮丸"有什么用呢？依然打不破水肿，父亲终于躺在床上喘气了。还请一回陈莲河先生，这回是特拔，大洋十元。他仍旧泰然地开了一张方，但已停止败鼓皮丸不用，药引也不很神妙了，所以只消半天，药就煎好，灌下去，却从口角上回了出来。

从此我便不再和陈莲河先生周旋，只在街上有时看见他坐在三名轿夫的快轿里飞一般抬过；听说他现在还康健，一面行医，一面还做中医什么学报，正在和只长于外科的西医奋斗哩。

中西的思想确乎有一点不同。听说中国的孝子们，一到将要"罪孽深重祸延父母"的时候，就买几斤人参，煎汤灌下去，希望父母多喘几天气，即使半天也好。我的一位教医学的先生却教给我医生的职务道：可医的应该给他医治，不可医的应该给他死得没有痛苦——但这先生自然是西医。

父亲的喘气颇长久，连我也听得很吃力，然而谁也不能帮助他。我有时竟至于电光一闪似的想道："还是快一点喘完了罢……"立刻觉得这思想就不该，就是犯了罪；但同时又觉得这思想实在是正当的，我很爱我的父亲。便是现在，也还是这样想。

早晨，住在一门里的衍太太进来了。她是一个精通礼节的妇人，说我们不应该空等着。于是给他换衣服；又将纸锭和一种什么《高王经》烧成灰，用纸包了给他捏在拳头里……

"叫呀，你父亲要断气了。快叫呀！"衍太太说。

"父亲！父亲！"我就叫起来。

"大声！他听不见。还不快叫？！"

"父亲！父亲！！"

他已经平静下去的脸，忽然紧张了，将眼微微一睁，仿佛有一些苦痛。

"叫呀！快叫呀！"她催促说。

"父亲！！"

"什么呢？……不要嚷……不……"他低低地说，又较急地喘着气，好一会，这才复了原状，平静下去了。

"父亲！！"我还叫他，一直到他咽了气。

我现在还听到那时的自己的这声音，每听到时，就觉得这却是我对于父亲的最大的错处。

佳作赏析：

鲁迅（1881-1936），浙江绍兴人。现代思想家、文学家。著有短篇小说《呐喊》《彷徨》，散文集《野草》等。有《鲁迅全集》印行。

作者回忆儿时为父亲延医治病的情景，描述了几位"名医"的行医态度、作风、开方等种种表现，揭示了这些人故弄玄虚、勒索钱财、草菅人命的实质，真实地展现了当时的人情世态和社会风貌。文中并未对庸医进行直接的指责，但字里行间却透着讽刺。

文章融记叙、议论为一体，不时插入"杂文技法"，提升了作品的艺术含量，犹如平地起惊雷，很有震撼力。

阿长与山海经

□〔中国〕鲁迅

　　长妈妈,已经说过,是一个一向带领着我的女工,说得阔气一点,就是我的保姆。我的母亲和许多别的人都这样称呼她,似乎略带些客气的意思。只有祖母叫她阿长。我平时叫她"阿妈",连"长"字也不带;但到憎恶她的时候——例如知道了谋死我那隐鼠的却是她的时候,就叫她阿长。

　　我们那里没有姓长的;她生得黄胖而矮,"长"也不是形容词。又不是她的名字,记得她自己说过,她的名字是叫作什么姑娘的。什么姑娘,我现在已经忘却了,总之不是长姑娘;也终于不知道她姓什么。记得她也曾告诉过我这个名称的来历:先前的先前,我家有一个女工,身材生得很高大,这就是真阿长。后来她回去了,我那什么姑娘才来补她的缺,然而大家因为叫惯了,没有再改口,于是她从此也就成为长妈妈了。

　　虽然背地里说人长短不是好事情,但倘使要我说句真心话,我可只得说:我实在不大佩服她。最讨厌的是常喜欢切切察察,向人们低声絮说些什么事。还竖起第二个手指,在空中上下摇动,或者点着对手或自己的鼻尖。

我的家里一有些小风波，不知怎的我总疑心和这"切切察察"有些关系。又不许我走动，拔一株草，翻一块石头，就说我顽皮，要告诉我的母亲去了。一到夏天，睡觉时她又伸开两脚两手，在床中间摆成一个"大"字，挤得我没有余地翻身，久睡在一角的席子上，又已经烤得那么热。推她呢，不动；叫她呢，也不闻。

"长妈妈生得那么胖，一定很怕热罢？晚上的睡相，怕不见得很好罢？……"

母亲听到我多回诉苦之后，曾经这样地问过她。我也知道这意思是要她多给我一些空席。她不开口。但到夜里，我热得醒来的时候，却仍然看见满床摆着一个"大"字，一条臂膊还搁在我的颈子上。我想，这实在是无法可想了。

但是她懂得许多规矩；这些规矩，也大概是我所不耐烦的。一年中最高兴的时节，自然要数除夕了。辞岁之后，从长辈得到压岁钱，红纸包着，放在枕边，只要过一宵，便可以随意使用。睡在枕上，看着红包，想到明天买来的小鼓、刀枪、泥人、糖菩萨……然而她进来，又将一个福橘放在床头了。

"哥儿，你牢牢记住！"她极其郑重地说。"明天是正月初一，清早一睁开眼睛，第一句话就得对我说：'阿妈，恭喜恭喜！'记得么？你要记着，这是一年的运气的事情。不许说别的话！说过之后，还得吃一点福橘。"她又拿起那橘子来在我的眼前摇了两摇，"那么，一年到头，顺顺流流……"

梦里也记得元旦的，第二天醒得特别早，一醒，就要坐起来。她却立刻伸出臂膊，一把将我按住。我惊异地看她时，只见她惶急地看着我。

她又有所要求似的，摇着我的肩。我忽而记得了——

"阿妈，恭喜……"

"恭喜恭喜！大家恭喜！真聪明！恭喜恭喜！"她于是十分欢喜似的，笑将起来，同时将一点冰冷的东西，塞在我的嘴里。我大吃一惊之后，也就忽而记得，这就是所谓福橘，元旦辟头的磨难，总算已经受完，可以下床玩耍去了。

她教给我的道理还很多，例如说人死了，不该说死掉，必须说"老掉了"；死了人，生了孩子的屋子里，不应该走进去；饭粒落在地上，必须拣起来，最好是吃下去；晒裤子用的竹竿底下，是万不可钻过去的……此外，现在大抵忘却了，只有元旦的古怪仪式记得最清楚。总之：都是些烦琐之至，至今想起来还觉得非常麻烦的事情。

然而我有一时也对她发生过空前的敬意。她常常对我讲"长毛"。她之所谓"长毛"者，不但洪秀全军，似乎连后来一切土匪强盗都在内，但除却革命党，因为那时还没有。她说得长毛非常可怕，他们的话就听不懂。她说先前长毛进城的时候，我家全都逃到海边去了，只留一个门房和年老的煮饭老妈子看家。后来长毛果然进门来了，那老妈子便叫他们"大王"——据说对长毛就应该这样叫——诉说自己的饥饿。长毛笑道："那么，这东西就给你吃了罢！"将一个圆圆的东西掷了过来，还带着一条小辫子，正是那门房的头。煮饭老妈子从此就骇破了胆，后来一提起，还是立刻面如土色，自己轻轻地拍着胸脯道："啊呀，骇死我了，骇死我了……"

我那时似乎倒并不怕，因为我觉得这些事和我毫不相干的，我不是一个门房。但她大概也即觉到了，说道："像你似的小孩子，长毛也要掳的，掳去做小长毛。还有好看的姑娘，也要掳。"

"那么，你是不要紧的。"我以为她一定最安全了，既不做门房，又不是小孩子，也生得不好看，况且颈子上还有许多炙疮疤。

"哪里的话？！"她严肃地说。"我们就没有用处？我们也要被掳去。城外有兵来攻的时候，长毛就叫我们脱下裤子，一排一排地站在城墙上，外面的大炮就放不出来；再要放，就炸了！"

这实在是出于我意想之外的，不能不惊异。我一向只以为她满肚子是麻烦的礼节罢了，却不料她还有这样伟大的神力。从此对于她就有了特别的敬意，似乎实在深不可测；夜间的伸开手脚，占领全床，那当然是情有可原的了，倒应该我退让。

这种敬意，虽然也逐渐淡薄起来，但完全消失，大概是在知道她谋害了我的隐鼠之后。那时就极严重地诘问，而且当面叫她阿长。我想我又不真做小长毛，不去攻城，也不放炮，更不怕炮炸，我惧惮她什么呢！

但当我哀悼隐鼠，给它复仇的时候，一面又在渴慕着绘图的《山海经》了。这渴慕是从一个远房的叔祖惹起来的。他是一个胖胖的，和蔼的老人，爱种一点花木，如珠兰、茉莉之类，还有极其少见的，据说从北边带回去的马缨花。他的太太却正相反，什么也莫名其妙，曾将晒衣服的竹竿搁在珠兰的枝条上，枝折了，还要愤愤地咒骂道："死尸！"这老人是个寂寞者，因为无人可谈，就很爱和孩子们往来，有时简直称我们为"小友"。在我们聚族而居的宅子里，只有他书多，而且特别。制艺和试帖诗，自然也是有的；但我却只在他的书斋里，看见过陆玑的《毛诗草木鸟兽虫鱼疏》，还有许多名目很生的书籍。我那时最爱看的是《花镜》，上面有许多图。他说给我听，曾经有过一部绘图的《山海经》，画着人面的兽，九头的蛇，三脚的鸟，生着翅膀的人，没有头而以两乳当作眼睛的怪物……可惜现在不知道放在哪里了。

很愿意看看这样的图画，但不好意思力逼他去寻找，他是很疏懒的。问别人呢，谁也不肯真实地回答我。压岁钱还有几百文，买罢，又没有好机会。有书买的大街离我家远得很，我一年中只能在正月间去玩一趟，那时候，两家书店都紧紧地关着门。

玩的时候倒是没有什么的，但一坐下，我就记得绘图的《山海经》。

大概是太过于念念不忘了，连阿长也来问《山海经》是怎么一回事。这是我向来没有和她说过的，我知道她并非学者，说了也无益；但既然来问，也就都对她说了。

过了十多天，或者一个月罢，我还记得，是她告假回家以后的四五天，她穿着新的蓝布衫回来了，一见面，就将一包书递给我，高兴地说道："哥儿，有画儿的'三哼经'，我给你买来了！"

我似乎遇着了一个霹雳，全体都震悚起来；赶紧去接过来，打开纸包，是四本小小的书，略略一翻，人面的兽，九头的蛇……果然都在内。

又使我发生新的敬意了，别人不肯做，或不能做的事，她却能够做成功。她确有伟大的神力。谋害隐鼠的怨恨，从此完全消灭了。

这四本书，乃是我最初得到，最为心爱的宝书。

书的模样，到现在还在眼前。可是从还在眼前的模样来说，却是一部刻印都十分粗拙的本子。纸张很黄；图像也很坏，甚至于几乎全用直线凑合，连动物的眼睛也都是长方形的。但那是我最为心爱的宝书，看起来，确是人面的兽；九头的蛇；一脚的牛；袋子似的帝江；没有头而"以乳为目，以脐为口"，还要"执干戚而舞"的刑天。

此后我就更其搜集绘图的书，于是有了石印的《尔雅音图》和《毛诗品物图考》，又有了《点石斋丛画》和《诗画舫》。《山海经》也另买了一部石印的，每卷都有图赞，绿色的画，字是红的，比那木刻的精致得多了。这一部直到前年还在，是缩印的郝懿行疏。木刻的却已经记不清是什么时候失掉了。

我的保姆，长妈妈即阿长，辞了这人世，大概也有了三十年了罢。我终于不知道她的姓名，她的经历；仅知道有一个过继的儿子，她大约是青年守寡的孤孀。

仁厚黑暗的地母呵，愿在你怀里永安她的魂灵！

三月十日

佳作赏析：

这是一篇充满童心童趣和温情的佳作。

文章用儿童的心理和视角去观察、了解阿长，忆述了作者儿时与保姆长妈妈相处的情景，描写了长妈妈善良、朴实而又迷信、唠叨的性格。作者先介绍了人们对长妈妈的称呼、称呼的由来和她外形的特点，以及她的一些不好的习惯，重点写了作者幼年时与长妈妈的一段经历。作者对长妈妈寻购、赠送自己渴求已久的绘图《山海经》的举动充满了尊敬和感激。

长妈妈是一位保姆，而作者对她的印象能如此深刻，可见对她的感情至深。作者用深情的语言，表达了对这位劳动妇女的真诚的怀念。文章在语言上夹叙夹议，前后呼应，如三次写"大字形"睡姿及谋害隐鼠的怨恨，朴实中带有点韵味，让读者细细体会其中妙趣。

我的母亲

□〔中国〕胡适

我小时身体弱，不能跟着野蛮的孩子们一块儿玩。我母亲也不准我和他们乱跑乱跳。小时不曾养成活泼游戏的习惯，无论在什么地方，我总是文绉绉的。所以家乡老辈都说我"像个先生样子"，遂叫我做"穈先生"。这个绰号叫出去之后，人都知道三先生的小儿子叫做穈先生了。既有"先生"之名，我不能不装出点"先生"样子，更不能跟着顽童们"野"了。有一天，我在我家八字门口和一班孩子"掷铜钱"，一位老辈走过，见了我，笑道："穈先生也掷铜钱吗？"我听了羞愧得面红耳热，觉得太失了"先生"的身份！

大人们鼓励我装先生样子，我也没有嬉戏的能力和习惯，又因为我确是喜欢看书，故我一生可算是不曾享过儿童游戏的生活。每年秋天，我的庶祖母同我到田里去"监割"（顶好的田，水旱无忧，收成最好，佃户每约田主来监割，打下谷子，两家平分），我总是坐在小树下看小说。十一二岁时，我稍活泼一点，居然和一群同学组织了一个戏剧班，做了一些木刀竹枪，借得了几副假胡须，就在村口田里做戏。我做的往往是诸葛亮、刘备一类的文角儿；只有一次我做史文恭，被花荣一箭从椅子上射倒下去，这算是我最活泼的玩艺儿了。

我在这九年（1895—1904）之中，只学得了读书写字两件事。在文字和思想的方面，不能不算是打了一点底子。但别的方面都没有发展的机会。有一次我们村里"当朋"（八都凡五村，称为"五朋"，每年一村轮着做太子会，名为"当朋"）筹备太子会，有人提议要派我加入前村的昆腔队里学习吹笙或吹笛。族里长辈反对，说我年纪太小，不能跟着太子会走遍五朋。于是我便失掉了这学习音乐的唯一机会。三十年来，我不曾拿过乐器，也全不懂音乐；究竟我有没有一点学音乐的天资，我至今还不知道。至于学图画，更是不可能的事。我常常用竹纸蒙在小说书的石印绘像上，摹画书上的英雄美人。有一天，被先生看见了，挨了一顿大骂，抽屉里的图画都被搜出撕毁了。于是我又失掉了学做画家的机会。

但这九年的生活，除了读书看书之外，究竟给了我一点做人的训练。在这一点上，我的恩师便是我的慈母。

每天天刚亮时，我母亲便把我喊醒，叫我披衣坐起。我从不知道她醒来坐了多久了。她看我清醒了，便对我说昨天我做错了什么事，说错了什么话，要我认错，要我用功读书。有时候她对我说父亲的种种好处，她说："你总要踏上你老子的脚步。我一生只晓得这一个完全的人，你要学他，不要跌他的股。"（跌股便是丢脸，出丑。）她说到伤心处，往往掉下泪来。到天大明时，她才把我的衣服穿好，催我去上早学。学堂门上的锁匙放在先生家里；我先到学堂门口一望，便跑到先生家里去敲门。先生家里有人把锁匙从门缝里递出来，我拿了跑回去，开了门，坐下念生书。十天之中，总有八九天我是第一个去开学堂门的。等到先生来了，我背了生书，才回家吃早饭。

我母亲管束我最严，她是慈母兼任严父。但她从来不在别人面前骂我一句，打我一下。我做错了事，她只对我一望，我看见了她的严厉眼光，便吓住了。犯的事小，她等到第二天早晨我睡醒时才教训我；犯的事大，她等到晚上人静时，关了房门，先责备我，然后行罚，或罚跪，或拧我的肉。无论怎样重罚，总不许我哭出声音来。她教训儿子不是借此出气叫别人听的。

有一个初秋的傍晚，我吃了晚饭，在门口玩，身上只穿着一件单背心。这时候我母亲的妹子玉英姨母在我家住，她怕我冷了，拿一件小衫出来叫我穿上。我不肯穿，她说："穿上吧，凉了。"我随口回答："娘（凉）什么！老子都不老子呀。"我刚说了这一句，一抬头，看见母亲从家里走出，我赶快把小衫穿上。但她已听见这句轻薄的话了。晚上人静后，她罚我跪下，重重地责罚了一顿。她说："你没了老子，是多么得意的事！好用来说嘴！"她气得坐着发抖，也不许我上床去睡。我跪着哭，用手擦眼泪，不知擦进了什么微菌，后来足足害了一年多的眼翳病。医来医去，总医不好。我母亲心里又悔又急，听说眼翳可以用舌头舐去，有一夜她把我叫醒，她真用舌头舐我的病眼。这是我的严师，我的慈母。

我母亲二十三岁做了寡妇，又是当家的后母。这种生活的痛苦，我的笨笔写不出一万分之一二。家中财政本不宽裕，全靠二哥在上海经营调度。大哥从小便是败子，吸鸦片烟，赌博，钱到手就光，光了便回家打主意，见了香炉便拿出去卖，捞着锡茶壶便拿出去押。我母亲几次邀了本家长辈来，给他定下每月用费的数目。但他总不够用，到处都欠下烟债赌债。每年除夕我家中总有一大群讨债的，每人一盏灯笼，坐在大厅上不肯去。大哥早已避出去了。大厅的两排椅子上满满的都是灯笼和债主。我母亲走进走出，料理年夜饭，谢灶神，压岁钱等事，只当做不曾看见这一群人。到了近半夜，快要"封门"了，我母亲才走后门出去，央一位邻舍本家到我家来，每一家债户开发一点钱。做好做歹的，这一群讨债的才一个一个提着灯笼走出去。一会儿，大哥敲门回来了。我母亲从不骂他一句。并且因为是新年，她脸上从不露出一点怒色。这样的过年，我过了六七次。

大嫂是个最无能而又最不懂事的人，二嫂是个很能干而气量很窄小的人。她们常常闹意见，只因为我母亲的和气榜样，她们还不曾有公然相骂相打的事。她们闹气时，只是不说话，不答话，把脸放下来，叫人难看；二嫂生气时，脸色变青，更是怕人。她们对我母亲闹气时，也是如此。我起初全不懂得这一套，后来也渐渐懂得看人的脸色了。我渐渐明白，世间最可厌恶的事莫如一张生气的脸；世间最下流的事莫如把生气的脸摆给旁人看。这比打骂还难受。

我母亲的气量大，性子好，又因为做了后母后婆，她更事事留心，事事格外容忍。大哥的女儿比我只小一岁，她的饮食衣服总是和我的一样。我和她有小争执，总是我吃亏，母亲总是责备我，要我事事让她。后来大嫂二嫂都生了儿子了，她们生气时便打骂孩子来出气，一面打，一面用尖刻有刺的话骂给别人听。我母亲只装作不听见。有时候，她实在忍不住了，便悄悄走出门去，或到左邻立大嫂子家去坐一会，或走后门到后邻度嫂家去闲谈。她从不和两个嫂子吵一句嘴。

每个嫂子一生气，往往十天半个月不歇，天天走进走出，板着脸，咬着嘴，打骂小孩子出气。我母亲只忍耐着，忍到实在不可再忍的一天，她也有她的法子。这一天的天明时，她便不起床，轻轻地哭一场。她不骂一个人，只哭她的丈夫，哭她自己苦命，留不住丈夫来照管她。她先哭时，声音很低，渐渐哭出声来。我醒了起来劝她，她不肯住。这时候，我总听得见前堂（二嫂住前堂东房）或后堂（大嫂住后堂西房）有一扇房门开了，一个嫂子走出房向厨房走去。不多一会，那位嫂子来敲我们的房门了。我开了房门，她走进来，捧着一碗热茶，送到我母亲床前，劝她止哭，请她喝口热茶。我母亲慢慢停住哭声，伸手接了茶碗。那位嫂子站着劝一会，才退出去。没有一句话提到什么人，也没有一个字提到这十天半个月来的气脸，然而各人心里明白，泡茶进来的嫂子总是那十天半个月来闹气的人。奇怪得很，这一哭之后，至少有一两个月的太平清静日子。

我母亲待人最仁慈，最温和，从来没有一句伤人感情的话。但她有时候也很有刚气，不受一点人格上的侮辱。我家五叔是个无正业的浪人，有一天在烟馆里发牢骚，说我母亲家中有事总请某人帮忙，大概总有什么好处给他。这句话传到了我母亲耳朵里，她气得大哭，请了几位本家来，把五叔喊来，她当面质问他，她给了某人什么好处。直到五叔当众认错赔罪，她才罢休。

我在我母亲的教训之下住了九年，受了她的极大极深的影响。我十四岁（其实只有十二岁零两三个月）便离开她了，在这广漠的人海里独自混了二十多年，没有一个人管束过我。如果我学得了一丝一毫的好脾气，如果我学得了一点点待人接物的和气，如果我能宽恕人，体谅人——我都得感谢我的慈母。

佳作赏析：

胡适（1891—1962），安徽绩溪人，学者、作家。有诗集《尝试集》，学术论著《中国哲学史大纲》《白话文学史》等。

胡适作为我国新文化运动的领袖之一，这篇作品让我们窥探到了他人生的另一面——成长背景和思想萌芽的根源。文章从记忆入笔，通过对几件小事的片段追忆，引出对慈母的刻画。作者善于取材，刻画母亲也只用了几件具有代表性的事件来表现母亲对自己的影响。不拉杂，不啰唆，详略处理得十分恰切，可谓"一滴水中见太阳"。胡适对"母爱"的表达不是宣泄式，而是隐忍式的。平静和朴实的爱，最为深刻。这就好比朴素的文字，最能打动读者的心灵。

背 影

□ [中国] 朱自清

我与父亲不相见已二年余了，我最不能忘记的是他的背影。

那年冬天，祖母死了，父亲的差使也交卸了，正是祸不单行的日子。我从北京到徐州，打算跟着父亲奔丧回家。到徐州见着父亲，看见满院狼藉的东西，又想起祖母，不禁簌簌地流下眼泪。父亲说："事已如此，不必难过，好在天无绝人之路！"

回家变卖典质，父亲还了亏空；又借钱办了丧事。这些日子，家中光景很是惨淡，一半为了丧事，一半为了父亲赋闲。丧事完毕，父亲要到南京谋事，我也要回北京念书，我们便同行。

到南京时，有朋友约去游逛，勾留了一日；第二日上午便须渡江到浦口，下午上车北去。父亲因为事忙，本已说定不送我，叫旅馆里一个熟识的茶房陪我同去。他再三嘱咐茶房，甚是仔细。但他终于不放心，怕茶房不妥帖；颇踌躇了一会。其实我那年已二十岁，北京已来往过两三次，是没有什么要紧的了。他踌躇了一会，终于决定还是自己送我去。我再三回劝他不必去；

他只说："不要紧，他们去不好！"

我们过了江，进了车站。我买票，他忙着照看行李。行李太多了，得向脚夫行些小费才可过去。他便又忙着和他们讲价钱。我那时真是聪明过分，总觉他说话不大漂亮，非自己插嘴不可，但他终于讲定了价钱；就送我上车。他给我拣定了靠车门的一张椅子；我将他给我做的紫毛大衣铺好座位。他嘱我路上小心，夜里要警醒些，不要受凉。又嘱托茶房好好照应我。我心里暗笑他的迂；他们只认得钱，托他们只是白托！而且我这样大年纪的人，难道还不能料理自己么？唉，我现在想想，那时真是太聪明了！

我说道："爸爸，你走吧。"他望车外看了看说："我买几个橘子去。你就在此地，不要走动。"我看那边月台的栅栏外有几个卖东西的等着顾客。走到那边月台，须穿过铁道，须跳下去又爬上去。父亲是一个胖子，走过去自然要费事些。我本来要去的，他不肯，只好让他去。我看见他戴着黑布小帽，穿着黑布大马褂，深青布棉袍，蹒跚地走到铁道边，慢慢探身下去，尚不大难。可是他穿过铁道，要爬上那边月台，就不容易了。他用两手攀着上面，两脚再向上缩；他肥胖的身子向左微倾，显出努力的样子。这时我看见他的背影，我的泪很快地流下来了。我赶紧拭干了泪。怕他看见，也怕别人看见。我再向外看时，他已抱了朱红的橘子往回走了。过铁道时，他先将橘子散放在地上，自己慢慢爬下，再抱起橘子走。到这边时，我赶紧去搀他。他和我走到车上，将橘子一股脑儿放在我的皮大衣上。于是扑扑衣上的泥土，心里很轻松似的。过一会儿说："我走了，到那边来信！"我望着他走出去。他走了几步，回过头看见我，说："进去吧，里边没人。"等他的背影混入来来往往的人里，再找不着了，我便进来坐下，我的眼中不禁又簌簌地流下泪来。

近几年来，父亲和我都是东奔西走，家中光景是一日不如一日。他少年出外谋生，独力支持，做了许多大事。哪知老境却如此颓唐！他触目伤怀，自然情不能自已。情郁于中，自然要发之于外；家庭琐屑便往往触他之怒。他待我渐渐不同往日。但最近两年不见，他终于忘却我的不好，只是惦记着我，惦记着我的儿子。我北来后，他写了一信给我，信中说道："我身体平安，唯膀子疼痛厉害，举箸提笔，诸多不便，大约大去之期不远矣。"我读到此处，在晶莹的泪光中，又看见那肥胖的、青布棉袍黑布马褂的背影。唉！我不知何时再能与他相见！

一九二五年十月于北京

佳作赏析：

朱自清（1898—1948），浙江绍兴人，散文家、学者。有散文集《背影》《欧游杂记》，长诗《毁灭》，学术论著《经典常谈》《诗言志辨》等。

这是朱自清散文的名篇。作者在文中写父亲为远行的自己买橘子的细节，来表现父爱的深沉和无私。父亲的"胖"，更是衬托出行动的艰难。唯其艰难，所以动人。这种鲜明的对比，使我们更加清晰地感到父亲的爱的无微不至。

好的文章，往往靠细节取胜。朱自清正是抓住了父亲买橘子这个细节进行刻画，才使人久久难忘。这个细节，触动了作者内心最柔软的地方，使他萌生了以"背影"这样一个动情点来反映人生的大道理的想法，从而写出了歌颂父爱的传世之作。

儿女

□〔中国〕朱自清

　　我现在已是五个儿女的父亲了。想起圣陶喜欢用的"蜗牛背了壳"的比喻，便觉得不自在。新近一位亲戚嘲笑我说，"要剥层皮呢！"更有些悚然了。十年前刚结婚的时候，在胡适之先生的《藏晖室札记》里，见过一条，说世界上有许多伟大的人物是不结婚的；文中并引培根的话，"有妻子者，其命定矣。"当时确吃了一惊，仿佛梦醒一般；但是家里已是不由分说给娶了媳妇，又有甚么可说？现在是一个媳妇，跟着来了五个孩子；两个肩头上，加上这么重一副担子，真不知怎样走才好。"命定"是不用说了；从孩子们那一面说，他们该怎样长大，也正是可以忧虑的事。我是个彻头彻尾自私的人，做丈夫已是勉强，做父亲更是不成。自然，"子孙崇拜""儿童本位"的哲理或伦理，我也有些知道；既做着父亲，闭了眼抹杀孩子们的权利，知道是不行的。可惜这只是理论，实际上我是仍旧按照古老的传统，在野蛮地对付着，和普通的父亲一样。近来差不多是中年的人了，才渐渐觉得自己的残酷；想着孩子们受过的体罚和叱责，始终不能辩解——像抚摩着旧创痕那样，我的心酸溜溜的。有一回，读了有岛武郎《与幼小者》的译文，对了那种伟大的、沉挚的态度，我竟流下泪来了。去年父亲来信，问起阿九，那时阿九还在白马湖呢；信上说，"我没有耽误你，你也不要耽误他才好。"我为这句话哭了一场；我为什么不像父亲的仁慈？我不该忘记，父亲怎样待我们来着！人性许真是二元的，我是这样地矛盾；我的心像钟摆似的来去。

　　你读过鲁迅先生的《幸福的家庭》么？我的便是那一类的"幸福的家庭"！每天午饭和晚饭，就如两次潮水一般。先是孩子们你来他去地在厨房与饭间里查看，一面催我或妻发"开饭"的命令。急促繁碎的脚步，夹着笑和嚷，一阵阵袭来，直到命令发出为止。他们一递一个地跑着喊着，将命令传给厨房里佣人；便立刻抢着回来搬凳子。于是这个说，"我坐这儿！"那个说，"大哥不让我！"大哥却说，"小妹打我！"我给他们调解，说好话。但是他们有时候很固执，我有时候也不耐烦，这便用着叱责了；叱责还不行，不由自主地，我的沉重的手掌便到他们身上了。于是哭的哭，坐的坐，局面才算定了。接着可又你要大碗，他要小碗，你说红筷子好，他说黑筷子好；这个要干饭，那个要稀饭，要茶要汤，要鱼要肉，要豆腐，要萝卜；你说他菜多，他说你菜好。妻是照例安慰着他们，但这显然是太迂缓了。我是个暴躁的人，怎么等得及？不用说，用老法子将他们立刻征服了；虽然有哭的，不久也就抹着泪捧起碗了。吃完了，纷纷爬下凳子，桌上是饭粒呀，汤汁呀，骨头呀，渣滓呀，加上纵横的筷子，欹斜的匙子，就如一块花花绿绿的地图模型。

　　吃饭而外，他们的大事便是游戏。游戏时，大的有大主意，小的有小主意，各自坚持不下，于是争执起来；或者大的欺负了小的，或者小的竟欺负了大的，被欺负的哭着嚷着，到我或妻的面前诉苦；我大抵仍旧要用老法子来判断的，但不理的时候也有。最为难的，是争夺玩具的时候：这一个的与那一个的是同样的东西，却偏要那一个的；而那一个便偏不答应。在这种情形之下，不论如何，终于是非哭了不可的。这些事件自然不至于天天全有，但大致总有好些起。我若坐在家里看书或写什么东西，管保一点钟里要分几回心，或站起来一两次的。若是雨天或礼拜日，孩子们在家的多，那么，摊开书竟看不下一行，提起笔也写不出一个字的事，也有过的。我常和妻说，"我们家真是成日的千军万马呀！"有时是不但"成日"，连夜里也有兵马在进行着，在有吃乳或生病的孩子的时候！

我结婚那一年，才十九岁。二十一岁，有了阿九；二十三岁，又有了阿菜。那时我正像一匹野马，哪能容忍这些累赘的鞍辔，辔头和缰绳？摆脱也知是不行的，但不自觉地时时在摆脱着。现在回想起来，那些日子，真苦了这两个孩子；真是难以宽宥的种种暴行呢！阿九才两岁半的样子，我们住在杭州的学校里。不知怎地，这孩子特别爱哭，又特别怕生人。一不见了母亲，或来了客，就哇哇地哭起来。学校里住着许多人，我不能让他扰着他们，而客人也总是常有的；我懊恼极了，有一回，特地骗出了妻，关了门，将他按在地下打了一顿。这件事，妻到现在说起来，还觉得有些不忍；她说我的手太辣了，到底还是两岁半的孩子！我近年常想着那时的光景，也觉黯然。阿菜在台州，那是更小了；才过了周岁，还不大会走路。也是为了缠着母亲的缘故吧，我将她紧紧地按在墙角里，直哭喊了三四分钟；因此生了好几天病。妻说，那时真寒心呢！但我的苦痛也是真的。我曾给圣陶写信，说孩子们的磨折，实在无法奈何；有时竟觉得还是自杀的好。这虽是气愤的话，但这样的心情，确也有过的。后来孩子是多起来了，磨折也磨折得久了，少年的锋棱渐渐地钝起来了；加以增长的年岁增长了理性的裁制力，我能够忍耐了——觉得从前真是一个"不成材的父亲"，如我给另一个朋友信里所说。但我的孩子们在幼小时，确比别人的特别不安静，我至今还觉如此。我想这大约还是由于我们抚育不得法；从前只一味地责备孩子，让他们代我们负起责任，却未免是可耻的残酷了！

正面意义的"幸福"，其实也未尝没有。正如谁所说，小的总是可爱，孩子们的小模样，小心眼儿，确有些教人舍不得的。阿毛现在五个月了，你用手指去拨弄她的下巴，或向她做趣脸，她便会张开没牙的嘴格格地笑，笑得像一朵正开的花。她不愿在屋里待着；待久了，便大声儿嚷。妻常说，"姑娘又要出去溜达了。"她说她像鸟儿般，每天总得到外面溜一些时候。润儿上个月刚过了三岁，笨得很，话还没有学好呢。他只能说三四个字的短语或句子，文法错误，发音模糊，又得费气力说出；我们老是要笑他的。他说"好"字，总变成"小"字；问他"好不好"？他便说"小"，或"不小"。我们常常逗着他说这个字玩儿；他似乎有些觉得，近来偶然也能说出正确的"好"字了——特别在我们故意说成"小"字的时候。他有一只搪瓷碗，是一毛来钱买的；买来时，老妈子教给他，"这是一毛钱。"他便记住"一毛"两个字，管那只碗叫"一毛"，有时竟省称为"毛"。这在新来的老妈子，是必需翻译了才懂的。他不好意思，或见着生客时，便咧着嘴痴笑；我们常用了土话，叫他做"呆瓜"。他是个小胖子，短短的腿，走起路来，蹒跚可笑；若快走或跑，便更"好看"了。他有时学我，将两手叠在背后，一摇一摆的；那是他自己和我们都要乐的。他的大姊便是阿菜，已是七岁多了，在小学校里念着书。在饭桌上，一定得啰啰唆唆地报告些同学或他们父母的事情；气喘喘地说着，不管你爱听不爱听。说完了总问我："爸爸认识么？""爸爸知道么？"妻常禁止她吃饭时说话，所以她总是问我。她的问题真多：看电影便问电影里的是不是人？是不是真人？怎么不说话？看照相也是一样。不知谁告诉她，兵是要打人的。她回来便问，兵是人么？为什么打人？近来大约听了先生的话，回来又问张作霖的兵是帮谁的？蒋介石的兵是不是帮我们的？诸如此类的问题，每天断不了，常常闹得我不知怎样答才行。她和润儿在一处玩儿，一大一小，不很合适，老是吵着哭着。但合适的时候也有：譬如这个往床底下躲，那个便钻进去追着；这个钻出来，那个也跟着——从这个床到那个床，只听见笑着，嚷着，喘着，真如妻所说，像小狗似的。现在在京的，便只有这三个孩子；阿九和转儿是去年北来时，让母亲暂时带回扬州去了。

　　阿九是欢喜书的孩子。他爱看《水浒》《西游记》《三侠五义》《小朋友》等；没有事便捧着书坐着或躺着看。只不欢喜《红楼梦》，说是没有味儿，是的，《红楼梦》的味儿，一个十岁的孩子，哪里能领略呢？去年我们事实上只能带两个孩子来；因为他大些，而转儿是一直跟着祖母的，便在上海将他俩丢下。我清清楚楚记得那分别的一个早上。我领着阿九从二洋泾桥的旅馆出来，送他到母亲和转儿住着的亲戚家去。妻嘱咐说，"买点吃的给他们吧。"我们走过四马路，到一家茶食铺里。阿九说要熏鱼，我给买了；又买了饼干，是给转儿的。便乘电车到海宁路。下车时，看着他的害怕与累赘，很觉恻然。到亲戚家，因为就要回旅馆收拾上船，只说了一两句话便出来；转儿望望我，没说什么，阿九是和祖母说什么去了。我回头看了他们一眼，硬着头皮走了。后来妻告诉我，阿九背地里向她说："我知道爸爸欢喜小妹，不带我上北京去。"其实这是冤枉的。他又曾和我们说，"暑假时一定来接我啊！"我们当时答应着；但现在已是第二个暑假了，他们还在迢迢的扬州待着。他们是恨着我们呢？还是惦着我们呢？妻是一年来老放不下这两个，常常独自暗中流泪；但我有什么法子呢！想到"只为家贫成聚散"一句无名的诗，不禁有些凄然。转儿与我较生疏些。但去年离开白马湖时，她也曾用了生硬的扬州话（那时她还没有到过扬州呢），和那特别尖的小嗓子向着我："我要到北京去。"她晓得什么北京，只跟着大孩子们说罢了；但当时听着，现在想着的我，却真是抱歉呢。这兄妹俩离开我，原是常事，离开母亲，虽也有过一回，这回可是太长了；小小的心儿，知道是怎样忍耐那寂寞来着！

　　我的朋友大概都是爱孩子的。少谷有一回写信责备我，说儿女的吵闹，也是很有趣的，何至可厌到如我所说；他说他真不解。子恺为他家华瞻写的文章，真是"蔼然仁者之言"。圣陶也常常为孩子操心：小学毕业了，到什么中学好呢？——这样的话，他和我说过两三回了。我对他们只有惭愧！可是近来我也渐渐觉着自己的责任。我想，第一该将孩子们团聚起来，其次便该给他们些力量。我亲眼见过一个爱儿女的人，因为不曾好好地教育他们，便将他们荒废了。他并不是溺爱，只是没有耐心去料理他们，他们便不能成材了。我想我若照现在这样下去，孩子们也便危险了。我得计划着，让他们渐渐知道怎样去做人才行。但是要不要他们像我自己哟？这一层，我在白马湖教初中学生时，也曾从师生的立场上问过丏尊，他毫不踌躇地说，"自然啰。"近来与平伯谈起教子，他却答得妙，"总不希望比自己坏啰。"是的，只要不"比自己坏"就行，"像"不"像"倒是不在乎的。职业，人生观等，还是由他们自己去定的好；自己顶可贵，只要指导，帮助他们去发展自己，便是极贤明的办法。

予同说，"我们得让子女在大学毕了业，才算尽了责任。"SK 说，"不然，要看我们的经济，他们的材质与志愿；若是中学毕了业，不能或不愿升学，便去做别的事，譬如做工人吧，那也并非不行的。"自然，人的好坏与成败，也不尽靠学校教育；说是非大学毕业不可，也许只是我们的偏见。在这件事上，我现在毫不能有一定的主意；特别是这个变动不居的时代，知道将来怎样？好在孩子们还小，将来的事且等将来吧。目前所能做的，只是培养他们基本的力量——胸襟与眼光；孩子们还是孩子们，自然说不上高的远的，慢慢从近处小处下手便了。这自然也只能先按照我自己的样子；"神而明之，存乎其人"，光辉也罢，倒霉也罢，平凡也罢，让他们各尽各的力去。我只希望如我所想的，从此好好地做一回父亲，便自称心满意——想到那"狂人""救救孩子"的呼声，我怎敢不悚然自勒呢？

佳作赏析：

这是一篇站在父亲角度谈论儿女的佳作。

朱自清开篇先谈到自己年轻时对子女的严厉和残酷，渐入中年以后意识到自己以前教育子女方式和方法的错误，惭愧之心陡生，甚至落泪。紧接着，作者转入对几个孩子的可爱、可笑之处的描述，对因为经济原因未能将孩子全部带在身边感到愧疚，在如何教育孩子成才的问题也颇费踌躇。

文章语言生动，对生活细节的捕捉和刻画十分精准，孩子的烦人之事、可爱之处跃然纸上，令人感同身受。无论是对自己以前教育子女方式方法的反思，还是如何教育孩子的踌躇，字里行间体现着一个父亲对子女们深沉的爱，透着浓浓的亲情。

怪母亲

□ ［中国］柔石

六十年的风吹，六十年的雨打，她的头发白了，她的脸孔皱了。

她——我们这位老母亲，辛勤艰苦了六十年，谁说不应该给她做一次热闹的寿日。四个儿子孝敬她，在半月以前。

现在，这究竟为什么呢？她病了，唉，她自己寻出病了。一天不吃饭，两天不吃饭，第三天稀稀地吃半碗粥。懒懒地睡在床上，濡濡地流出泪来，她要慢慢地饿死她自己了。

四个儿子急忙地，四个媳妇惊愕地，可是各人低着头，垂着手，走进房内，又走出房外。医生来了，一个，两个，三个，都是按着脉搏，问过症候，异口同声这么说："没有病，没有病。"

可是老母亲一天一天地更瘦了——一天一天地少吃东西，一天一天地悲伤起来。

大儿子流泪地站在她床前，简直对断气的人一般说："妈妈，你为什么呢？我对你有错处吗？我妻对你有错处么？你打我几下罢！你骂她一顿罢！

妈妈，你为什么要饿着不吃饭，病倒你自己呢？"

老母亲摇摇头，低声说："儿呀，不是；你俩是我满意的一对。可是我自己不愿活了，活到无可如何处，儿呀，我只有希望死了！"

"那么，"儿说，"你不吃东西，叫我们怎样安心呢？"

"是，我已吃过多年了。"

大儿子没有别的话，仍悲哀地走出房门，忙着去请医生。

可是老母亲的病一天一天地厉害了，已经不能起床了。

第二个儿子哭泣地站在她床前，求她的宽恕，说道："妈妈，你这样，我们的罪孽深重了！你养了我们四兄弟，我们都被养大了。现在，你要饿死你自己，不是我和妻等对你不好，你会这样么？但你送我到监狱去罢！送我妻回娘家去罢！你仍吃饭，减轻我们的罪孽！"

老母亲无力地摇摇头，眼也无光地眨一眨，表示不以为然，说："不是，不是，儿呀，我有你俩，我是可以瞑目了！病是我自己找到的，我不愿吃东西！我只有等待死了！"

"那么，"儿说，"你为什么不愿吃东西呢？告诉我们这理由罢。"

"是，但我不能告诉的，因为我老了！"

第二个儿子没有别的话，揩着眼泪走出门，仍忙着去请医生。

可是老母亲的病已经气息奄奄了。

第三个儿子跪在她床前，几乎咽不成声地说："妈妈，告诉我们这理由罢！使我们忏悔罢！连弟弟也结了婚，正是你老该享福的时候。你劳苦了六十年，不该再享受四十年的快乐么？你百岁归天，我们是愿意的，现在，你要饿死你自己，叫我们怎么忍受呢？妈妈，告诉我们这理由，使我们忏悔罢！"

老母亲微微地摇一摇头，极轻地说："不是，儿呀，我是要找你们的爸爸去的。"

于是第三个儿子荷荷大哭了。

"儿呀，你为什么哭呢？"

"我也想到死了几十年的爸爸了。"

"你为什么想他呢？"

儿哀咽着说："爸爸活了几十年，是毫无办法地离我们去了！留一个妈妈给我们，又苦得几十年，现在偏要这样，所以我哭了！"

老母亲伸出她枯枝似的手，摸一摸她三儿的头发，苦笑说："你无用哭，我还不会就死的。"

第三个儿子呆着没有别的话；一时，又走出门，忙着去请医生，可是医生个个推辞说："没有病；就病也不能医了。这是你们的奇怪母亲，我们的药无用的。"

四个儿子没有办法，大家团坐着愁起来，好像筹备殇事一样。于是第四个儿子慢慢走到她床前，许久许久，向他垂死的老母叫："妈妈！"

"什么？"她似乎这样问。

"也带我去见爸爸罢！"

"为什么？"她稍稍吃惊的样子。

"我活了十九岁，还没有见过爸爸呢！"

"可是你已有妻了！"她声音极低微地说。

"妻能使妈妈回复健康么？我不要妻了。"

"你错了，不要说这呆话罢。"她摇头不清楚地说。

"那妈妈究竟为什么？妈妈要自己饿死去找爸爸呢？"

"没有办法。"她微微叹息了一声。

第四个儿子发呆了，一时，又叫："妈妈！"

"什么？"她又似这样问。

"没有一点办法了么？假如爸爸知道，他也愿你这样饿死去找他么？"

老母亲沉思了一下，轻轻说："方法是有的。"

"有方法？"

第四个儿子大惊了。简直似跳地跑出房外，一齐叫了他的三个哥哥来。在他三个哥哥的后面还跟着他的三位嫂嫂和他妻，个个手脚失措一般。

"妈妈，快说罢，你要我们怎样才肯吃饭呢？"

"你们肯做么？"她苦笑地轻轻地问。

"无论怎样都肯做，卖了身子都愿意！"个个勇敢地答。

老母亲又沉想了一息，眼向他们八人望了一圈，他们围绕在她前面。她说："还让我这样死去罢！让我死去去找你们的爸爸罢！"

一边，她两眶涸池似的眼，充上泪了。

儿媳们一齐哀泣起来。

第四个儿子逼近她母亲问道："妈妈没有对我说还有方法么？"

"实在有的，儿呀。"

"那么，妈妈说罢！"

"让我死在你们四人的手里好些。"

"不能说的吗？妈妈，你忘记我们是你的儿子了！你竟一点也不爱我们，使我们的终身，带着你临死未说出来的镣链么？"

老母亲闭着眼又沉思了一忽，说："那先给我喝一口水罢。"

四位媳妇急忙用炉边的参汤，提在她的口边。

"你们记着罢，"老母亲说了，"孤独是人生最悲哀的！你年少时，我虽早死了你们的爸爸，可是仍留你们，我扶养，我教导，我是不感到寂寞的。以后，你们一个娶妻了，又一个娶妻了；到四儿结婚的时候，我虽表面快乐——去年底非常地快乐，而我心，谁知道难受到怎样呢？娶进了一位媳妇，就夺去了我的一个亲吻；我想到你们都有了妻以后的自己的孤独，寂寞将使我如何度日呀！而你们终究都成对了，一对一对在我眼前；你们也无用讳言，有了妻以后的人的笑声，对母亲是假的，对妻是真的。因此，我勉强地做过了六十岁的生辰，光耀过自己的脸孔，我决计自求永诀了！此后的活是累赘的，剩余的，也无聊的，你们知道。"

四个儿子与四位媳妇默然了。个个低下头，屏着呼吸，没有声响。老母亲接着说："现在，你们想救我么？方法就在这里了。"

各人的眼都关照着各人自己的妻或夫，似要看他或她说出什么话。19岁的第四个儿子正要喊出，"那让我妻回娘家去罢！"而老母亲却先开口了："呆子们，听罢，你们快给我去找一个丈夫来，我要转嫁了！你们既如此爱你们的妈妈，那照我这一条方法救我罢，我要转嫁了。"稍稍停一忽，"假如你们认为不可，那就让我去找你们已死的父亲去罢！没有别的话了——"

60 年的风吹，60 年的雨打；她的头发白了，她的脸孔皱了！

一九二九年七月十四日夜

佳作赏析：

柔石（1902—1931），原名赵平复，浙江宁海人。作家。代表作品有短篇小说《疯人》《奴隶》《为奴隶的母亲》，中篇小说《二月》等。

文章的"角度"选得很好，以"四个儿子"的视角，来抒发临终母亲对生命的依恋之情。字里行间充满辛酸和无奈，内疚和疼痛。整篇文章都把视角控制在一个"场景"内，即母亲临终时的病床前，笔力非常集中。就像打井一样，找准一个点，深入地往下挖，掘得越深，泉水越清洌。

文章的另一个特点，即"对话"。以"对话"的形式，来反映人物的内心世界，形象而生动，细腻而深情。舐犊情深，跃然纸上。"怪母亲"，实则是"爱母亲"：母亲，你说得为什么这么迟这么艰难呢？

我的母亲

□ ［中国］老舍

　　母亲的娘家是北平德胜门外，土城儿外边，通大钟寺的大路上的一个小村里。村里一共有四五家人家，都姓马。大家都种点不十分肥美的地，但是与我同辈的兄弟们，也有当兵的，做木匠的，做泥水匠的，和当巡察的。他们虽然是农家，却养不起牛马，人手不够的时候，妇女便也须下地做活。

　　对于姥姥家，我只知道上述的一点。外公外婆是什么样子，我就不知道了，因为他们早已去世。至于更远的族系与家史，就更不晓得了；穷人只能顾眼前的衣食，没有功夫谈论什么过去的光荣；"家谱"这字眼，我在幼年就根本没有听说过。

　　母亲生在农家，所以勤俭诚实，身体也好。这一点事实却极重要，因为假若我没有这样的一位母亲，我以为我恐怕也就要大大地打个折扣了。

　　母亲出嫁大概是很早，因为我的大姐现在已是六十多岁的老太婆，而我的大外甥女还长我一岁啊。我有三个哥哥，四个姐姐，但能长大成人的，只有大姐，二姐，三姐，三哥与我。我是"老"儿子。生我的时候，母亲已有四十一岁，大姐二姐已都出了阁。

由大姐与二姐所嫁入的家庭来推断，在我生下之前，我的家里，大概还马马虎虎地过得去。那时候订婚讲究门当户对，而大姐丈是做小官的，二姐丈也开过一间酒馆，他们都是相当体面的人。

可是，我，我给家庭带来了不幸：我生下来，母亲晕过去半夜，才睁眼看见她的老儿子——感谢大姐，把我揣在怀中，致未冻死。

一岁半，我把父亲"克"死了。兄不到十岁，三姐十二三岁，我才一岁半，全仗母亲独力抚养了。父亲的寡姐跟我们一块儿住，她吸鸦片，她喜摸纸牌，她的脾气极坏。为我们的衣食，母亲要给人家洗衣服，缝补或裁缝衣裳。在我的记忆中，她的手终年是鲜红微肿的。白天，她洗衣服，洗一两大绿瓦盆。她做事永远丝毫也不敷衍，就是屠户们送来的黑如铁的布袜，她也给洗得雪白。晚间，她与三姐抱着一盏油灯，还要缝补衣服，一直到半夜。她终年没有休息，可是在忙碌中她还把院子屋中收拾得清清爽爽。桌椅都是旧的，柜门的铜活久已残缺不全，可是她的手老使破桌面上没有尘土，残破的铜活发着光。院中，父亲遗留下的几盆石榴与夹竹桃，永远会得到应有的浇灌与爱护，年年夏天开许多花。

哥哥似乎没有同我玩耍过。有时候，他去读书；有时候，他去学徒；有时候，他也去卖花生或樱桃之类的小东西。母亲含着泪把他送走，不到两天，又含着泪接他回来。我不明白这都是什么事，而只觉得与他很生疏。与母亲相依为命的是我与三姐。因此，她们做事，我老在后面跟着。她们浇花，我也张罗着取水；她们扫地，我就撮土……从这里，我学得了爱花，爱清洁，守秩序。这些习惯至今还被我保存着。

有客人来，无论手中怎么窘，母亲也要设法弄一点东西去款待。舅父与表哥们往往是自己掏钱买酒肉食，这使她脸上羞得飞红，可是殷勤地给他们温酒做面，又给她一些喜悦。遇上亲友家中有喜丧事，母亲必把大褂洗得干干净净，亲自去贺吊——份礼也许只是两吊小钱。到如今我的好客的习性，还未全改，尽管生活是这么清苦，因为自幼儿看惯了的事情是不易改掉的。

姑母常闹脾气。她单在鸡蛋里找骨头。她是我家中的阎王。直到我入了中学，她才死去，我可是没有看见母亲反抗过。"没受过婆婆的气，还不受大姑子的吗？命当如此！"母亲在非解释一下不足以平服别人的时候，才这样说。是的，命当如此。母亲活到老，穷到老，辛苦到老，全是命当如此。她最会吃亏。给亲友邻居帮忙，她总跑在前面：她会给婴儿洗三——穷朋友们可以因此少花一笔"请姥姥"钱——她会刮痧，她会给孩子们剃头，她会给少妇们绞脸……凡是她能做的，都有求必应。但是吵嘴打架，永远没有她。她宁吃亏，不逗气。当姑母死去的时候，母亲似乎把一世的委屈都哭了出来，一直哭到坟地。不知道哪里来的一位侄子，声称有承继权，母亲便一声不响，教他搬走那些破桌子烂板凳，而且把姑母养的一只肥母鸡也送给他。

可是，母亲并不软弱。父亲死在庚子闹"拳"的那一年。联军入城，挨家搜索财物鸡鸭，我们被搜两次。母亲拉着哥哥与三姐坐在墙根，等着"鬼子"进门，街门是开着的。"鬼子"进门，一刺刀先把老黄狗刺死，而后入室搜索。他们走后，母亲把破衣箱搬起，才发现了我。假若箱子不空，我早就被压死了。皇上跑了，丈夫死了，鬼子来了，满城是血光火焰，可是母亲不怕，她要在刺刀下，饥荒中，保护着儿女。北平有多少变乱啊，有时候兵变了，街市整条地烧起，火团落在我们院中。有时候内战了，城门紧闭，铺店关门，昼夜响着枪炮。这惊恐，这紧张，再加上一家饮食的筹划，儿女安全的顾虑，岂是一个软弱的老寡妇所能受得起的？可是，在这种时候，母亲的心横起来，她不慌不哭，要从无办法中想出办法来。她的泪会往心中落！这点软而硬的个性，也传给了我。我对一切人与事，都取和平的态度，把吃亏看作当然的。但是，在做人上，我有一定的宗旨与基本的法则，什么事都可将就，而不能超过自己划好的界限。我怕见生人，怕办杂事，怕出头露面；但是到了非我去不可的时候，我便不得不去，正像我的母亲。从私塾到小学，到中学，我经历过起码有廿位教师吧，其中有给我很大影响的，也有毫无影响的，但是我的真正的教师，把性格传给我的，是我的母亲。母亲并不识字，她给我的是生命的教育。

当我在小学毕了业的时候，亲友一致地愿意我去学手艺，好帮助母亲。我晓得我应当去找饭吃，以减轻母亲的勤劳困苦。可是，我也愿意升学。我偷偷地考入了师范学校——制服，饭食，书籍，宿处，都由学校供给。只有这样，我才敢对母亲提升学的话。入学，要交十元的保证金。这是一笔巨款！母亲作了半个月的难，把这巨款筹到，而后含泪把我送出门去。她不辞劳苦，只要儿子有出息。当我由师范毕业，而被派为小学校校长，母亲与我都一夜不曾合眼。我只说了句："以后，您可以歇一歇了！"她的回答只有一串串的眼泪。我入学之后，三姐结了婚。母亲对儿女是都一样疼爱的，但是假若她也有点偏爱的话，她应当偏爱三姐，因为自父亲死后，家中一切的事情都是母亲和三姐共同撑持的。三姐是母亲的右手。但是母亲知道这右手必须割去，她不能为自己的便利而耽误了女儿的青春。当花轿来到我们的破门外的时候，母亲的手就和冰一样的凉，脸上没有血色——那是阴历四月，天气很暖。大家都怕她晕过去。可是，她挣扎着，咬着嘴唇，手扶着门框，看花轿徐徐地走去。不久，姑母死了。三姐已出嫁，哥哥不在家，我又住学校，家中只剩母亲自己。她还须自晓至晚地操作，可是终日没人和她说一句话。新年到了，正赶上政府倡用阳历，不许过旧年。除夕，我请了两小时的假，由拥挤不堪的街市回到清炉冷灶的家中。母亲笑了。及至听说我还须回校，她愣住了。半天，她才叹出一口气来。到我该走的时候，她递给我一些花生，"去吧，小子！"街上是那么热闹，我却什么也没看见，泪遮迷了我的眼。今天，泪又遮住了我的眼，又想起当日孤独地过那凄惨的除夕的慈母。可是慈母不会再候盼着我了，她已入了土！

儿女的生命是不依顺着父母所设下的轨道一直前进的，所以老人总免不了伤心。我廿三岁，母亲要我结了婚，我不要。我请来三姐给我说情，老母含泪点了头。我爱母亲，但是我给了她最大的打击。时代使我成为逆子。廿七岁，我上了英国。为了自己，我给六十多岁的老母以第二次打击。在她七十大寿的那一天，我还远在异域。那天，据姐姐们后来告诉我，老太太只喝了两口酒，很早地便睡下。她想念她的幼子，而不便说出来。

七七抗战后，我由济南逃出来。北平又像庚子那年似的被鬼子占据了，可是母亲日夜惦念的幼子却跑西南来。母亲怎样想念我，我可以想象得到，可是我不能回去。每逢接到家信，我总不敢马上拆看，我怕，怕，怕，怕有那不祥的消息。人，即使活到八九十岁，有母亲便可以多少还有点孩子气。失了慈母便像花插在瓶子里，虽然还有色有香，却失去了根。有母亲的人，心里是安定的。我怕，怕，怕家信中带来不好的消息，告诉我已是失了根的花草。

去年一年，我在家信中找不到关于老母的起居情况。我疑虑，害怕。我想象得到，如有不幸，家中念我流亡孤苦，或不忍相告。母亲的生日是在九月，我在八月半写去祝寿的信，算计着会在寿日之前到达。信中嘱咐千万把寿日的详情写来，使我不再疑虑。十二月二十六日，由文化劳军的大会上回来，我接到家信。我不敢拆读。就寝前，我拆开信，母亲已去世一年了！

生命是母亲给我的。我之能长大成人，是母亲的血汗灌养的。我之能成为一个不十分坏的人，是母亲感化的。我的性格，习惯，是母亲传给的。她一世未曾享过一天福，临死还吃的是粗粮。唉！还说什么呢？心痛！心痛！

佳作赏析：

老舍（1899—1966），北京人，作家。代表作品有长篇小说《猫城记》《骆驼祥子》《四世同堂》，话剧《龙须沟》《茶馆》等。

这是一篇回忆性的散文。文章通过对母亲一生经历的回忆，突出表现了母亲勤劳刻苦、善良宽容、乐于助人、意志坚强的性格与伟大无私的母爱。从作者的行文可以看出，母亲的人格力量对作者思想性格形成有着深刻影响。作者在母亲的晚年曾有过两次让母亲难过的事情，一件是未按母亲的意思结婚，另一件则是在母亲七十大寿时未在身边，至今愧疚不已。

文章语言朴实，行文流畅、自然，选材贴近生活，字里行间透着浓浓的亲情，令人感动。

父亲的绳衣

□ ［中国］石评梅

　　"荣枯事过都成梦，忧喜情忘便是禅。"人生本来一梦，在当时兴致勃然，未尝不感到香馥温暖，繁华清丽。至于一枕凄凉，万象皆空的时候，什么是值得喜欢的事情，什么是值得流泪的事情？我们是生在世界上的，只好安于这种生活方程，悄悄地让岁月飞逝过去。消磨着这生命的过程，明知是镜花般不过是一瞥的幻梦，但是我们的情感依然随着遭遇而变迁。为了天辛的死，令我觉悟了从前太认真人生的错误，同时忏悔我受了社会万恶的蒙蔽。死了的明显是天辛的躯壳，死了的惨淡潜隐便是我这颗心，他可诅咒我的残忍，但是我呢，也一样是啮残下的牺牲者呵！

　　我的生活是陷入矛盾的，天辛常想着只要他走了，我的腐蚀的痛苦即刻可以消逝。这是一个错误的观念，事实上矛盾痛苦是永不能免除的。现在我依然沉陷在这心情下，为了这样矛盾的危险，我的态度自然也变了，有时的行为常令人莫名其妙。

　　这种意思不仅父亲不了解，就连我自己何尝知道我最后一日的事实；就是近来倏起倏灭的心思，自己每感到奇特惊异。

清明那天我去庙里哭天辛，归途上我忽然想到与父亲和母亲结织一件绳衣。我心里想得太可怜了，可以告诉你们的就是我愿意在这样心情下，做点东西留个将来回忆的纪念。母亲他们穿上这件绳衣时，也可想到他们的女儿结织时的忧郁和伤心！这个悲剧闭幕后的空寂，留给人间的固然很多，这便算埋葬我心的坟墓，在那密织的一丝一缕之中，我已将母亲交付给我的那心还她了。

我对于自己造成的厄运绝不诅咒，但是母亲，你们也应当体谅我，当我无力扑到你怀里睡去的时候，你们也不要认为是缺憾吧！

当夜张着黑翼飞来的时候，我在这凄清的灯下坐着，案头放着一个银框，里面刊装着天辛的遗像，像的前面放着一个紫玉的花瓶，瓶里插着几枝玉簪，在花香迷漫中，我默默地低了头织衣；疲倦时我抬起头来望望天辛，心里的感想，我难以写出。深夜里风声掠讨时，尘沙向窗上瑟瑟地扑来，凄凄切切似乎鬼在啜泣，似乎鸱鸮的翅儿在颤栗！我仍然低了头织着，一直到我伏在案上睡去之后。这样过了七夜，父亲的绳衣成功了。

父亲的信上这样说：

> ……明知道你的心情是如何的恶劣，你的事务又很冗繁，但是你偏在这时候，日夜为我结织这件绳衣，远道寄来，与你父防御春寒。你的意思我自然喜欢，但是想到儿一腔不可宣泄的苦衷时，我焉能不为汝凄然！……

读完这信令我惭愧，纵然我自己命运负我，但是父母并未负我；他们希望于我的，也正是我愿为了他们而努力的。父亲这微笑中的泪珠，真令我良心上受了莫大的责罚，我还有什么奢望呢！我愿暑假快来，我扎挣着这创伤的心神，扑向母亲怀里大哭！我廿年的心头埋没的秘密，在天辛死后，我已整个地跪献在父母座下了。我不忍那可怕的人间隔膜，能阻碍了我们天性的心之交流，使他们永远隐蔽着不知道他们的女儿——不认识他们的女儿。

佳作赏析：

石评梅（1902—1928），山西平定人，现代作家。著有《偶然草》《涛语》等。

石评梅的文字语言很有特色，诗意而富有节奏，意境和氛围渲染得也恰到好处。本文从"议论"起题，勾连出对父母的回忆。"绳衣"作为贯穿作品的一条线索，也可视为一种"象征"——父母与儿女之间的感情是割舍不断的。

母亲

□〔中国〕石评梅

母亲！这是我离开你，第五次度中秋，在这异乡——在这愁人的异乡。

我不忍告诉你，我凄酸独立在枯池旁的心境，我更不忍问你团圆宴上偷咽清泪的情况。

我深深知道：系念着漂泊天涯的我，只有母亲；然而同时感到凄楚黯然，对月挥泪，梦魂犹唤母亲的，也只有你的女儿！

节前许久未接到你的信，我知道你并未忘记中秋；你不写的缘故，我知道了，只为了规避你心幕底的悲哀。月儿的清光，揭露了的，是我们枕上的泪痕；它不能揭露的，确是我们一丝一缕的离恨！

我本不应将这凄楚的秋心寄给母亲，重伤母亲的心；但是与其这颗心悬在秋风吹黄的柳梢，沉在败荷残茎的湖心，最好还是寄给母亲。假使我不愿留这墨痕，在归梦的枕上，我将轻轻地读给母亲。假使我怕别人听到，我将折柳枝，蘸湖水，写给月儿，请月儿在母亲的眼里映出这一片秋心。

把清嫂很早告诉我，她说：

"妈妈这些时为了你不在家怕谈中秋，然而你的顽皮小侄女崑林，偏是天天牵着妈妈的衣角，盼到中秋。我正在愁着，当家宴团圆时，我如何安慰妈妈？更怎能安慰千里外凝眸故乡的妹妹？我望着月儿一度一度圆，然而我们的家宴从未曾一次团圆。"自从读了这封信，我心里就隐隐地种下恐怖，我怕到月圆，和母亲一样了。但是她已慢慢地来临，纵然我不愿撕月份牌，然而月儿已一天一天圆了！

十四的下午，我拿着一个月的薪水，由会计室出来，走到我办公处时，我的泪已滴在那一卷钞票上。母亲！不是为了我整天地工作，工资微少，不是为了债主多，我的钱对付不了，不是为了发得迟，不能买点异乡月饼，献给母亲尝尝，博你一声微笑。只因：为了这一卷钞票我才流落在北京，不能在故乡！在母亲的膝下，大嚼母亲赐给的果品。然而，我不是为了钱离开母亲，我更不是为了钱抛弃故乡。

你不是曾这样说吗，母亲！

"你是我的女儿，同时你也是上帝的女儿，为了上帝你应该去爱别人，去帮助别人。去罢！潜心探求你所不知道的，勤恳工作你所能尽力的。去罢！离开我，然而你却在上帝的怀里。"

因此，我离开你漂泊到这里。我整天地工作，当夜晚休息时，揭开帐门，看见你慈爱的相片时，我跪在地下，低低告诉你：

"妈妈！我一天又完了。然而我只有忏悔和惭愧！我没有捡得什么，同时我也未曾给人什么！"

有时我胜利地微笑，有时我痛恨地大哭，但是我仍这样工作，这样每天告诉你。

这卷钞票我如今非常爱惜，她曾滴满了我思亲泪！但是我想到母亲的叮咛时，我很不安，我无颜望着这重大的报酬。

因此，我更想着母亲——我更对不起遥远的山城里，常默祝我尽职的母亲！

十五那天早晨很早就醒了，然而我总不愿起来。母亲！你能猜到我为了什么吗？

　　林家弟妹，都在院里唱月儿圆，在他们欢呼高亢的歌声里，激荡起我潜伏已久的心波，揭现了心幕的沉默的悲哀。我悄悄地咽着泪，揭开帐门走下床来；打开我的头发，我一丝一丝理着，像整理烦乱一团的心丝。母亲！我故意慢慢地迟延，两点钟过去了，我成功了的是很松乱的髻。

　　小弟弟走进来，给我看他的新衣裳，女仆走进来望着我拜节，我都付之一笑。这笑里映出我小时候的情形，映出我们家里今天的情形；母亲！你们春风沉醉的团圆宴上，怎堪想想寄人篱下的游子！

　　我想写信，不能执笔；我想看书，不辨字迹；我想织手工，我想抄心经；但是都不能。我后来想拿下墙上的洞箫，把我这不宁的心绪吹出；不过既非深宵，又非月夜，哪是吹箫的时节！后来我想最好是翻书箱，一件一件拿出，一本一本放回，这样挨过了半天，到了吃午餐时候。

　　不晓得怎样，在这里住了一年的旅客，今天特别局促起来，举箸时，我的心颤跳得更厉害；不知是否母亲，你正在念着我？一杯红艳艳的葡萄酒，放在我面前，我不能饮下去，我想家里的团圆宴上少了我，这里的团圆宴上却多了我。虽然人生旅途，到处是家，不过为了你，我才眷恋着故乡；母亲是我永久倚凭的柱梁，也是我破碎灵魂最终归宿的坟墓。

　　母亲！你原谅我罢！当我情感流露时，允许我说几句我心里要说的话，你不要迷信不吉祥而阻止，或者责怪我。

　　我吃饭时候，眼角边看见炉香烧成卐字，我忽然想到你跪在观音面前烧香的样子，你唯一祷告的一定是我在外边"身体健康，一切平安"！母亲！我已看见你龙钟的身体，慈笑的面孔；这时候我连饭带泪一块儿咽下去。干咳了一声，他们都用怜悯的目光望我，我不由地低下头，觉得脸有点烧了。母亲！这是我很少见的羞涩。

　　林家妹妹，和崑林一样大；她叫我"大姊姊"；今天吃饭时，我屡次偷看她；不晓得为什么因为她，我又想起围绕你膝下，安慰欢愉你的侄女。惭愧！你枉有偌大的女儿；母亲，你枉有偌大的女儿！

吃完饭，晶清打电话约我去万牲园。这是我第一次去看她们创造成功的学校；地址虽不大，然而结构却很别致，虽不能及石驸马大街富丽的红楼，但似乎仍不失小家碧玉的居处。

因此，我深深地感到了他们缔造艰难的苦衷了！

清很凄清，因她本有几分愁，如今又戴了几分孝，在一颗垂柳下，转出来低低唤了一声"波微"时，我不禁笑了，笑她是这般娇小！

我们聚集了八个人，八个人都是和我一样离开了母亲，和我一样在万里漂泊；和我一样压着凄哀，强作欢笑地度这中秋节。

母亲！她们家里的母亲，也和你想我一样想着她们；她们也正如我一般眷怀着母亲。

我们飘零的游子能凑合着在天涯一角，勉为欢笑，然而你们做母亲的，连凑合团聚，互相谈谈你们心思的机会都没有。因之，我想着母亲们的悲哀一定比女孩们的深沉！

我们缘着倾斜乱石，摇摇欲坠的城墙走，枯干一片，不见一株垂柳绿荫。砖缝里偶尔有几朵小紫花，也没有西山上的那样令人注目；我想着这世界已是被人摒弃了的。

一路走着，她们在前边，我和清留在后边。我们谈了许多去年今日，去年此时的情景；并不曾令我怎样悲悼，我只低低念着：

> 惊节序，
> 叹沉浮，
> 秾华如梦水东流；
> 人间何事堪惆怅，
> 莫向横塘问旧游。

走到西直门，我们才雇好车。这条路前几月我曾走过，如今令我最惆怅的，便是找不到那一片翠绿的稻田，和那吹人醺醉的惠风；只感到一阵阵冷清。

进了门，清低低叹了口气，我问"为什么事你叹息？"她没有答应我。多少不相识的游人从我身旁过去，我想着天涯漂泊者的滋味，沉默地站在桥头。这时清握着我手说：

"想什么？我已由万里外归来。"

母亲！你当为了她伤心，可怜她无父无母的孤儿，单身独影漂泊在这北京城；如今歧路徘徊，她应该向哪处去呢！纵然她已从万里归来，我固然好友相逢，感到愉快。但是她呢？她只有对着黄昏晚霞，低低唤她死了的母亲；只有望着皎月繁星洒几点悲悼父亲的酸泪！

猴子为了食欲，做出种种媚人的把戏，栏外的人也用了极少的诱惑，逗着它的动作；而且在每人的脸上，都轻泛着一层胜利的微笑，似乎表示他们是聪明的人类。

我和清都感到茫然，到底怎样是生存竞争的工具呢？当我们笑着小猴子的时候，我觉着似乎猴子也正在窃笑着我们。

她们很多人都回头望着我们微笑，我不知道为了什么！琼妹忍不住了。她说：

"你看梅花小鹿！"

我笑了，她们也笑了；清很注意地看着栏里。琼妹过去推她说：

"最好你进去陪着她，直到月圆时候。"

母亲！梅花小鹿的故事，是今夏我坐在葡萄架下告诉过你的；当你想到时，一定要拿起案上那只泥做的梅花小鹿，看着她是否依然无恙。母亲！这是我永远留着它伴着你的。

经过了眠鸥桥，一池清水里，漂浮着几个白鹅；我望着碧清的池水，感到四周围的寂静。我的心轻轻地跳了，在这样死静的小湖畔，我的心不知为什么反而这样激荡着？我寻着人们遗失了的，在我偶然来临的路上；然而却丢失了我自己竟守着的，在这偶然走过的道上。

在这小桥上，我凝望着两岸无穷的垂柳。垂柳！你应该认识我，在万千来往的游人里，只有我是曾经用心的眼注视着你，这一片秋心，曾在你的绿荫深处停留过。

天气渐渐黯淡了，阳光慢慢叫云幕罩了。我们踏着落叶，信步走向不知道的一片野地里去。过了福香桥，我们在一个湖边的山石上坐着，清告诉我她在这里的一段故事。

四个月前清、琼、逸来到这里。过了福香桥有一个小亭，似乎是从未叫人发现过的桃源。那时正是花开得十分鲜艳的时候，逸和琼折下柳条和鲜花，给她编了一顶花冠，逸轻轻地加在她的头上。晚霞笑了，这消息已由风儿送遍园林，许多花草树木都垂头朝贺她！

她们恋恋着不肯走，然而这顶花冠又不能带出园去，只好仍请逸把它悬在柳丝上。

归来的那晚上就接到翠湖的凶耗！清走了的第二个礼拜，琼和逸又来到这里，那顶花冠依然悬在柳丝上，不过残花败柳，已憔悴得不忍再睹。这时她们猛觉得一种凄凉紧压着，不禁对着这枯萎的花冠痛哭！不愿她再受风雨的摧残，拿下来把她埋在那个小亭畔；虽然这样，但是她却造成一段绮艳的故事。

我要虔诚地谢谢上帝，清能由万里外载着那深重的愁苦归来，更能来到这里重凭吊四月前的遗迹。在这中秋，我们能团集着；此时此景，纵然凄惨也可自豪自慰！

母亲！我不愿追想如烟如梦的过去，我更不愿希望那荒渺未卜的将来，我只尽兴尽情地快乐，让幻想的繁花都在我笑容上消灭。

母亲！我不敢欺骗你，如今我的生活确乎大大改变了，我不诅咒人生，我不悲欢人生，我愿让属于我的一切事境都像闪电，都像流星。我时时刻刻这样盼着！当箭放在弦上时，我已想到我的前途了。

我们由动物园走到植物园，经过许多残茎枯荷的池塘，荒芜落叶的小径；这似我心湖一样的澄静死寂，这似我心湖边岸一样的枯憔荒凉。我在豳风堂前望着那一池枯塘，向韵姊说：

"你看那是我的心湖！"

她不能回答我，然而她却说：

"我应该向你说什么？"

我深深地了解她的心，她的心是这般凄冷。不过在这样旧境重逢时，她能不为了过去的春光惆怅吗？母亲！她是那年你曾鉴赏过她的大笔的；然而，她如椽的大笔，未必能写尽她心中的惆怅，因为她的愁恨是那样深沉难测呵！

天气阴沉得令人感着不快，每个人都低了头幻想着自己心境中的梦乡，偶然有几句极勉强的应酬话，然而不久也在沉寂的空气中消失了。

清似乎想起什么一样，站起身来领着我就走，她说："我领你到个地方去看看。"

这条道上，没有逢到一个人。缘道的铁线上都晒着些枯干的荷叶，我低着头走了几十步，猛抬头看见巍峨高耸的四座塔形的墓。荒丛中走不过去，未能进去细看；我回头望望四周的环境，我觉着不如陶然亭的寥阔而且凄静，萧森而且清爽。陶然亭的月亮，陶然亭的晚霞，陶然亭的池塘芦花，都是特别为坟墓布置的美景，在这个地方埋葬几个烈士或英雄，确是很适宜的地方。

母亲！在陶然亭芦苇塘畔，我曾照了一张独立苍茫的小像；当你看见它时，或许因为我爱的地方，你也爱它；我常常这样希望着。

我们见了颓废倾圮，荒榛没胫的四烈士墓，真觉为了我们的先烈难过。万牲园并不是荒野废墟，实不当忍使我们的英雄遗骨，受这般冷森和凄凉！就是不为了纪念先贤，也应该注意怎样点缀风景！我知道了，这或许便是中国内政的缩影罢！

隔岸有鲜红的山楂果，夹着鲜红枫树，望去像一片彩霞。我和清拂着柳丝慢慢走到印月桥畔；这里有一块石头，石头下是一池碧清的流水；这块石头上，还刊着几行小诗，是清四月间来此假寐过的。她是这样处处留痕迹，我呢，我愿我的痕迹，永远留在我心上，默默地留在我心上。

我走到枫树面前，树上，树下，红叶铺集着。远望去像一条红毯。我想捡一片留个纪念，但是我没有那样勇气，未曾接触它前，我已感到凄楚了。

母亲！我想到西湖紫云洞口的枫叶，我想到西山碧云寺里的枫叶；我伤心，那一片片绯红的叶子，都跟我一样地悲哀。

月儿今夜被厚云遮着，出来时或许要到夜半，冷森凄寒这里不能久留了；园内的游人都已归去，徘徊在暮云暗淡的道上的只有我们。

远远望见西直门的城楼时，我想当城围里明灯辉煌，欢笑歌唱的时候，城外荒野尚有我们无家的燕子，在暮云底飞去飞来。母亲！你听到时，也为我们漂泊的游儿伤心吗？不过，怎堪再想，再想想可怜穷苦的同胞，除了悬梁投河，用死去办理解决一切生活逼迫的问题外，他们求如我们这般小姐们的呻吟而不可得。

这样佳节，给富贵人做了点缀消遣时，贫寒人却做了勒索生命的咒符。

七点钟回到学校，琼和清去买红玫瑰，芝和韵在那里料理果饼；我和侠坐在床沿上谈话。她是我们最佩服的女英雄，她曾游遍江南山水，她曾经过多少困苦；尤其令人心折的是她那娇嫩的玉腕，能飞剑取马上的头颅！我望着她那英姿潇洒的丰神，听她由上古谈到现今，由欧洲谈到亚洲。

八时半，我们已团团坐在这天涯地角，东西南北凑合成的宴会上。月儿被云遮着，一层一层刚褪去，又飞来一块一块的絮云遮上；我想执杯对月儿痛饮，但不能践愿，我只陪她们浅浅地饮了个酒底。

我只愿今年今夜的明月照临我，我不希望明年今夜的明月照临我！假使今年此日月都不肯窥我，又哪能知明年此日我能望月！在这模糊阴暗的夜里，凄凉肃静的夜里，我已看见了此后的影事。母亲！逃躲的，自然努力去逃躲，逃躲不了的，也只好静待来临。我想到这里，我忽然兴奋起来，我要快乐，我要及时行乐；就是这几个人的团宴，明年此夜知道还有谁在？是否烟消灰熄？是否风流云散？

母亲！这并不是不祥的谶语，我觉着过去的凄楚，早已这样告诉我。

虽然陈列满了珍馐，然而都是含着眼泪吃饭；在轻笼虹彩的两腮上，隐隐现出两道泪痕。月儿朦胧着，在这凄楚的筵上，不知是月儿愁，还是我们愁？

杯盘狼藉的宴上，已哭了不少的人；琼妹未终席便跑到床上哭了！母亲！这般小女孩，除了母亲的抚慰外，谁能解劝她们？琼和秀都伏在床上痛哭！这谜揭穿后谁都是很默然地站在床前，清的两行清泪，已悄悄地滴落襟头！她怕我难过，跑到院里去了。我跟她出来时，忽然想到亡友，他在凄凉的坟墓里，可知道人间今宵是月圆。

夜阑人静时，一轮皎月姗姗地出来；我想着应该回到我的寓所去了。到门口已是深夜，悄悄的一轮明月照着我归来。

月儿照了窗纱，照了我的头发，照了我的雪帐；这里一切连我的灵魂，整个都浸在皎清如水的月光里。我心里像怒涛涌来似的凄酸，扑到床缘，双膝跪在地下，我悄悄地哭了，在你的慈容前。

佳作赏析：

作文贵"真"。唯其真诚，所以动人。

中秋月圆之际，是怀人的节气。作者身处异乡，更难耐内心对亲人的思念。本文与其说是一篇散文，毋宁说是一封写给母亲的长信。把文章当作信来写，故多了一种真情，少了一份做作。那是亲人之间的谈心。作者借这封"信"，既是在表达对母亲的思念，也是在向母亲汇报自己的生活和思想。

诗意的文字，增加了文本的审美品质和意境空间。无论写景，还是抒情，都张弛有度。娓娓的诉说，貌似不动声色，情感却像奔腾不息的地下之水，暗流汹涌。

回忆父亲

□ ［中国］缪崇群

隔了一个夏天我又回到南京来，现在我是度着南京的第二个夏天。

当初在外边，逢到夏天便怀想到父亲的病，在这样的季候，常常唤起了我的忧郁和不安。

如今还是在外边，怀想却成了一块空白。夏天到来了，父亲的脸，父亲的肉，父亲的白白的胡须，怕在棺木里也会渐朽渐尽了罢？是在这样的季候了。

和弟弟分别的时候说："和父亲同年的一般人差不多都死光了，现在剩下的只有我们这一辈。"

一年一年地度了过去，我不晓得我的心是更寂寞下去还是更宁静下去了。往昔我好像一匹驿马，从东到西；南一趟北一趟，长久地喘息着奔驰。如今不知怎么，拖到哪个站驿便是哪个站驿，而且我是这样需要休息，到了罢，到了哪个站驿我便想驻留下来；就在这一个站驿里，永远使我休息。

这次回到南京来，我是再也不想动弹了。因为没有安适驻留的地方，索性就蹲在像槽一般大的妻的家里。我原想在这里闭两天的气，哪知道一个别了很久的老友又来临了。这个槽，只有这样大，他也只得占一张小小的行军床为他的领地。

在夏夜，我常常是失眠的，每夜油灯捻小了过后，他们便都安然地就睡；灯不久也像疲惫了似的自己熄灭了。

我烦躁，我倾耳，我怎么也听不见一点声音，夜是这样的黑暗而沉寂，我委实不知道我竟歇在哪里。

莫名的烦躁，引起了我身上莫名的刺痒，莫名的刺痒，又引起了我的心上莫名的烦躁。

我决心划了一支火柴，是要把这夜的黑暗与沉寂一同撕开。在刹那的光亮里，我看见那古旧了的板壁下面睡着我的老友，我的身边睡着我的妻。白的褥单上面，一颗一颗梨子大的"南京虫"却在匆忙地奔驰。

火柴熄了，夜还是回到它的黑暗与沉寂。

吸血的东西在暗处。

朋友不时地短短地梦呓着。

妻也不时地短短地梦呓着。

我问他们，他们都没有答语。我恐怖地想：睡在这一个屋里的没有朋友也没有妻，他们只是两具人形，而且还像是被幽灵伏罩住的。夜就是幽灵的。我还是听不见什么声音，倘使蚊香的香灰落在盘里有声，那是被我听见的了。

我还是看不见什么东西，如果那一点点蚊香的红火头就是我看见的，那毋宁说是它还在看着我们三个罢。

不知怎么，蚊香的火头，我看见两个了；幽灵像是携了我的手，我不知怎么就到了第二天的早晨。

第二天的早晨我等他们都醒了便问：

"昨天夜里你们做了什么梦？"

"没有。"笑嘻嘻的，都不记得了。"昨夜我不知怎么看见蚊香盘里两个红火头。"我带着昨夜的神秘来问。

"那是你的错觉。"朋友连我看见的也不承认了。

"多少年了，像老朋友这样的朋友却没有增加起来过。"

朋友不知怎么忽地想起了这样一句话说。

我沉默着。想起这次和弟弟分别时候的话来，又想补足了说："我们这一辈的也已经看着看着凋零了。"

佳作赏析：

缪崇群（1907—1945），江苏人。主要作品有《晞露集》《归客与鸟》《夏虫集》等。

文章写得十分温馨，回忆父亲，实际是在回忆一种生活，一种感情。当作者重新回到他曾生活过的南京，看到熟悉的一花一草，往事历历在目，父亲的影子也便跃然纸上。

过往的生活，其实都是跟亲人联系在一起的。随着时光的流逝，眼看亲人老去，哀伤之情溢于言表。这是人生的无奈。好在我们有记忆。铭记也是一种怀念。

疲倦的母亲

□［中国］许地山

那边一个孩子靠近车窗坐着，远水，近水，一幅一幅，次第嵌入窗户，射到他的眼中。他手画着，口中还咿咿呀呀地，唱些没字曲。

在他身边坐着一个中年妇人，支着头瞌睡。孩子转过脸来，摇了她几下，说："妈妈，你看看，外面那座山很像我家门前的呢。"

母亲举起头来，把眼略睁一睁；没有出声，又支着颐睡去。

过一会，孩子又摇她，说："妈妈，不要睡罢，看睡出病来了。你且睁一睁眼看看外面八哥和牛打架呢。"

母亲把眼略略睁开，轻轻打了孩子一下；没有做声，又支着头睡去。

孩子鼓着腮，很不高兴。但过一会，他又唱起来了。

"妈妈，听我唱歌罢。"孩子对着她说了，又摇她几下。

母亲带着不喜欢的样子说："你闹什么？我都见过，都听过，都知道了；你不知道我很疲乏，不容我歇一下么？"

孩子说："我们是一起出来的，怎么我还顶精神，你就疲乏起来？难道大人不如孩子么？"

车还在深林平畴之间穿行着。车中底人，除那孩子和一二个旅客以外，少有不像他母亲那么鼾睡的。

佳作赏析：

许地山（1894—1941），福建龙溪人，作家、学者。著有散文集《空山灵雨》，小说集《缀网劳蛛》，学术论著《中国道教史》等。

文字风格颇显另类。在短短的文字所营造的画面中，母亲的"慵倦"和孩子的"天真"形成鲜明对比。成人的麻木和孩子的纯真似乎是永难相容的"矛"和"盾"。

作者在文中所要讴歌的，是类似于孩子的那种"清明之气"和"纯洁之范"。文章采用对比手法，截取生活中的一朵浪花，来观照生活，反思人性，可谓以小见大。

母爱

□ [中国] 戴望舒

　　他的病魔正在那里和死神交战，他的病正是在最危险的地步。他的面庞瘦得全不像个人，一双颧骨凸出得很高，两只眼睛陷进得很深，嘴唇上连一丝血色都没有，可是，面上的燥火却红得厉害。他已昏昏沉沉的三天没有进食，不但是没有进食就是滴水都没有入口。在他病榻面前围满了五六个医生，有的摇头微叹，有的望着他发怔，他们已把各人平生的技术都用出来，可是总想不出怎样可战胜死神。他们都是焦思着，屋子里静得连呼吸声都觉得很大。窗外药炉上的水沸声又兀是闹个不休，越显得他的病症的危险可怕。

　　他的母亲尤是焦急万分，噙着一包热泪，不住地望着伊爱子，轻轻地走到病榻前俯身下去瞧，伊可怜伊自己原也有病在身，可是伊为了伊爱子的病，竟把自己的病都忘了。伊已三夜不曾合眼过。眼皮肿得很高，也不知是睡肿的，还是伤心肿的。伊只有他一个爱子，伊的丈夫已在十年前故世了，只遗下这一块肉。伊守寡十年，靠着十个指头赚了钱来养他，备尝了世上的艰苦，才把他养大成人，自然希望他能在社会上做点事，自食其力了。伊是极爱他的，伊的心中只有他一个爱子，所以除了伊爱子，随便什么都可牺牲。可怜伊为了他竟积劳成了个不易医治的病。但是，伊仍是照样地做丧，希望他成家立业。不料他忽然病了，病症又十分危险。伊百般地服侍看护。可是他的病竟一天重一天。伊也曾天天地求神拜佛祝他病好，伊也曾拼当衣衫为他求医。伊一天到晚地望他好起来。伊竟对天立誓说，宁愿自己死了代伊的爱子受过。

他的病在最危险时，蒙眬中只听得见耳际有颤动的呼吸声，又觉得头顶上有双手在那里抚摩他的头发，又觉得有人和他接了个吻，轻轻地拍拍他的身子。突然，有一滴水滴到他脸上，他微微地张开眼睛看了看，只见枕头边有个人伏着，也看不见是谁。他慢慢地伸手过去，却摸着枕头上湿了，倒有一大摊水。他觉得眼前一黑，又是昏沉沉地睡去了。

他的病总算赖天的保佑，竟战胜了死神了。他母亲知道他的病已不危险了，也安了一大半心。但是伊总还是担忧，伊急望他痊愈。伊仍是不懈地看护他，不几时他的病竟消失得无影无踪了。不过他的病魔却加到他的母亲的身上了。他母亲本来已是有病之身，再加上伊爱子的一场大病，又是担心，又是积劳，所以等伊爱子病好了不久，伊又接连地病起来。伊的病状尤是凶险万分，一天到晚竟没有一刻儿睡得着，终日地哼呼喊叫，实是危险极了。但是，伊对伊爱子却说："我的病是不妨事的，过一两天自然就好了。你病才好，不可过劳，我的病不用得你来照顾，我自己能服侍自己，不用你担心的。依我看来，医生也不必去接，这点点小病痛也值得花多钱吗？就是你自己也不必老守在家里，外面也好去游散游散。不过这几天天冷，你衣服却要多着些啊。"伊虽是病得很厉害，伊却不肯对爱子直说，免得他心忧，还要事事都管周到，真是爱子之心无微不至了。可是他呢，真是全无良心的，自己病一好也就不管他母亲的病了。总算还听他母亲的话，医生也不请，终日到晚老毛病发作，花天酒地的索性连回也不回去了。老实说，他的心中哪里有他母亲一个人。可怜他母亲的病愈积愈重，竟一病不起了。在伊临终时，伊的爱子正在那里逐色征歌，可怜伊还盼望伊儿子归来见一见面，直等到气绝了，身冷了还没有瞑目。

佳作赏析：

戴望舒（1905—1950），浙江人。诗人、翻译家。著有诗集《我的记忆》《望舒草》《望舒诗稿》等。

母爱是无私的，因其无私，所以伟大。文章并未在具体事件上着墨过多，而是重在描写母亲的心理感受。那种对生病孩子的担心和牵挂，可谓真实感人。

然而，她的孩子却是另外一副面孔。在母亲的百般呵护和照料下，当疾病远离他的肉体，健康重新像阳光一样照耀他时，他却早已将他多难而善良的母亲忘记在脑后。这种鲜明的对比，读来真是让人心寒。作者在文中要批判的，正是那些"逆子"。他们的不孝，埋葬了多少人间的"母爱"！

父亲的玳瑁

□〔中国〕鲁彦

在墙脚根刷然溜过的那黑猫的影，又触动了我对于父亲的玳瑁的怀念。

净洁的白毛的中间，夹杂些淡黄的云霞似的柔毛，恰如透明的妇人的玳瑁首饰的那种猫儿，是被称为"玳瑁猫"的。我们家里的猫儿正是那一类，父亲就给了它"玳瑁"这个名字。

在近来的这一匹玳瑁之前，我们还曾有过另外的一匹。它有着同样的颜色，得到了同样的名字，同是从我姊姊家里带来，一样地为我们所爱。

但那是我不幸的妹妹的玳瑁，它曾经和她盘桓了十二年的岁月。

而现在的这一匹，是属于父亲的。

它什么时候来到我们家里，我不很清楚，据说大约已有三年光景了。父亲给我的信，从来不曾提过它。在他的理智中，仿佛以为玳瑁毕竟是一匹小小的兽，比不上任何的家事，足以通知我似的。

但当我去年回到家里的时候，我看到了父亲和玳瑁的感情了。

每当厨房的碗筷一搬动，父亲在后房餐桌边坐下的时候，玳瑁便在门外

"咪咪"地叫了起来。这叫声是只有两三声，从不多叫的。它仿佛在问父亲，可不可以进来似的。

于是父亲就说了，完全像对什么人说话一样：

"玳瑁，这里来！"

我初到的几天，家里突然增多了四个人，在玳瑁似乎感觉到热闹与生疏的恐惧，常不肯即刻进来。

"来吧，玳瑁！"父亲望着门外，不见它进来，又说了。

但是玳瑁只回答了两声"咪咪"，仍在门外徘徊着。

"小孩一样，看见生疏的人，就怕进来了。"父亲笑着对我们说。

但是过了一会儿，玳瑁在大家的不注意中，已经跃上了父亲的膝上。

"哪，在这里了。"父亲说。

我们弯过头去看，它伏在父亲的膝上，睁着略带惧怯的眼望着我们，仿佛预备逃遁似的。

父亲立刻理会它的感觉，用手抚摩着它的颈背，说："困吧，玳瑁。"一面他又转过来对我们说："不要多看它，它像姑娘一样的呢。"

我们吃着饭，玳瑁从不跳到桌上来，只是静静地伏在父亲的膝上。有时鱼腥的气息引诱了它，它便偶尔伸出半个头来望了一望，又立刻缩了回去。它的脚不肯触着桌。这是它的规矩，父亲告诉我们说，向来是这样的。

父亲吃完饭，站起来的时候，玳瑁便先走出门外去。它知道父亲要到厨房里去给它预备饭了。那是真的。父亲从来不曾忘记过，他自己一吃完饭，便去添饭给玳瑁的。玳瑁的饭每次都有鱼或鱼汤拌着。父亲自己这几年来对于鱼的滋味据说有点厌，但即使自己不吃，他总是每次上街去，给玳瑁带了一些鱼来，而且给它储存着的。

白天，玳瑁常在储藏东西的楼上，不常到楼下的房子里来。但每当父亲有什么事情将要出去的时候，玳瑁像是在楼上看着的样子，便溜到父亲的身边，绕着父亲的脚转了几下，一直跟父亲到门边。父亲回来的时候，它又像是在什么地方远远望着，静静地倾听着的样子，待父亲一跨进门限，它又在父亲的脚边了。它并不时时刻刻跟着父亲，但父亲的一举一动，父亲的进出，它似乎时刻在那里留心着。

晚上，玳瑁睡在父亲的脚后的被上，陪伴着父亲。

我们回家后，父亲换了一个寝室。他现在睡到弄堂门外一间从来没有人去的房子里了。

玳瑁有两夜没有找到父亲，只在原地方走着，叫着。它第一夜跳到父亲的床上，发现睡着的是我们，便立刻跳了出去。

正是很冷的天气。父亲记念着玳瑁夜里受冷，说它恐怕不会想到他会搬到那样冷落的地方去的。而且晚上弄堂门又关得很早。

但是第三天的夜里，父亲一觉醒来，玳瑁已在床上睡着了，静静地，"咕咕"念着猫经。

半个月后，玳瑁对我也渐渐熟了。它不复躲避我。当它在父亲身边的时候，我伸出手去，轻轻抚摩着它的颈背，它伏着不动。然而它从不自己走近我。我叫它，它仍不来。就是母亲，她是永久和父亲在一起的，它也不肯走近她。父亲呢，只要叫一声"玳瑁"，甚至咳嗽一声，它便不晓得从什么地方溜出来了，而且绕着父亲的脚。

有两次玳瑁到邻居去游走，忘记了吃饭。我们大家叫着"玳瑁玳瑁"，东西寻找着，不见它回来。父亲却猜到它哪里去了。他拿着玳瑁的饭碗走出门外，用筷子敲着，只喊了两声"玳瑁"，玳瑁便从很远的邻屋上走来了。

"你的声音像格外不同似的，"母亲对父亲说，"只消叫两声，又不大，它便老远地听见了。"

"是啊，它只听我管的哩。"

对于寂寞地度着残年的老人，玳瑁所给予的是儿子和孙子的安慰，我觉得。

六月四日的早晨，我带着战栗的心重回到家里，父亲只躺在床上远远地望了我一下，便疲倦地合上了眼皮。我悲苦地牵着他的手在我的面上抚摩。他的手已经有点生硬，不复像往日柔和地抚摩玳瑁的颈背那么自然。据说在头一天的下午，玳瑁曾经跳上他的身边，悲鸣着，父亲还很自然地抚摩着它，亲密地叫着"玳瑁"。而我呢，已经迟了。

从这一天起，玳瑁便不再走进父亲的以及和父亲相连的我们的房了。我们有好几天没有看见玳瑁的影子。我代替了父亲的工作，给玳瑁在厨房里备好鱼拌的饭，敲着碗，叫着"玳瑁"。玳瑁没有回答，也不出来。母亲说，这几天家里人多，闹得很，它该是躲在楼上怕出来的。于是我把饭碗一直送到楼上。然而玳瑁仍没有影子。过了一天，碗里的饭照样地摆在楼上，只是饭粒干瘪了一些。

玳瑁正怀着孕，需要好的滋养。一想到这，大家更其焦虑了。

第五天早晨，母亲才发现给玳瑁在厨房预备着的另一只饭碗里的饭略略少了一些。大约它在没有人的夜里走进了厨房。它应该是非常饥饿了。然而仍像吃不下的样子。

一星期后，家里的戚友渐渐少了。玳瑁仍不大肯露面。无论谁叫它，都不答应，偶然在楼梯上溜过的后影，显得憔悴而且瘦削，连那怀着孕的肚子也好像小了一些似的。

一天一天家里愈加冷静了。满屋里主宰着静默的悲哀。一到晚上，人还没有睡，老鼠便吱吱叫着活动起来，甚至我们房间的楼上也在叫着跑着。玳瑁是最会捕鼠的。当去年我们回家的时候，即使它跟着父亲睡在远一点的地方，我们的房间里从没有听见过老鼠的声音，但现在玳瑁就睡在隔壁的楼上，也不过问了。我们毫不埋怨它。我们知道它之所以这样的原因。

可怜的玳瑁。它不能再听到那熟识的亲密的声音，不能再得到那慈爱的抚摩，它是在怎样的悲伤呵！

三星期后，我们全家要离开故乡。大家预先就在商量，怎样把玳瑁带出来。但是离开预定的日子前一星期，玳瑁生了小孩了。我们看见它的肚子松瘪着。

怎样可以把它带出来呢？

然而为了玳瑁，我们还是不能不带它出来。我们家里的门将要全锁上。

邻居们不会像我们似的爱它，而且大家全吃着素菜，不会舍得买鱼饲它。单看玳瑁的脾气，连对于母亲也是冷淡淡的，决不会喜欢别的邻居。

我们还是决定带它一道来上海。

它生了几个小孩，什么样子，放在哪里，我们虽然极想知道，却不敢去惊动玳瑁。我们预定在饲玳瑁的时候，先捉到它，然后再寻觅它的小孩。因为这几天来，玳瑁在吃饭的时候，已经不大避人，捉到它应该是容易的。

但是两天后，我们十几岁的外甥遏抑不住他的热情了。不知怎样，玳瑁的孩子们所在的地方先被他很容易地发现了。它们原来就在楼梯门口，一只半掩着的糠箱里。玳瑁和它的小孩们就住在这里，是谁也想不到的。外甥很喜欢，叫大家去看。玳瑁已经溜得远远地在惧怯地望着。

我们想，既然玳瑁已经知道我们发觉了它的小孩的住所，不如便先把它的小孩看守起来，因为这样，也可以引诱玳瑁的来到，否则它会把小孩衔到更没有人晓得的地方去的。

于是我们便做了一个更安适的窠，给它的小孩们，携进了以前父亲的寝室，而且就在父亲的床边。

那里是四个小孩，白的，黑的，黄的，玳瑁的，都还没有睁开眼睛。贴着压着，钻做一团，肥圆的。捉到它们的时候，偶然发出微弱的老鼠似的吱吱的鸣声。

"生了几只呀？"母亲问着。

"四只。"

"嗨，四只！怪不得！扛了你父亲的棺材，不要再扛我的呢！"母亲叹息着，不快活地说。

大家听着这话，愣住了。

"把它们丢出去！"外甥叫着说，但他同时却又喜悦地抚摩着玳瑁的小孩们，舍不得走开。

玳瑁现在在楼上寻觅了，它大声地叫着。

"玳瑁，这里来，在这里。"我们学着父亲仿佛对人说话似的叫着玳玳瑁说。

但是玳瑁像只懂得父亲的话，不能了解我们说什么。它在楼上寻觅着，在弄堂里寻觅着，在厨房里寻觅着，可不走进以前父亲天天夜里带着它睡觉的房子。我们有时故意作弄它的小孩们，使它们发出微弱的鸣声。玳瑁仍像没有听见似的。

过了一会儿，玳瑁给我们女工捉住了。它似乎饿了，走到厨房去吃饭，却不妨给她一手捉住了颈背的皮。

"快来！快来！捉住了！"她大声叫着。

我扯了早已预备好的绳圈，跑出去。

玳瑁大声地叫着，用力地挣扎着。待至我伸出手去，还没抱住玳瑁，女工的手一松，玳瑁溜走了。

它再不到厨房里去，只在楼上叫着，寻觅着。

几点钟后，我们只得把玳瑁的小孩们送回楼上。它们显然也和玳瑁似地在忍受着饥饿和痛苦。

玳瑁又静默了，不到十分钟，我们已看不见它的小孩们的影子。现在可不必再费气力，谁也不会知道它们的所在。

有一天一夜，玳瑁没有动过厨房里的饭。以后几天，它也只在夜里，待大家睡了以后到厨房里去。

我们还想设法带玳瑁出来，但是母亲说：

"随它去吧，这样有灵性的猫，哪里会不晓得我们要离开这里。要出去自然不会躲开的。你们看它，父亲过世以后，再也不忍走进那两间房里，并且几天没有吃饭，明明在非常的伤心。现在怕是还想在这里陪伴你们父亲的灵魂呢。它原是你父亲的。"

我们只好随玳瑁自己了。它显然比我们还舍不得父亲，舍不得父亲所住过的房子，走过的路以及手所抚摸过的一切。父亲的声音，父亲的形象，父亲的气息，应该都还很深刻地萦绕在它的脑中。

可怜的玳瑁，它比我们还爱父亲！

然而玳瑁也太凄惨了。以后还有谁再像父亲似的按时给它好的食物，而且慈爱地抚摩着它，像对人说话似的一声声地叫它呢？

离家的那天早晨，母亲曾给它留下了许多给孩子吃的稀饭在厨房里。门虽然锁着，玳瑁应该仍然晓得走进去。邻居们也曾答应代我们给它饲料。然而又怎能和父亲在的时候相比呢？

现在距我们离家的时候又已一月多了。玳瑁应该很健康着，它的小孩们也该是很活泼可爱了吧？

我希望能再见到和父亲的灵魂永久同在着的玳瑁。

佳作赏析：

鲁彦（1901—1944），浙江镇海人，现代作家。著有长篇小说《愤怒的乡村》，散文集《随踪琐记》等。

文章未直接抒发对父亲的感情，而是通过与父亲相处融洽的一只猫"玳瑁"，来刻画父亲的性格和精神风貌。正所谓"睹物思人"，对"玳瑁"的怀念，就是对父亲的怀念。从父亲对"玳瑁"的深厚感情，可以看出他对家庭的爱。侧面描写有时比直接描写更有力量，也更感人。在这篇文章里，"玳瑁"是他父亲灵魂的化身。借物喻人，立意幽远，表现深刻。

母亲的时钟

□ [中国] 鲁彦

　　二十几年前，父亲从外面带了一架时钟给母亲；一尺多高，上圆下方，黑紫色的木框，厚玻璃面，白底黑字的计时盘，盘的中央和边缘镶着金漆的圆圈，底下垂着金漆的钟摆，钉着金漆的铃子，铃子后面的木框上贴着彩色的图画——是一架堂皇而且美丽的时钟。那时这样的时钟在乡里很不容易见到；不但我和姊姊非常觉得稀奇，就连母亲也特别喜欢它。

　　她最先把那时钟摆在床头的小橱上，只允许我们远望，不许我们走近去玩弄。我们爱看那钟摆的晃摇和长针的移动，常常望着望着忘记了读书和绣花。于是母亲搬了一个座位，用她的身子挡住了我们的视线，说：

　　"这是听的，不是看的呀！等一会又要敲了，你们知道呆看了多少时候吗？"

　　我们喜欢听时钟的敲声，常常问母亲：

　　"还不敲吗？妈，你叫它早点敲吧！"

　　但是母亲望了一望我们的书本和花绷，冷淡地回答说：

"到了时候，它自己会敲的。"

钟摆不但自己会动，还会得得地响下去，我们常常低低地念着它的次数；但母亲一看见我们嘴唇的嗡动，就生起气来。

"你们发疯了！它一天到晚响着，你们一天到晚不做事情吗？我把它停了，或是把它送给人家去，免得害你们吧！……"

但她虽然这样说，却并没把它停下，也没把它送给人家。她自己也常常去看那钟点，天天把它揩得干干净净。

"走路轻一点！不准跳！"她几次对我们说，"震动得厉害，它会停止的。"

真的，母亲自从有了这架时钟以后，她自己的举动更加轻声了。她到小橱上去拿别的东西的时候，几乎忍住了呼吸。

这架时钟开足后可以走上一个星期。不知母亲是怎样记得的。每次总在第七天的早晨不待它停止，就去开足了发条。和时钟一道，父亲带回家来的，还有一个小小的日晷。一遇到天气好太阳大，母亲就在将到正午的时候，把它放在后院子的水缸盖上。她不会看别的时候，只知道等待那红线的影子直了，就把时钟纠正为十二点。随后她收了那日晷，把它放在时钟的玻璃门内。我们也喜欢那日晷，因为它里面有一颗指南针，跳动得怪好看。但母亲连这个也不许我们玩弄。

"不是玩的！"她说，"太阳立刻就下山了，还不赶快做你们的事吗？……"

这在我们简直是件苦恼的事情。自从有了时钟以后，母亲对我们的监督愈加严了。她什么事情都要按着时候，甚至是早起，晚睡和三餐的时间。

冬天的日子特别短，天亮得迟黑得早。母亲虽然把我们睡眠的时间略略改动了些，但她自己总是照着平时的时间。大冷天，天还未亮，她就起来了。她把早饭煮好，房子收拾干净，拿着火炉来给我们烘衣服，催我们起床的时候，天才发亮，而我们也正睡得舒服，怕从被窝里钻出来。

"立刻要开饭了，不起来没有饭吃！"

她说完话就去预备碗筷。等我们穿好衣服，脸未洗完，她已经把饭菜摆在桌上。倘若我们不起来，她是绝不等待我们的，从此要一直饿到中午，而且她半天也不理睬我们。

每次当她对我们说几点钟的时候，我们几乎都起了恐惧，因为她把我们的一切都用时间来限制，不准我们拖延。我们本来喜欢那架时钟的，以后却渐渐对它憎恶起来了。

"停了也好，坏了也好！"我们常常私自说。

但是它从来不停，也从来不坏。而且过了两三年，我们家里又加了一架时钟了。

那是我们阴配的嫂嫂的嫁妆。它比母亲的一架更时新，更美观，声音也更好听。它不用铃子，用的钢条圈，敲起来声音洪亮而且余音不绝。

我们喜欢这一架，因为它还有两个特点：比母亲的一架走得慢，常常走不到一星期就停了下来。

但母亲却喜欢旧的一架。她把新的放在门边的琴桌上，把揩抹和开发条的事情派给了姊姊。她屡次看时刻都走到自己的床边望那架旧的。

"你喜欢这一架"，母亲对姊姊说，"将来就给你做嫁妆吧。当然，这一架样子新，也值钱些。"

我想姊姊当时听了这话应该是高兴的。但我心里却很不快活。我不希望母亲永久有一架那样准确而耐用的时钟。

那时钟，到得后来几乎代替了母亲的命令了。母亲不说话，它也就下起命令来。我们正睡得熟，它叮叮地叫着逼迫我们起床了；我们正玩得高兴，它叮叮地叫着，逼迫我们睡觉了；我们肚子不饿，它却叫我们吃饭；肚子饿了，它又不叫我们吃饭……

我们喜欢的是要快就快，要慢就慢，要走就走，要停就停的时钟。

姊姊虽然有幸，将得到一架那样的时钟，但在出嫁前两三个月，母亲忽然要把它修理了。

"好看只管好看，乱时辰是不行的，"她对姊姊说，"你去做媳妇，比不得在家里做女儿，可以糊里糊涂，自由自在呀。"

不知怎样，她竟打听出来了一个会修时钟的人，把他从远处请到家里，将那架新的拆开来，加了油，旋紧了某一个螺丝钉，弄了大半天。母亲请他吃了一顿饭，还用船送他回去。

于是姊姊的那架时钟果然非常准确了，几乎和母亲的一模一样。这在她是祸是福，我不知道。只记得她以后不再埋怨时钟，而且每次回到家里来，常常替代母亲把那架旧的用日晷来对准；同时她也已变得和母亲一样，一切都按照着一定的时间了。

我呢，自从第一次离开故乡后，也就认识了时钟的价值，知道了它对于人生的重大的意义，早已把憎恶它的心思一变而为喜爱的了。因为大的时钟不合用，我曾经买过许多挂表，既便于携带，式样又美观，价钱又便宜。

我记得第一次回家随身带着的是一只新出的夜明表，喜欢得连半夜醒来也要把它从枕头下拿来观看一番的。

"你看吧，妈，我这只表比你那架旧钟有用得多了，"我说着把它放在母亲的衣下。"黑角里也看得见，半夜里也看得见呢！"

但是母亲却并不喜欢。她冷淡地回答说：

"好玩罢了，并且是哑的。要看谁走得准、走得久呀。"

我本来是不喜欢那架旧钟的，现在给她这么一说，我愈加发现它的缺点了：式样既古旧、携带又不便利，而且摆置得不平稳或者稍受震动就会停止；到了夜里，睡得正甜蜜的时候，有时它叮叮敲着把人惊醒了过来，反之，醒着想知道是什么时候，却须静候到一个钟头才能听到它的报告。然而母亲却看不起我的新置的完美的挂表，重视着那架不合用的旧钟。这真使我对它发生更不快的感觉。

幸而母亲对我的态度却改变了。她现在像把我当作了客人似的，每天早晨并不催我起床，也并不自己先吃饭，总是等待着我，一直到饭菜冷了再热过一遍。她自己是仍按着时间早起，按着时间煮饭的，但她不再命令我依从她了。

"总要早起早睡。"她偶然也在无意中提醒我，而态度却是和婉的。

然而我始终不能依从她的愿望。我的习惯一年比一年坏了：起来得愈迟，睡得也愈迟，一切事情都漫无定时。我先后买过许多表，的确都是不准确的，也不耐久的；到得后来，索性连这一类表也没用处了。

但母亲却依然保留着她那架旧钟：屋子被火烧掉了，她抢出了那架旧钟，几次移居到上海，她都带着那架旧钟。

"给你买一架新的吧，不必带到上海去。"我说。母亲摇一摇头：

"你们用新的吧，我还是要这架用惯了的。"

到了上海，她首先拿出那架旧钟来，摆在自己的房里，仍是自己管理它。

它和海关的钟差不多准确，也不需要修理添油。只是外面的样子渐渐老了：白底黑字的计时盘这里那里起了斑疤，金漆也一块块地剥落了。

至于母亲，自从父亲去世后也就得了病，愈加老得快，消瘦下来，没有精力做事情。

"吃现成饭了，"她说，"一切由你们吧。"

她把家里的事情全交给了我和妻，常常躺在床上睡觉。

但是她早起的习惯没有改。天才一亮，她就起床了。她很容易饿，我们吃饭的时间就不得不和她分了开来。常常我们才吃过早饭，她就要吃中饭。她起初也等待我们，劝我们，日子久了，她知道没办法，便径自先吃了。

"一天到晚，只看见开饭，"她不高兴的时候，说："我还是住在乡下好，这里看不惯！"

真的，她现在不常埋怨我们，可是一切都使她看不惯，她说要住到乡下去，立刻就要走的，怎样也留她不住。

"乡下冷清清的没有亲人。"我说。

"住惯了的。"

"把你顶喜欢的子孙带去吧。"

但是她不要。她只带着她那架旧钟回去。第二次再来上海时，仍带着那架旧钟。第三次，第四次……都是一样。

去年秋季，母亲最后一次离开了她所深爱的故乡。她自知身体衰弱到了极度，临行前对人家说：

"我怕不能再回来了。上海过老，也好的，全家在眼前……"

这一次她的行李很简单：一箱子的寿衣、一架时钟。到得上海，她又把那时钟放在她自己的房里。

果然从那时起，她起床的时候愈加少了，几乎一天到晚都躺在床上，而且不常醒来。只有天亮和三餐的时间，她还是按时的醒了过来。天气渐渐冷下来，母亲的病也渐渐沉重起来，不能再按时去开那架时钟，于是管理它的责任便到了我们的手里。但我们没有这习惯，常常忘记去开它，等到母亲说了几次钟停了，我们才去开足它的发条，而又因为没有别的时钟，常常无法纠正它，使它准确。

"要在一定时候开它，"母亲告诉我们说，"停久了，就会坏的，你们且搬它到自己的房里去吧，时时看见它就不会忘记了。"

我们依从母亲的话，便把她的时钟搬到了楼上房间里。几个月来，它也很少停止，因为一听到它的敲声的缓慢无力，我们便预先去开足了发条。

但是在母亲去世前的一个月里，我们忽然发现母亲的时钟异样了：明明是才开足二三天，敲声也急促有力，却在我们不注意中停止了。我们起初怀疑没放得平稳，随后以为是孩子们奔跳所震动，可是都不能证实。

不久，姊姊从故乡来了。她听到时钟的变化，便失了色，绝望地摇一摇头，说：

"妈的病不会好了，这是个不吉利的预兆……"

"迷信！"我立刻截断了她的话。

过了几天，我忽然发现时钟又停止了。是在夜里三点钟。早晨我到楼下去看母亲，听见她说话的声音特别低了，问她话老是无力回答。到了下半天，我们都在她床边侍候着，她昏昏沉沉地睡着，很少醒来。我们喊了许久，问她要不要喝水，她微微摇一摇头，非常低声地说：

"不要喊我……"

我们知道她醒来后是感到身体的痛苦的，也就依从着她的话，让她安睡着。这样一直到深夜，我们看见她低声哼着，想转身却转不过来，便喂了她一点点汤水，问她怎样。

"比上半夜难过……"她低声回答我们。

我觉得奇怪，怀疑她昏迷了。我想，现在不就是上半夜吗，她怎么当做了下半夜呢？我连忙走到楼上，却又不禁惊讶起来：

原来母亲的时钟已经过了一点钟了。

我不明白，母亲是怎样听见楼上的钟声的。楼下的房子既高，楼板又有二层。自从她的时钟搬到楼上后，她曾好几次问过我们钟点。前后左右的房子空的很多，贴邻的一家，平常又没听见有钟声。附近又没有报时的鸡啼。这一夜母亲的房子里又相当不静寂，姊姊在念经、女工在吹折锡箔，间而夹杂着我们的低语声、走动声。母亲怎样知道现在到了下半夜呢？

是母亲没有忘记时钟吗？是时钟永久跟随着母亲呢？我想问母亲，但是母亲不再说话了。一点多钟以后她闭上了眼睛，正是头一天时钟自动地静默下来的那个时候。

失却了一位这样的主人，那架古旧的时钟怕是早已感觉到存在的悲苦了吧？唉……

佳作赏析：

在这篇文章里，"时钟"也可理解成"光阴"。文章通过母亲一生珍爱"时钟"这件事，说明母亲不但是个懂得"惜阴"的人，还是懂得如何培养和教育子女的人。

她借用"时钟"，来影响下一代，这是一种"爱"。同时，"时钟"还是本文的一条线索，贯穿了母亲的一生。通过不同时期母亲对时钟不变的感受，充分刻画出母亲的性格特征。以"物"写"人"，以"小"写"大"。结尾充满哲思，耐人寻味。

我的祖母之死

□〔中国〕徐志摩

一

一个单纯的孩子，

过他快活的时光，

兴匆匆的，活泼泼的，

何尝识别生存与死亡？

这四行诗是英国诗人华兹华斯（William Wordsworth）一首有名的小诗叫做《我们是七人》（We are Seven）的开端，也就是他的全诗的主意。这位爱自然，爱儿童的诗人，有一次碰着一个八岁的小女孩，发卷蓬松得可爱，他问她兄弟姊妹共有几人，她说我们是七个，两个在城里，两个在外国，还有一个姊妹一个哥哥，在她家里附近教堂的墓园里埋着。但她小孩的心里，却不分清生与死的界限，她每晚携着她的干点心与小盘皿，到那墓园的草地里，独自地吃，独自地唱，唱给她的在土堆里眠着的兄姊听，虽则他们静悄悄的莫有回响，她烂漫的童心却不曾感到生死间有不可思议的阻隔；所以任凭华翁多方的譬解，她只是睁着一双灵动的小眼，回答说："可是，先生，我们还是七人。"

二

其实华翁自己的童真，也不让那小女孩的完全：他曾经说"在孩童时期，我不能相信我自己有一天也会得悄悄地躺在坟里，我的骸骨会得变成尘土。"又一次他对人说"我做孩子时最想不通的，是死的这回事将来也会得轮到我自己身上。"

孩子们天生是好奇的，他们要知道猫儿为什么要吃耗子，小弟弟从哪里变出来的，或是究竟先有鸡还是先有鸡蛋；但人生最重大的变端——死的现象与实在，他们也只能含糊地看过，我们不能期望一个个小孩子们都是搔头穷思的丹麦王子。他们临到丧故，往往跟着大人啼哭；但他只要眼泪一干，就会到院子里踢键子，赶蝴蝶，就使在屋子里长眠不醒了的是他们的亲爹或亲娘，大哥或小妹，我们也不能盼望悼死的悲哀可以完全翳蚀了他们稚羊小狗似的欢欣。你如其对孩子说，你妈死了，你知道不知道——他十次里有九次只是对着你发呆；但他等到要妈叫妈，妈偏不应的时候，他的嫩颊上就会有热泪流下。但小孩天然的一种表情，往往可以给人们最深的感动。我生平最忘不了的一次电影，就是描写一个小孩爱恋已死母亲的种种天真的情景。她在园里看种花，园丁告诉她这花在泥里，浇下水去，就会长大起来。那天晚上天下大雨，她睡在床上，被雨声惊醒了，忽然想起园丁的话，她的小脑筋里就发生了绝妙的主意。她偷偷地爬出了床，走下楼梯，到书房里去拿下桌上供着的她死母的照片，一把揣在怀里，也不顾倾倒着的大雨，一直走到园里，在地上用园丁的小锄掘松了泥土，把她怀里的亲妈，谨慎地取了出来，栽在泥里，把松泥掩护着；她做完了工就蹲在那里守候——一个三四岁的女孩，穿着白色的睡衣，在深夜的暴雨里，蹲在露天的地上，专心笃意地盼望已经死去的亲娘，像花草一般，从泥土里发长出来！

三

我初次遭逢亲属的大故，是二十年前我祖父的死，那时我还不满六岁。那是我生平第一次可怕的经验，但我追想当时的心理，我对于死的见解也不见得比华翁的那位小姑娘高明。我记得那天夜里，家里人吩咐祖父病重，他们今夜不睡了，但叫我和我的姊妹先上楼睡去，回头要我们时他们会来叫的。我们就上楼去睡了，底下就是祖父的卧房，我那时也不十分明白，只知道今夜一定有很怕的事，有火烧、强盗抢、做怕梦，一样的可怕。我也不十分睡着，只听得楼下的急步声、碗碟声、唤婢仆声、隐隐的哭泣声，不息地响音。过了半夜，他们上来把我从睡梦里抱了下去，我醒过来只听得一片的哭声，他们已经把长条香点起来，一屋子的烟，一屋子的人，围拢在床前，哭的哭，喊的喊，我也捱了过去，在人丛里偷看大床里的好祖父。忽然听说醒了醒了，哭喊声也歇了，我看见父亲爬在床里，把病父抱持在怀里，祖父倚在他的身上，双眼紧闭着，口里衔着一块黑色的药物。他说话了，很轻的声音，虽则我不曾听明他说的什么话，后来知道他经过了一阵昏晕，他又醒了过来对家人说："你们吃吓了，这算是小死。"他接着又说了好几句话，随讲音随低，呼气随微，去了，再不醒了，但我却不曾亲见最后的弥留，也许是我记不起，总之我那时早已跪在地板上，手里擎着香，跟着大众高声地哭喊了。

四

此后我在亲戚家收殓虽则看得不少，但死的实在的状况却不曾见过。我们念书人的幻想力是比较的丰富，但往往因为有了幻想力，就不管生命现象的实在，结果是书呆子，陆放翁说的"百无一用是书生"。人生的范围是无穷的：我们少年时精力充足什么都不怕尝试，只愁没有出奇的事情做，往往抱怨这宇宙太窄，青天太低，大鹏似的翅膀飞不痛快，但是……但是平心地说，且不论奇的、怪的、特别的、离奇的，我们姑且试问人生里最基本的事实，最单纯的、最普遍的、最平庸的、最近人情的经验，我们究竟能有多少的把握，我们能有多少深彻的了解，我们是否都亲身经历过？譬如说：生产、恋爱、痛苦、悲、死、妒、恨、快乐、真疲倦、真饥饿、渴、毒焰似的渴、真的幸福、冻的刑罚、忏悔，种种的情热。我可以说，我们平常人生观、人类、人道、人情、真理、哲理、本能等等名词不离口吻的念书人们，什么文学家，什么哲学家——关于真正人生基本的事实的实在，知道的——恐怕是极微至鲜，即使不等于圆圈。我有一个朋友，他和他夫人的感情极厚，一次他夫人临到难产，因为在外国，所以进医院什么都得他自己照料，最后医生宣言只有用手术一法，但性命不能担保，他没有法子，只好和他半死的夫人诀别（解剖时亲属不准在旁的）。满心毒魔似的难受，他出了医院，走在道上，走上桥去，像得了离魂病似的，心脉舂臼似的跳着，最后他听着了教堂和缓的钟声，他就不自主地跟着钟声，进了教堂，跟着在做礼拜的跪着、祷告、忏悔、祈求、唱诗、流泪（他并不是信教的人），他这样的捱过时刻，后来回转医院时，一步步都是惨酷的磨难，比上行刑场的犯人，加倍的难受，他怕见医生与看护妇，仿佛他的命运是在他们的手掌里握着。事后他对人说"我这才知道了人生一点子的意味！"

五

所以不曾经历过精神或心灵的大变的人们，只是在生命的户外徘徊，也许偶尔猜想到几分墙内的动静，但总是浮的浅的，不切实的，甚至完全是隔膜的。人生也许是个空虚的幻梦，但在这幻象中，生与死，恋爱与痛苦，毕竟是陡起的奇峰，应得激动我们彷徨者的注意，在此中也许有可以感悟到一些幻里的真，虚中的实，这浮动的水泡不曾破裂以前，也应得饱吸自由的日

光，反射几丝颜色！

我是一只不羁的野驹，我往往纵容想象的猖狂，诡辩人生的现实；比如凭借凹折的玻璃，觉察当前景色。但时而复再，我也能从烦嚣的杂响中听出清新的乐调，在炫耀的杂彩里，看出有条理的意匠。这次祖母的大故，老家庭的生活，给我不少静定的时刻，不少深刻的反省。我不敢说我因此感悟了部分的真理，或是取得了若干的智慧；我只能说我因此与实际生活更深了一层的接触，益发激动我对于人生种种好奇的探讨，益发使我惊讶这迷迷的玄妙，不但死是神奇的现象，不但生命与呼吸是神奇的现象，就连日常的生活与习惯与迷信，也好像放射着异样的光闪，不容我们擅用一两个形容词来概括，更不容我们昌言什么主义来抹煞——一个革新者的热心，碰着了实在的寒冰！

六

我在我的日记里翻出一封不曾写完不曾付寄的信，是我祖母死后第二天的早上写的。我时在极强烈的极鲜明的时刻内，很想把那几日经过感想与疑问，痛快地写给一个同情的好友，使他在数千里外也能分尝我强烈的鲜明的感情。那位同情的好友我选中了通伯（通伯，即陈源（西滢）——编者注）但那封信却只起了一个呆重的头，一为丧中忙，二为我那时眼热不耐用心，始终不曾写就，一直挨到现在再想补写，恐怕强烈已经变弱，鲜明已经透暗，逃亡的囚遁，不易追获的了。我现在把那封残信录在这里，再来追摹当时的情景。

通伯：

我的祖母死了！从昨夜十时半起，直到现在，满屋子只是号咷呼抢的悲音，与和尚、道士、女僧的礼忏鼓磬声。二十年前祖父丧时的情景，如今又在眼前了。忘不了的情景！你愿否听我讲些？

我一路回家，怕的是也许已经见不到老人，但老人却在生死的交关仿佛存心地弥留着，等待她最钟爱的孙儿——即不能与他开言诀别，也使他尚能把握她依然温暖的手掌，抚摩她依然跳动着的胸怀，凝视她依然能自开自阖虽则不再能表情的目睛。她的病是脑充血的一种，中医称为"卒中"（最难救的中风）。她十日前在暗房里踬仆倒地，从此不再开口出言，登仙似的结束了她八十四岁的长寿，六十年良妻与贤母的辛勤，她现在已经永远地脱辞了烦恼的人间，还归她清净自在的来处。我们承受她一生的厚爱与荫泽的儿孙，此时亲见，将来追念，她最后的神化，不能自禁中怀的摧痛，热泪暴雨似的盆涌，然痛心中却亦隐有无穷的赞美，热泪中依稀想见她功成德备的微笑，无形中似有不朽的灵光，永远地临照她绵衍的后裔……

七

旧历的乞巧那一天，我们一大群快活的游踪，驴子灰的黄的白的，轿子四个脚夫抬的，正在山海关外迂回的、曲折的绕登角山的栖贤寺，面对着残坯的长城，巨虫似的爬山越岭，隐入烟霭的迷茫。那晚回北戴河海滨住处，已经半夜，我们还打算天亮四点钟上莲峰山去看日出，我已经快上床，忽然想起了，出去问有信没有，听差递给我一封电报，家里来的四等电报。我就知道不妙，果然是"祖母病危速回"！我当晚就收拾行装，赶早上六时车到天津，晚上才上津浦快车。正嫌路远车慢，半路又为水发冲坏了轨道过不去，一停就停了十二点钟有余，在车里多过了一夜，直到第三天的中午方才过江上沪宁车。这趟车如其准点到上海，刚好可以接上沪杭的夜车，谁知道又误了点，误了不多不少的一分钟，一面我们的车进站，他们的车头呜的一声叫，别断别断地去了！我若然是空身子，还可以冒险跳车，偏偏我的一双手又被行李雇定了，所以只得定着眼睛送它走。

所以直到八月二十二日的中午我方才到家。我给通伯的信说"怕是已经见不着老人"，在路上那几天真是难受，缩不短的距离没有法子，但是那急人的水发，急人的火车，几面凑拢来，叫我整整的迟一昼夜到家！试想病危了的八十四岁的老人，这二十四点钟不是容易过的，说不定她刚巧在这个期间内有什么动静，那才叫人抱憾哩！但是结果还算没有多大的差池——她老人家还在生死的交关等着！

八

奶奶——奶奶——奶奶！奶——奶！你的孙儿回来了，奶奶！没有回音。老太太阖着眼，仰面躺在床里，右手拿着一把半旧的雕翎扇很自在地扇动着。老太太原来就怕热，每年暑天总是扇子不离手的，那几天又是特别的热。这还不是好好的老太太，呼吸顶匀净的，定是睡着了，谁说危险！奶奶，奶奶！她把扇子放下了，伸手去摸着头顶上挂着的冰袋，一把抓得紧紧的，呼了一口长气，像是暑天赶道儿的喝了一碗凉汤似的，这不是她明明的有感觉不是？我把她的手拿在我的手里，她似乎感觉我手心的热，可是她也让我握着，她开眼了！右眼张得比左眼开些，瞳子却是发呆，我拿手指在她的眼前一挑，她也没有瞬，那准是她瞧不见了——奶奶，奶奶——她也真没有听见，难道她真是病了，真是危险，这样爱我疼我宠我的好祖母，难道真会得……我心里一阵的难受，鼻子里一阵的酸，滚热的眼泪就迸了出来。这时候床前已经挤满了人，我的这位，我的那位，我一眼看过去，只见一片惨白忧愁的面色，一双双装满了泪珠的眼眶。我的妈更看得憔悴。她们已经伺候了六天六夜，妈对我讲祖母这回不幸的情形，怎样的她夜饭前还在大厅上吩咐事情，怎样的饭后进房去自己擦脸，不知怎样的闪了下去，外面人听着响声才进去，已经是不能开口了，怎样的请医生，一直到现在还没有转机……

一个人到了天伦骨肉的中间，整套的思想情绪，就变换了式样与颜色。

你的不自然的口音与语法没有用了；你的耀眼的袍服可以不必穿了；你的洁白的天使的翅膀，预备飞翔出人间到天堂的，不便在你的慈母跟前自由地开豁；你的理想的楼台亭阁，也不轻易地放进这二百年的老屋；你的佩剑、要塞以及种种的防御，在争竞的外界即使是必要的，到此只是可笑的累赘。在这里，不比在其余的地方，他们所要求于你的，只是随熟的声音与笑貌，只是好的，纯粹的本性，只是一个没有斑点子的赤裸裸的好心。在这些纯爱的骨肉的经纬中心，不由得你不从你的天性里抽出最柔糯亦最有力的几缕丝线来加密或是缝补这幅天伦的结构。

所以我那时坐在祖母的床边，含着两朵热泪，听母亲叙述她的病况，我脑中发生了异常的感想，我像是至少逃回了二十年的光阴，正如我膝前子侄辈一般的高矮，回复了一片纯朴的童真，早上走来祖母的床前，揭开帐子叫一声软和的奶奶，她也回叫了我一声，伸手到里床去摸给我一个蜜枣或是三片状元糕，我又叫了一声奶奶，出去玩了，那是如何可爱的辰光，如何可爱的天真，但如今没有了，再也不回来了。现在床里躺着的，还不是我的亲爱的祖母，十个月前我伴着到普陀登山拜佛清健的祖母，但现在何以不再答应我的呼唤，何以不再能表情，不再能说话，她的灵性哪里去了，她的灵性哪里去了？

九

一天，一天，又是一天——在垂危的病榻前过的时刻，不比平常飞驶无碍的光阴，时钟上同样的一声的嗒，直接地打在你的焦急的心里，给你一种模糊的隐痛——祖母还是照样地眠着，右手的脉自从起病以来已是极微仅有的，但不能动弹的却反是有脉的左侧，右手还是不时在挥扇，但她的呼吸还是一例的平匀，面容虽不免瘦削，光泽依然不减，并没有显著的衰象，所以我们在旁边看她的，差不多每分钟都盼望她从这长期的睡眠中醒来，打一个呵欠，就开眼见人，开口说话——果然她醒了过来，我们也不会觉得离奇，像是原来应当似的。但这究竟是我们亲人绝望中的盼望，实际上所有的医生，中医、西医、针医，都已一致地回绝，说这是"不治之症"。中医说这脉象是凭证，西医说脑壳里血管破裂，虽则植物性机能——呼吸、消化——不曾停止，但言语中枢已经断绝——此外更专门更玄学更科学的理论我也记不得了。所以暂时不变的原因，就在老太太本来的体元太好了，拳术家说的"一时不能散工"，并不是病有转机的兆头。

我们自己人也何尝不明白这是个绝症；但我们却总不忍自认是绝望：这"不忍"便是人情。我有时在病榻前，在凄恨的静默中，发生了重大的疑问。科学家说人的意识与灵感，只是神经系最高的作用，这复杂，微妙的机械，只要部分有了损伤或是停顿，全体的动作便发生相当的影响；如其最重要的部分受了扰乱，他不是变成反常的疯癫，便是完全地失去意识。照这一说，体即是用，离了体即没有用；灵魂是宗教家的大谎，人的身体一死什么都完了。这是最干脆不过的说法，我们活着时有这样有那样已经尽够麻烦，尽够受，谁还有兴致，谁还愿意到坟墓的那一边再去发生关系，地狱也许是黑暗的，天堂是光明的，但光明与黑暗的区别无非是人类专擅的假定，我们只要摆脱这皮囊，还归我清静，我就不愿意头戴一个黄色的空圈子，合着手掌跪在云端里受罪！

再回到事实上来，我的祖母——一位神智最清明的老太太——究竟在哪里？我既然不能断定因为神经部分的震裂她的灵感性便永远的消减，但同时她又分明地失却了表情的能力，我只能设想她人格的自觉性，也许比平时消淡了不少，却依旧是在着，像在梦魇里将醒未醒时似的，明知她的儿女孙曾不住地叫唤她醒来，明知她即使要永别也总还有多少的嘱咐，但是可怜她的睛球再不能反映外界的印象，她的声带与口舌再不能表达她内心的情意，隔着这脆弱的肉体的关系，她的性灵再不能与他最亲的骨肉自由地交通——也许她也在整天整夜地伴着我们焦急，伴着我们伤心，伴着我们出泪，这才是可怜，这才真叫人悲感哩！

十

到了八月二十七那天，离她起病的第十一天，医生吩咐脉象大大地变了，叫我们当心，这十一天内每天她只咽入很困难的几滴稀薄的米汤，现在她的面上的光泽也不如早几天了，她的目眶更陷落了，她的口部的筋肉也更宽弛了，她右手的动作也减少了，即使拿起了扇子也不再能很自然地扇动了——她的大限的确已经到了。但是到晚饭后，反是没有什么显象。同时一家人着了忙，准备寿衣的、准备冥银的、准备香灯等等的。我从里走出外，又从外走进里，只见匆忙的脚步与严肃的面容。这时病人的大动脉已经微细得不可辨，虽则呼吸还不至怎样的急促。这时一门的骨肉已经齐集在病房里，等候那不可避免的时刻。

到了十时光景，我和我的父亲正坐在房的那一头一张床上，忽然听得一个哭叫的声音说——"大家快来看呀，老太太的眼睛张大了！"这尖锐的喊声，仿佛是一大桶的冰水浇在我的身上，我所有的毛管一齐竖了起来，我们跟跄地奔到了床前，挤进了人丛。果然，老太太的眼睛张大了，张得很大了！这是我一生从不曾见过，也是我一辈子忘不了的眼见的神奇（恕罪我的描写）！不但是两眼，面容也是绝对地神变了（transfigured），她原来皱缩的面上，发出一种鲜润的彩泽，仿佛半淤的血脉，又一度充满了生命的精液，她的口，她的两颊，也都回复了异样的丰润；同时她的呼吸渐渐地上升，急进的短促，现在已经几乎脱离了气管，只在鼻孔里脆响地呼出了。但是最神奇不过的是一双眼睛！她的瞳孔早已失去了收敛性，呆顿地放大了。但是最后那几秒钟！不但眼眶是充分地张开了，不但黑白分明，瞳孔锐利地紧敛了，并且放射着一种不可形容，不可信的辉光，我只能称他为"生命最集中的灵光"！这时候床前只是一片的哭声，子媳唤着娘，孙子唤着祖母，婢仆争喊着老太太，几个稚龄的曾孙，也跟着狂叫太太……但老太太最后的开眼，仿佛是与她亲爱的骨肉，作无言的诀别，我们都在号泣地送终，她也安慰了，她放心地去了。在几秒时内，死的黑影已经移上了老人的面部，遏灭了生命的异彩，她最后的呼气，正似水泡破裂，电光杳灭，菩提的一响，生命呼出了窍，什么都止息了。

十一

我满心充塞了死象的神奇，同时又须顾管我有病的母亲，她那时出性地号啕，在地板上滚着，我自己反而哭不出来；我自己也觉得奇怪，眼看着一家长幼的涕泪滂沱，耳听着狂沸似的呼抢号叫，我不但不发生同情的反应，却反而达到了一个超感情的，静定的，幽妙的意境，我想象地看见祖母脱离了躯壳与人间，穿着雪白的长袍，冉冉地上升天去，我只想默默地跪在尘埃，赞美她一生的功德，赞美她一生的圆寂。这是我的设想！我们内地人却没有这样纯粹的宗教思想；他们的假定是不论死的是高年厚德的老人或是无知无愆的幼孩，或是罪大恶极的凶人，临到弥留的时刻总是一例的有无常鬼、摸壁鬼、牛头马面、赤发獠牙的阴差等等到门，拿着镣链枷锁，来捉拿阴魂到案。所以烧纸帛是平他们的暴戾，最后的呼抢是没奈何的诀别。这也许是大部分临死时实在的情景，但我们却不能概定所有的灵魂都不免遭受这样的凌辱。譬如我们的祖老太太的死，我只能想象她是登天，只能想象她慈祥地神化——像那样鼎沸的号啕，固然是至性不能自禁，但我总以为不如匐伏隐泣或默祷，较为近情，较为合理。

理智发达了，感情便失了自然的浓挚；厌世主义的看来，眼泪与笑声一样是空虚的，无意义的。但厌世主义姑且不论，我却不相信理智的发达，会得妨碍天然的情感；如其教育真有效力，我以为效力就在剥削了不合理性的"感情作用"，但决不会有损真纯的感情；他眼泪也许比一般人流得少些，但他等到流泪的时候，他的泪才是应流的泪。我也是智识愈开流泪愈少的一个人，但这一次却也真的哭了好几次。一次是伴我的姑母哭的，她为产后不曾复元，所以祖母的病一直瞒着她，一直到了祖母故后的早上方才通知她。她扶病来了，她还不曾下轿，我已经听出她在啜泣，我一时感觉一阵的悲伤，等到她出轿放声时，我也在房中欷歔不住。又一次是伴祖母当年的赠嫁婢哭的。她比祖母小十一岁，今年七十三岁，亦已是个白发的婆子，她也来哭她的"小姐"，她是见着我祖母的花烛的唯一个人，她的一哭我也哭了。

再有是伴我的父亲哭的。我总是觉得一个身体伟大的人，他动情感的时候，动人的力量也比平常人伟大些。我见了我父亲哭泣，我就忍不住要伴着淌泪。但是感动我最强烈的几次，是他一人倒在床里，反复的啜泣着，叫着妈，像一个小孩似的，我就感到最热烈的伤感，在他伟大的心胸里浪涛似的起伏，我就感到母子的感情的确是一切感情的起原与总结，等到一失慈爱的荫庇，仿佛一生的事业顿时莫有了根柢，所有的快乐都不能填平这唯一的缺陷；所以他这一哭，我也真哭了。

但是我的祖母果真是死了吗？她的躯体是死的。但她是不死的。诗人勃兰恩德（Bryant）（美国诗人——编者注）说：

So live, that when thy summons comes to join the innumerable caravan, which moves to that mysterious realm where each shall take his chamber in the silent halls of death, thou go not, like the quarry-slave at night scourged to his dungeon, but sustained and soothed by an unfaltering truth.

Approach thy grave like one who wraps the drapery of his couch about him, and lies down to pleasant dreams.

（英文大意是：因此，这样的生命，一旦得到召唤，便加入到绵延不断的人流旅队中，向着神秘王国前进。在那笼罩着死亡的寂静的宅第里，每人都羁守着自己的牢笼，再也无法脱身。即使如同采石场的奴隶那样，在地牢中被无情地鞭笞，也只是抱有坚定的信念，被持久地安抚。死亡就好比人们平常掩上床边的帷帐，躺在床上进入甜蜜的梦乡。——编者注）

我的祖母，在那旧式的环境里，到我们家来五十九年，真像是做了长期的苦工，她何尝有一日的安闲，不必说子女的嫁娶，就是一家的柴米油盐，扫地抹桌，哪一件事不在八十岁老人早晚的心上！我的伯父快近六十岁了，但他的起居饮食，还差不多完全是祖母经管的，初出世的曾孙如其有些身热咳嗽，老太太晚上就睡不安稳；她爱我宠我的深情，更不是文字所能描写；她那深厚的慈荫，真是无所不包，无所不蔽。但她的身心即使劳碌了一生，她的报酬却在灵魂无上的平安；她的安慰就在她的儿女孙曾，只要我们能够步她的前例，各尽天定的责任，她在冥冥中也就永远地微笑了。

十一月二十四日

佳作赏析

徐志摩（1896—1931），浙江海宁人，诗人。有诗集《志摩的诗》《猛虎集》，散文集《落叶》《巴黎的鳞爪》，短篇小说集《轮盘》等。

《我的祖母之死》是一篇感人至深的佳作，文章详细叙述了作者祖母逝世前后的情形，表达了对逝世亲人的悲痛和深切缅怀。通过文章可以看出，重"情"的徐志摩与祖母之间有着比常人更为浓烈、深挚的感情。然而他却只能默默而无能为力地眼看着奶奶生命力的渐渐萎缩，这成为徐志摩情感历程中一次极其惨痛的经历。

作者将对祖母的款款思念之情融入笔端，或工笔细描、或重彩渲染、或大笔写意，描绘出祖母的一生。这种精致、生动而形象的描写只有那种心怀刻骨铭心之爱者才能为之，这其中恐怕绝非仅仅凭笔力就可以，更重要的，还是感情。情之所至，文自成之。

婴儿

□〔中国〕徐志摩

　　我们要盼望一个伟大的事实出现，我们要守候一个馨香的婴儿出世：你看他那母亲在她生产的床上受罪！

　　她那少妇的安详，柔和，端丽现在在剧烈的阵痛里变形成不可信的丑恶：你看她那遍体的筋络都在她薄嫩的皮肤底里暴涨着，可怕的青色与紫色，像受惊的水青蛇在田沟里急洄似的，汗珠站在她的前额上像一颗弹的黄豆。她的四肢与身体猛烈地抽搐着，畸屈着，奋挺着，纠旋着，仿佛她垫着的席子是用针尖编成的，仿佛她的帐围是用火焰织成的；一个安详的，镇定的，端庄的，美丽的少妇，现在在绞痛的惨酷里变形成魔鬼似的可怖：她的眼，一时紧紧地阖着，一时巨大地睁着，她那眼，原来像冬夜池潭里反映着的明星，现在吐露着青黄色的凶焰，眼珠像是烧红的炭火，映射出她灵魂最后的奋斗，她的原来朱红色的口唇，现在像是炉底的冷灰，她的口颤着，撅着，扭着，死神的热烈的亲吻不容许她一息的平安，她的发是散披着，横在口边，漫在胸前，像揪乱的麻丝，她的手指间紧抓着几穗拧下来的乱发；这母亲在她生产的床上受罪——但她还不曾绝望，她的生命挣扎着血与肉与骨与肢体的纤微，在危崖的边沿上，抵抗着，搏斗着，死神的逼迫；她还不曾放手，因为她知道（她的灵魂知道！）这苦痛不是无因的，因为她知道她的胎宫里孕育着一点比她自己更伟大的生命的种子，包涵着一个比一切更永久的婴儿；因为她知道这苦痛是婴儿要求出世的征候，是种子在泥土里爆裂成美丽的生命的消息，是她完成她自己生命的使命的时机；因为她知道这忍耐是有结果的，在她剧痛的昏瞀中她仿佛听着上帝准许人间祈祷的声音，她仿佛听着天使们赞美未来的光明的声音；因此她忍耐着，抵抗着，奋斗着……她抵拼绷断她胴体的纤维，她要赎出在她那胎宫里动荡着的生命，在她一个完全、美丽的婴儿出世的盼望中，最锐利，最沉酣的痛感逼成了最锐利最沉酣的快感……

佳作赏析：

徐志摩的作品诗意充沛，情感饱满，充满了奔放的热情。这篇短文与其他表现母爱文章不同的是，作者刻画的是婴儿临产之前母亲的“痛苦”和“磨难”。对任何一个女性来说，生育都是苦痛的，但母亲忍受着这种痛苦，她在受罪中怀揣着美好的希望，她在剧痛中期盼着天使的降临。

文字凄美，意境幽深，氛围浓郁，整篇文字充满象征意味。“母亲”在这里的寓意是双重的，既指婴儿的母亲，也指社会的母亲——祖国。母亲所承受的磨难，也是祖国所承受的磨难。从这层意义上说，诗人的情怀是博大的，他通过短短的文字，写出了时代的绝望和希望。最深刻的“痛”，即是最深刻的“爱”。

给我的孩子们

□〔中国〕丰子恺

我的孩子们！我憧憬于你们的生活，每天不止一次！我想委曲地说出来，使你们自己晓得。可惜到你们懂得我的话的意思的时候，你们将不复是可以使我憧憬的人了。这是何等可悲哀的事啊！

瞻瞻！你尤其可佩服。你是身心全部公开的真人。你什么事情都像拼命地用全副精力去对付。小小的失意，像花生米翻落地了，自己嚼了舌头了，小猫不肯吃糕了，你都要哭得嘴唇翻白，昏去一两分钟。外婆普陀去烧香买回来给你的泥人，你何等鞠躬尽瘁地抱他，喂他；有一天你自己失手把他打破了，你的号哭的悲哀，比大人们的破产、失恋、丧考妣、全军覆没的悲哀都要真切。两把芭蕉扇做的脚踏车，麻雀牌堆成的火车、汽车，你何等认真地看待，挺直了嗓子叫"汪——""咕咕咕……"，来代替汽油。宝姊姊讲故事给你听，说到"月亮姊姊挂下一只篮来，宝姊姊坐在篮里吊了上去，瞻瞻在下面看"的时候，你何等激昂地同她争，说"瞻瞻要上去，宝姊姊在下面看！"甚至哭到漫姑面前去求审判。我每次剃了头，你真心地疑我变了和尚，好几时不要我抱。最是今年夏天，你坐在我膝上发现了我腋下的长毛，当作黄鼠狼的时候，你何等伤心，你立刻从我身上爬下去，起初眼睁睁地对我端详，继而大失所望地号哭，看看，哭哭，如同对被判定了死罪的亲友一样。你要我抱你到车站里去，多多益善地要买香蕉，满满地擒了两手回来，回到门口时你已经熟睡在我的肩上，手里的香蕉不知落在哪里去了。这是何等可佩服的真率、自然与热情！大人间的所谓"沉默""含蓄""深刻"的美德，比起你来，全是不自然的、病的、伪的！

你们每天做火车、做汽车、办酒、请菩萨、堆六面画、唱歌，全是自动的，创造创作的生活。大人们的呼号"归自然！""生活的艺术化！""劳动的艺术化！"在你们面前真是出丑得很了！依样画几笔画，写几篇文的人称为艺术家、创作家，对你们更要愧死！

你们的创作力，比大人真是强盛得多哩：瞻瞻！你的身体不及椅子的一半，却常常要搬动它，与它一同翻倒在地上；你又要把一杯茶横转来藏在抽斗里，要皮球停在壁上，要拉住火车的尾巴，要月亮出来，要天停止下雨。在这等小小的事件中，明明表示着你们的弱小的体力与智力不足以应付强盛的创作欲、表现欲的驱使，因而遭逢失败。然而你们是不受大自然的支配，不受人类社会的束缚的创造者，所以你的遭逢失败，例如火车尾巴拉不住，月亮呼不出来的时候，你们决不承认是事实的不可能，总以为是爹爹妈妈不肯帮你们办到，同不许你们弄自鸣钟同例，所以愤愤地哭了，你们的世界何等广大！

你们一定想：终天无聊地伏在案上弄笔的爸爸，终天闷闷地坐在窗下弄引线的妈妈，是何等无气性的奇怪的动物！你们所视为奇怪动物的我与你们的母亲，有时确实难为了你们，摧残了你们，回想起来，真是不安心得很！

阿宝！有一晚你拿软软的新鞋子，和自己脚上脱下来的鞋子，给凳子的脚穿了，划袜立在地上，得意地叫"阿宝两只脚，凳子四只脚"的时候，你母亲喊着"龌龊了袜子！"立刻擒你到藤榻上，动手毁坏你的创作。当你蹲在榻上注视你母亲动手毁坏的时候，你的小心里一定感到"母亲这种人，何等煞风景而野蛮"罢！

瞻瞻！有一天开明书店送了几册新出版的毛边的《音乐入门》来。我用小刀把书页一张一张地裁开来，你侧着头，站在桌边默默地看。后来我从学校回来，你已经在我的书架上拿了一本连史纸印的中国装的《楚辞》，把它裁破了十几页，得意地对我说："爸爸！瞻瞻也会裁了！"瞻瞻！这在你原是何等成功的欢喜，何等得意的作品！却被我一个惊骇的"哼！"字喊得你哭了。那时候你也一定抱怨"爸爸何等不明"罢！

软软！你常常要弄我的长锋羊毫，我看见了总是无情地夺脱你。现在你一定轻视我，想道："你终于要我画你的画集的封面！"

最不安心的，是有时我还要拉一个你们所最怕的陆露沙医生来，教他用他的大手来摸你们的肚子，甚至用刀来在你们臂上割几下，还要教妈妈和漫姑擒住了你们的手脚，捏住了你们的鼻子，把很苦的水灌到你们的嘴里去。这在你们一定认为是太无人道的野蛮举动罢！

孩子们！你们果真抱怨我，我倒欢喜；到你们的抱怨变为感激的时候，我的悲哀来了！我在世间，永没有逢到像你们这样出肺肝相示的人。世间的人群结合，永没有像你们样的彻底地真实而纯洁。最是我到上海去干了无聊的所谓"事"回来，或者去同不相干的人们做了叫做"上课"的一种把戏回来，你们在门口或车站旁等我的时候，我心中何等惭愧又欢喜！惭愧我为甚么去做这等无聊的事，欢喜我又得暂时放怀一切地加入你们的真生活的团体。

但是，你们的黄金时代有限，现实终于要暴露的。这是我经验过来的情形，也是大人们谁也经验过的情形。我眼看见儿时的伴侣中的英雄、好汉，一个个退缩、顺从、妥协、屈服起来，到像绵羊的地步。我自己也是如此。"后之视今，亦犹今之视昔"，你们不久也要走这条路呢？

我的孩子们！憧憬于你们的生活的我，痴心要为你们永远挽留这黄金时代在这册子里。

然这真不过像"蜘蛛网落花"，略微保留一点春的痕迹而已。且到你们懂得我这片心情的时候，你们早已不是这样的人，我的画在世间已无可印证了！这是何等可悲哀的事啊！

佳作赏析：

　　丰子恺（1898—1975），浙江崇德人，作家、画家、翻译家。有画集《子恺漫画》，散文《缘缘堂随笔》，译作《源氏物语》《猎人笔记》等。

　　这是一篇极具特色的佳作。作者用生动的语言描述了自己几个孩子的言行举止，充满童真童趣，更为独特的是作者运用"换位思考"的方法，从孩子的角度去衡量和评价大人的行为。文章对孩子天真无邪的本性作了热情的讴歌和赞美，对成人世界的思维方式和行为进行了批评和否定。作者希望自己的孩子永葆天真，这当然只是一种美好的愿望，折射出的是作者对现实社会和生活的不满和讽刺。文章夹叙夹议，感情炽烈，很有感染力。

爱尔克的灯光

□〔中国〕巴金

　　傍晚，我靠着逐渐黯淡的最后的阳光的指引，走过十八年前的故居。这街的一切，这建筑的一切开始在我眼前隐藏起来，像在躲避一个久别的旧友。但是它们的改变了的面貌于我还是十分亲切。我认识它们，就像认识我自己。还是那样宽的街，宽的房屋。巍峨的门墙代替了太平缸和石狮子，那对常常做我们坐骑的背脊光滑的雄狮也不知逃进了哪座荒山。然而大门开着，照壁上"长宜子孙"四个字却是原样地嵌在那里，似乎连颜色也不曾被风雨剥蚀。我望着那同样的照壁，我被一种奇异的感情抓住了，我仿佛要在这里看出过去的十九个年头，不，我仿佛要在这里寻找十八年以前的辽远的旧梦。

　　守门的武装兵士用疑惑的眼光看我。他不了解我的心情！他不会认识十八年前的少年人。他却用眼光驱逐一个人的许多亲密的回忆。

　　黑暗来了。我的眼睛失掉了一切。于是大门内亮起灯光。灯光并不曾照亮什么，反而在我心上添加了黑暗。我只得失望地走了。我向着来时的路回去。已经走了四五步，我忽然不自主地掉回头，再看那建筑。依旧是阴暗中一丝微光。我好像看见一个盛满希望的水碗一下子就落在地上打碎了一般，我苦痛地在心里叫起来，在这被夜幕覆盖着的近代城市的静寂的街中，我仿佛看见了哈立希岛上的灯光。那应该是姊姊爱尔克点的灯笼，她用这灯来给她的航海的兄弟照路，每夜每夜灯光亮在她的窗前，她一直到死都在等待那个出远门的兄弟回来。最后她带着失望进入坟墓。

街道仍是静静的。忽然一个熟悉的声音在我耳边轻轻地唱起了这个欧洲的古传说。在这里不会有人歌咏这样的故事。应该是书本在我心上留下的影响。但是这时候我想起了自己的事情。

十八年前在一个春天的早晨，我离开这同样城市，同样街道的时候，我也曾有一个姊姊，也曾答应过有一天回来看她，同她谈一些外面的事情。我相信着自己的约言。那时我的姊姊还是一个出阁才只一个多月的新嫁娘，都说她有一个性情温良的丈夫，因此也会有着长久的幸福的岁月。

然而人的安排终于被"偶然"毁坏了。这应该是一个"意外"。但是这"意外"却毫无怜悯地在年青的心上下着打击。我离家不过一年半光景，就接到了姊姊的死讯。我的哥哥用了颤抖的哭诉的笔叙说了一个善良的女性的悲惨的结局，还说到她死后所得着的冷落的待遇。从此那个做过她的丈夫的所谓温良的人改变了，他往一条丧失人性的路走去，他想往上爬，结果却不停地向下面落，终于到了用鸦片来延续生命的地步。对于姊姊，她生前我没有好好地爱过她，死后也不曾做过一件纪念她的事。她寂寞地活着，寂寞地死去。死带走了她的一切，这就是在我们那地方的旧式女子的命运。

我在外面一直跑了十八年。我从没有向人谈过我姊姊。只有偶尔在梦里我看见了爱尔克的灯光。一年前在上海我常常睁着眼睛做梦。我望着远远的在窗前发亮的灯，我面前横着一片大海，灯光在呼唤我，我恨不得腋下生出翅膀，即刻飞到那边去。沉重的梦压着我的心灵，我好像在同许多无形的魔手挣扎。我望着那灯光，路是那么远，我又没有翅膀，我只有一个渴望：飞！飞！那些熬煎着心的日子！那些可怕的梦魇！

但是我终于回来了。我越过那堆积着像山一样的十八年的长岁月，回到了生我养我而且让我刻印了无数儿时回忆的地方。我走了很多的路。

十九年，似乎一切全变了，又似乎都没有改变。死了许多人，毁了许多家。许多可爱的生命葬入黄土。接着又有许多新的人继续来演那不必要的悲剧。浪费，浪费，还是那许多不必要的浪费——生命，精力，感情，财富，甚至欢笑和眼泪。我去的时候是这样，回来时看见的还是一样情形。关在这个小圈子里我禁不住几次问我自己：难道这十八年全是白费？难道在这许多年中间所改变的就只是装束和名词！我苦痛地搓自己的手，不敢给一个回答。

在这个我永不能忘记的城市里，我过了五十个傍晚。我花费了自己不少眼泪和欢笑，也消耗了别人不少眼泪和欢笑。我匆匆地来，也将匆匆地去。用留恋的眼光看我出生的房屋，这应该是最后的一次了。我的心似乎想在那里寻觅什么，但是我所要的东西不会在那里找到。我不会像我的一个姑母或嫂嫂，设法进到那所已经易了几个主人的公馆，对着园中花树垂泪，慨叹着一个家族的盛衰。摘吃自己栽种树上的苦果，这是一个人的本分。我没有跟着那些人走一条路，我当然仕这里找不着自己的脚迹。几次走过这地方，我所看见的还只是那四个字"长宜子孙"。

"长宜子孙"，这四个字的年龄比我的还不知要大了多少。这也该是我祖父留下的东西罢。最近在家里我还读到他的遗嘱。他用空空两手造就了一份家业。到临死还周到地为儿孙安排了舒适的生活。他叮嘱后人保留着他修建的房屋和他辛苦地搜集起来的书画。但是儿孙们回答他的还是同样的字：分和卖。我很奇怪，为什么这样聪明的老人还不明白一个浅显道理：财富并不"长宜子孙"，倘使不给他们一个生活技能，不向他们指示一条道路？"家"这个小圈子只能摧毁年青心灵的发育成长；倘使不同时让他们睁起眼睛去看广大世界，财富只能毁灭崇高的理想和善良的气质，要是它只消耗在个人的享乐上面。

"长宜子孙"，我恨不能削去这四个字！许多可爱的年青生命被摧残了，许多有为的年青心灵被囚禁了。许多人在这个小圈子里面憔悴地捱着日子。这就是"家"！"甜蜜的家"！这不是我应该来的地方。爱尔克的灯光不会把我引到这里来的。

于是在一个春天的早晨，依旧是十八年前的那些人把我送到门口，这里面少了几个，也多了几个。还是和那次一样，看不见我姊姊的影子，那次是我没有等待她，这次是我找不着她的坟墓。一个叔父一个堂兄弟到车站送我，十八年前他们也送过我一段路程的。

我高兴地来，苦痛地去。汽车离站时我心里的确充满了留恋。但是清晨的微风，路上的尘土，马达的叫吼，车轮的滚动，和广大田野里一片盛开的菜子花，这一切覆盖了我的离愁。我不顾同行者的劝告，把头伸到车窗外面，去呼吸广大天幕下的新鲜空气。我很高兴，自己又一次离开了狭小的家，走向广大的世界中去！

忽然在前面田野里一片绿的蚕豆和黄的菜花中间，我仿佛又看见了一线光，一个亮，这还是我常常看见的灯光。这不会是爱尔克的灯里照出来的，我那可怜的姊姊已经死去了。这一定是我的心灵的灯，它永远给我指示着我应该走的路。

佳作赏析：

巴金（1904—2005），四川成都人，作家、翻译家。有长篇小说《激流三部曲》，散文集《海行杂记》《随想录》等。

本文是作者在探访故居后写的，通过对自己姐姐人生悲剧的回顾，以及关在"家"这个小圈子而发生的许多悲剧，揭示了旧社会封建家庭囚禁和摧残许多年轻生命的事实。作者在文中写了几种灯光：旧居的灯光，爱尔克的灯光，心灵的灯光。"灯光"不仅是本文的线索，更具有丰富复杂的象征意蕴：它是照路的灯，希望的灯，又是生活悲剧和希望破灭的象征。心灵的灯则是作者对生活的信念和对理想的追求的象征。

文章将叙事、抒情、议论有机融合在一起，感情浓烈，抒情性强，姐弟之间的浓浓亲情贯穿始终，凄美动人。

悼胞兄曼陀

□ ［中国］郁达夫

　　长兄曼陀，名华，长于我一十二岁，同生肖，自先父弃养后，对我实系兄而又兼父职的长辈，去年十一月廿三，因忠于职守，对卖国汪党，毫无容情，在沪特区法院执法如山，终被狙击于其寓外。这消息，早就在中外各报上登过一时了。最近接得沪上各团体及各闻人发起之追悼大会的报告，才知公道自在人心，是非必有正论。他们要盛大追悼正直的人，亦即是消极警告那些邪曲的人的意思。追悼会，将于三月廿四日，在上海湖社举行。我身居海外，当然不能亲往祭奠，所以只能撰一哀挽联语，遥寄春申江上，略表哀思：天壤薄王郎，节见穷时，各有清名闻海内；

乾坤扶正气，神伤雨夜，好凭血债索辽东。

　　溯自胞兄殉国之后，上海香港各杂志及报社的友人，都来要我写些关于他的悲悼或回忆的文字，但说也奇怪，直到现在，仍不能下一执笔的决心。

我自己推想这心理的究竟，也不能够明白地说出。或者因为身居热带，头脑昏涨，不适合于作抒情述德的长文，也未可知。但一最可靠的解释，则实因这一次的敌寇来侵，殉国殉职的志士仁人太多了，对于个人的情感，似乎不便夸张，执着，当是事实上的主因。反过来说，就是个人主义的血族情感，在我的心里，渐渐地减了，似乎在向民族国家的大范围的情感一方面转向。

情感扩大之后，在质的一方面，会变得稀薄一点，而在量的一方面，同时会得增大，自是必然的趋势。

譬如，当故乡沦陷之日，我生身的老母，亦同长兄一样，因不肯离去故土而被杀；当时我还在祖国的福州，接得噩耗之日，亦只痛哭了一场，设灵遥祭了一番，而终于没有心情来撰文以志痛。

从我个人的这小小心理变迁来下判断，则这一次敌寇的来侵，影响及于一般国民的感情转变的力量，实在是很大很大。自私的，执着于小我的那一种情感，至少至少，在中国各沦陷地同胞的心里，我想，是可以一扫而光了。就单从这一方面来说，也可以算是这一次我们抗战的一大收获。

现在，闲谈暂且搁起，再来说一说长兄的历史性行吧。长兄所习的虽是法律，毕生从事的，虽系干燥的刑法判例；但他的天性，却是倾向于艺术的。他闲时作淡墨山水，很有我们乡贤董文恪公的气派，而写下来的诗，则又细腻工稳，有些似晚唐，有些像北宋人的名句。他的画集，诗集，虽则分量不多，已在香港上海制版赶印了。大约在追悼会开催之日，总可以与世人见面，当能证明我这话的并非自夸。至于他行事的不苟，接人待物的富有长者的温厚之风，则凡和他接近过的人，都能够说述，我也可以不必夸张，致堕入诔墓铭旌的常套。在这里，我只想略记一下他的历史。

他生在前清光绪十年的甲申，十七岁就以府道试第一名入学，补博士弟子员，当废科举改学堂的第一期里，他就入杭府中学。毕业后，应留学生考试，受官费保送去日本留学，实系浙江派遣留学生的首批一百人中之一。在早稻田大学师范科毕业后，又改入法政大学，三年毕业，就在天津交涉公署任翻译二年，其后考取法官，就一直在京师高等审判厅任职。当许公俊人任司法部长时，升任大理院推事，又被派赴日本考察司法制度。一年回国，也就在大理院奉职。直到九一八事变起来之日，他还在沈阳做大理院东北分院的庭长兼代分院长。东北沦亡，他一手整理案卷全部，载赴北平。上海租界的会审公堂，经接收过来以后，他就被任作临时高等分院刑庭庭长，一直到他殉职之日为止。

在这一个简短的略历里，是看不出他的为人正直，和临难不苟的态度来的。可是最大的证明，却是他那为国家，为民族的最后的一死。

鸿毛泰山等宽慰语，我这时不想再讲，不过死者的遗志，却总要我们未死者替他完成，就是如何地去向汪逆及侵略者算一次总账！

佳作赏析：

郁达夫（1896—1945），浙江富阳人，作家。有短篇小说集《茑萝集》，中篇小说《她是一个弱女子》，散文集《闲书》《屐痕处处》《达夫日记》等。有《郁达夫文集》行世。

郁曼陀是郁达夫的胞兄。曼陀15岁自富阳至杭州读书时，郁达夫才4岁。郁曼陀东渡日本时，郁达夫10岁。兄弟间直接的接触是不多的。郁曼陀对少年郁达夫的影响主要在人格力量上。他少年即出人头地的风貌，使郁达夫佩服至极。本文即是郁达夫写给曼陀的纪念文章，郁达夫在文中不仅追忆了胞兄曼陀跌宕起伏的一生，更是写出了一个特殊时代对人的摧残和压榨，悲痛之情弥漫全篇。失亲之痛加上家国之痛，使得"痛"具有了双重性。

祖父死了的时候

□〔中国〕萧红

祖父总是有点变样子，他喜欢流起眼泪来，同时过去很重要的事情他也忘掉。比方过去那一些他常讲的故事，现在讲起来，讲了一半下一半他就说："我记不得了。"

某夜，他又病了一次，经过这一次病，他竟说："给你三姑写信，叫她来一趟，我不是四五年没看过她吗？"他叫我写信给我已经死去五年的姑母。

那次离家是很痛苦的。学校来了开学通知信，祖父又一天一天地变样起来。

祖父睡着的时候，我就躺在他的旁边哭，好像祖父已经离开了我死去似的，一面哭着一面抬头看他凹陷的嘴唇。我若死掉祖父，就死掉我一生最重要的一个人，好像他死了就把人间一切"爱"和"温暖"带得空空虚虚。我的心被丝线扎住或铁丝绞住了。

我联想到母亲死的时候，母亲死以后，父亲怎样打我，又娶一个新母亲来。这个母亲很客气，不打我，就是骂，也是指着桌子或椅子来骂我。客气就是越客气了，但是冷淡了，疏远了，生人一样。

"到院子去玩玩吧！"祖父说了这话之后，在我的头上撞了一下，"喂！你看这是什么？"一个黄金色的桔子落到我的手中。

夜间不敢到茅厕去，就说："妈妈同我到茅厕去趟吧。"

"我不去！"

"那我害怕呀！"

"怕什么？"

"怕什么？怕鬼怕神？"父亲也说话了，把眼睛从眼镜上面看着我。

冬天，祖父已经睡下，赤着脚，开着纽扣跟我到外面茅厕去。

学校开学，我迟到了四天。三月里，我又回家一次，正在外面叫门，里面小弟弟嚷着："姐姐回来了！姐姐回来了！"大门开时，我就远远注意着祖父住着的那间房子。果然祖父的面孔和胡子闪现在玻璃窗里。我跳着笑着跑进屋去。但不是高兴，只是心酸，祖父的脸色更惨淡更白了。等屋子里一个人没有时，他流着泪，他慌慌忙忙地一边用袖口擦着眼泪，一边抖动着嘴唇说："爷爷不行了，不知早晚……前些日子好险没跌……跌死。"

"怎么跌的？"

"就是在后屋，我想去解手，招呼人，也听不见，按电铃也没有人来，就得爬啦。还没爬到后门口，腿颤，心跳，眼前发花了一阵就倒下去。没跌断了腰……人老了，有什么用处！爷爷是81岁呢。"

"爷爷是81岁。"

"没用了，活了81岁还是在地上爬呢！我想你看不着爷爷了，谁知没有跌死，我又慢慢爬到炕上。"

我走的那天也是和我回来那天一样，白色的脸的轮廓闪现在玻璃窗里。

在院心我回头看着祖父的面孔，走到大门口，在大门口我仍可看见，出了大门，就被门窗遮断。

从这一次祖父就与我永远隔绝了。虽然那次和祖父告别，并没有说出一个永别的字。我回来看祖父，这回门前吹着喇叭，幡杆挑得比房头更高，马车离家很远的时候，我已看到高高的白色幡杆了，吹鼓手们的喇叭怆凉地在悲号。马车停在喇叭声中，大门前的白幡、白对联、院心的灵棚、闹嚷嚷许多人，吹鼓手们响起呜呜的哀号。

这回祖父不坐在玻璃窗里，是睡在堂屋的板床上，没有灵魂地躺在那里。我要看一看他白色的胡子，可是怎样看呢！拿开他脸上蒙着的纸吧，胡子、眼睛和嘴，都不会动了，他真的一点感觉也没有了？我从祖父的袖管里去摸他的手，手也没有感觉了。祖父这回真死去了啊！

祖父装进棺材去的那天早晨，正是后园里玫瑰花开放满树的时候。我扯着祖父的一张被角，抬向灵前去。吹鼓手在灵前吹着大喇叭。

我怕起来，我号叫起来。

"咣咣！"黑色的，半尺厚的灵柩盖子压上去。

吃饭的时候，我饮了酒，用祖父的酒杯饮的。饭后我跑到后园玫瑰树下去卧倒，园中飞着蜂子和蝴蝶，绿草的清凉气味，这都和10年前一样。可是10年前死了妈妈。妈妈死后我仍是在园中扑蝴蝶；这回祖父死去，我却饮了酒。

过去的10年我是和父亲打斗着生活。在这期间我觉得人是残酷的东西。父亲对我是没有好面孔的，对于仆人也是没有好面孔的，他对于祖父也是没有好面孔的。因为仆人是穷人，祖父是老人，我是个小孩子，所以我们这些完全没有保障的人就落到他的手里。后来我看到新娶来的母亲也落到他的手里，他喜欢她的时候，便同她说笑，他恼怒时便骂她，母亲渐渐也怕起父亲来。

母亲也不是穷人，也不是老人，也不是孩子，怎么也怕起父亲来呢？我到邻家去看看，邻家的女人也是怕男人。我到舅家去，舅母也是怕舅父。

我懂得的尽是些偏僻的人生，我想世间死了祖父，就没有再同情我的人了，世间死了祖父，剩下的尽是些凶残的人了。

我饮了酒，回想，幻想……

以后我必须不要家，到广大的人群中去，但我在玫瑰树下颤怵了，人群中没有我的祖父。

所以我哭着，整个祖父死的时候我哭着。

佳作赏析：

萧红（1911—1942），黑龙江呼兰人。现代女作家。代表作品有《生死场》《呼兰河传》等。

萧红在文中用平淡如水的语言，讲述了一个祖父临终前的情景和自己与祖父的感情。文章一开头，从祖父"变样"写起，一步步刻画祖父临终前的情景。文中对祖父衰老形象，对祖父死后自己生活的担忧等进行了描写，悲伤的情绪贯穿全文。祖父永远离开了"我"，母亲死了，祖父死了，爱"我"的人一个个离"我"而去，"我"饮了酒，回想，幻想……"我"哭了，是哭母亲，是哭祖父，还是哭自己，也许三者都有。作者写出了旧时代的人生况味和社会背景。

赋得永久的悔

□〔中国〕季羡林

题目是韩小蕙小姐出的，所以名之曰"赋得"。但文章是我心甘情愿作的，所以不是八股。

我为什么心甘情愿作这样一篇文章呢？一言以蔽之，题目出得好，不但实获我心，而且先获我心：我早就想写这样一篇东西了。

我已经到了望九之年。在过去的七八十年中，从乡下到城里；从国内到国外；从小学、中学、大学到洋研究院；从"志于学"到超过"从心所欲不逾矩"，曲曲折折，坎坎坷坷，既走过阳关大道，也走过独木小桥；既经过"山重水复疑无路"，又看到"柳暗花明又一村"，喜悦与忧伤并驾，失望与希望齐飞，我的经历可谓多矣。要讲后悔之事，那是俯拾皆是。要选其中最深切、最真实、最难忘的悔，也就是永久的悔，那也是唾手可得，因为它片刻也没有离开过我的心。

我这永久的悔就是：不该离开故乡，离开母亲。

我出生在鲁西北一个极端贫困的村庄里。我们家是贫中之贫，真可以说是贫无立锥之地。十年浩劫中，我自己跳出来反对北大那一位倒行逆施但又炙手可热的"老佛爷"，被她视为眼中钉，必欲除之而后快。她手下的小喽啰们曾两次窜到我的故乡，处心积虑把我"打"成地主，他们那种狗仗人势穷凶极恶的教师爷架子，并没有能吓倒我的乡亲。我小时候的一位伙伴指着他们的鼻子，大声说："如果让整个官庄来诉苦的话，季羡林家是第一家！"

这一句话并没有夸大，他说的是实情。我祖父母早亡，留下了我父亲等三个兄弟，孤苦伶仃，无依无靠。最小的一叔送了人。我父亲和九叔饿得没有办法，只好到别人家的枣林里去捡落到地上的干枣充饥。这当然不是长久之计。最后兄弟俩被逼背乡离井，盲流到济南去谋生。此时他俩也不过十几二十岁。在举目无亲的大城市里，必然是经过千辛万苦，九叔在济南落住了脚。于是我父亲就回到了故乡，说是农民，但又无田可耕。又必然是经过千辛万苦，九叔从济南有时寄点钱回家，父亲赖以生活。不知怎么一来，竟然寻上了媳妇，她就是我的母亲。母亲的娘家姓赵，门当户对，她家穷得同我们家差不多，否则也绝不会结亲。她家里饭都吃不上，哪里有钱、有闲上学。所以我母亲一个字也不识，活了一辈子，连个名字都没有。她家是在另一个庄上，离我们庄五里路。这个五里路就是我母亲毕生所走的最长的距离。

北京大学那一位"老佛爷"要"打"成"地主"的人，也就是我，就出生在这样一个家庭里，就有这样一位母亲。

后来我听说，我们家确实也"阔"过一阵。大概是清末民初，九叔在东三省用口袋里剩下的最后五角钱，买了十分之一的湖北水灾奖券，中了奖。兄弟俩商量，要"富贵而回归故乡"，回家扬一下眉，吐一下气。于是把钱运回家，九叔仍然留在城里，乡里的事由父亲一手张罗。他用荒唐离奇的价钱，买了砖瓦，盖了房子。又用荒唐离奇的价钱，置了一块带一口水井的田地。一时兴会淋漓，真正扬眉吐气了。可惜好景不长，我父亲又用荒唐离奇的方式，仿佛宋江一样，豁达大度，招待四方朋友。一转瞬间，盖成的瓦房又拆了卖砖，卖瓦。有水井的田地也改变了主人。全家又回归到原来的情况。我就是在这个时候，在这样的情况下降生到人间来的。

母亲当然亲身经历了这个巨大的变化。可惜，当我同母亲住在一起的时候，我只有几岁，告诉我，我也不懂。所以，我们家这一次陡然上升，又陡然下降，只像是昙花一现，我到现在也不完全明白。这个谜恐怕要成为永恒的谜了。

不管怎样，我们家又恢复到从前那种穷困的情况。后来听人说，我们家那时只有半亩多地。这半亩多地是怎么来的，我也不清楚。一家三口人就靠这半亩多地生活。城里的九叔当然还会给点接济，然而像中湖北水灾奖那样的事儿，一辈子有一次也不算少了，九叔没有多少钱接济他的哥哥了。

家里日子是怎样过的，我年龄太小，说不清楚。反正吃得极坏，这个我是懂得的。按照当时的标准，吃"白的"（指麦子面）最高，其次是吃小米面或棒子面饼子，最次是吃红高粱饼子，颜色是红的，像猪肝一样。"白的"与我们家无缘。"黄的"（小米面或棒子面饼子颜色都是黄的）与我们缘分也不大。终日为伍者只有"红的"。这"红的"又苦又涩，真是难以下咽。但不吃又害饿，我真有点谈"红"色变了。

但是，小孩子也有小孩子的办法。我祖父的堂兄是一个举人，他的夫人我喊他奶奶。他们这一支是有钱有地的。虽然举人死了，但家境依然很好。我这一位大奶奶仍然健在。她的亲孙子早亡，所以把全部的钟爱都倾注到我身上来。她是整个官庄能够吃"白的"的仅有的几个人中之一。她不但自己吃，而且每天都给我留出半个或者四分之一个白面馍馍来。我每天早晨一睁眼，立即跳下炕来向村里跑，我们家住在村外。我跑到大奶奶跟前，清脆甜美地喊上一声："奶奶！"她立即笑得合不上嘴，把手缩回肥大的袖子，从口袋里掏出一小块馍馍，递给我，这是我一天最幸福的时刻。

此外，我也偶尔能够吃一点"白的"，这是我自己用劳动换来的。一到夏天麦收季节，我们家根本没有什么麦子可收。对门住的宁家大婶子和大姑——她们家也穷得够呛——就带我到本村或外村富人的地里去"拾麦子"。所谓"拾麦子"就是别家的长工割过麦子，总还会剩下那么一点点麦穗，这些都是不值得一捡的，我们这些穷人就来"拾"。因为剩下的绝不会多，我们拾上半天，也不过拾半篮子；然而对我们来说，这已经是如获至宝了。一定是大婶和大姑对我特别照顾，以一个四五岁、五六岁的孩子，拾上一个夏天，也能拾上十斤八斤麦粒。这些都是母亲亲手搓出来的。为了对我加以奖励，麦季过后，母亲便把麦子磨成面，蒸成馍馍，或贴成白面饼子，让我解馋。我于是就大快朵颐了。

记得有一年，我拾麦子的成绩也许是有点"超常"。到了中秋节——农民嘴里叫"八月十五"——母亲不知从哪里弄了点月饼，给我掰了一块，我就蹲在一块石头旁边，大吃起来。在当时，对我来说，月饼可真是神奇的东西，龙肝凤髓也难以比得上的，我难得吃上一次。我当时并没有注意，母亲是否也在吃。现在回想起来，她根本一口也没有吃。不但是月饼，连其他"白的"，母亲从来都没有尝过，都留给我吃了。她大概是毕生就与红色的高粱饼子为伍。到了歉年，连这个也吃不上，那就只有吃野菜了。

至于肉类，吃的回忆似乎是一片空白。我老娘家隔壁是一家卖煮牛肉的作坊。给农民劳苦耕耘了一辈子的老黄牛，到了老年，耕不动了，几个农民便以极其低的价钱买来，用极其野蛮的办法杀死，把肉煮烂，然后卖掉。老牛肉难煮，实在没有办法，农民就在肉锅里小便一通，这样肉就好烂了。农民心肠好，有了这种情况，就昭告四邻："今天的肉你们别买！"老娘家穷，虽然极其疼爱我这个外孙，也只能用土罐子，花几个制钱，装一罐子牛肉汤，聊胜于无。记得有一次，罐子里多了一块牛肚子，这就成了我的专利。我舍不得一气吃掉，就用生了锈的小铁刀，一块一块地割着吃，慢慢地吃。这一块牛肚真可以同月饼媲美了。

"白的"、月饼和牛肚难得，"黄的"怎样呢？"黄的"也同样难得。但是，尽管我只有几岁，我却也想出了办法。到了春、夏、秋三个季节，庄外的草和庄稼都长起来了。我就到庄外去割草，或者到人家高粱地里去劈高粱叶。劈高粱叶，田主不但不禁止，而且还欢迎；因为叶子一劈，通风情况就能改进，高粱长得就能更好，粮食打得就能更多。草和高粱叶都是喂牛用的，我们家穷，从来没有养过牛。我二大爷家是有地的，经常养着两头大牛。我这草和高粱叶就是给它们准备的。每当我这个不到三块豆腐高的孩子背着一大捆草或高粱叶走进二大爷的大门，我心里有所恃而不恐，把草放在牛圈里，赖着不走，总能蹭上一顿"黄的"吃，不会被二大娘"卷"（我们那里的土话，意思是"骂"）出来。到了过年的时候，自己心里觉得，在过去的一年里，自己喂牛立了功，又有了勇气到二大爷家里赖着吃黄面糕。黄面糕是用黄米面加上枣蒸成的。颜色虽黄，却位列"白的"之上，因为一年只在过年时吃一次，物以稀为贵，于是黄面糕就贵了起来。

我上面讲的全是吃的东西。为什么一讲到母亲就讲起吃的东西来了呢？原因并不复杂。第一，我作为一个孩子容易关心吃的东西。第二，所有我在上面提到的好吃的东西，几乎都与母亲无缘。除了"黄的"以外，其余她都不沾边儿。我在她身边只呆到六岁，以后两次奔丧回家，待的时间也很短。现在我回忆起来，连母亲的面影都是迷离模糊的，没有一个清晰的轮廓。特别有一点，让我难解而又易解：我无论如何也回忆不起母亲的笑容来，她好像是一辈子都没有笑过。家境贫困，儿子远离，她受尽了苦难，笑容从何而来呢？有一次我回家听对面的宁大婶子告诉我说："你娘经常说：'早知道送出去回不来，我无论如何也不会放他走的！'"简短的一句话里面含着多少辛酸、多少悲伤啊！母亲不知有多少日日夜夜，眼望远方，盼望自己的儿子回来啊！然而这个儿子却始终没有归去，一直到母亲离开这个世界。

对于这个情况，我最初懵懵懂懂，理解得并不深刻。到了上高中的时候，自己大了几岁，逐渐理解了。但是自己寄人篱下，经济不能独立，空有雄心壮志，怎奈无法实现，我暗暗地下定了决心，立下了誓愿：一旦大学毕业，自己找到工作，立即迎养母亲，然而没有等到我大学毕业，母亲就离开我走了，永远永远地走了。古人说："树欲静而风不止，子欲养而亲不待"，这话正应到我身上。我不忍想象母亲临终时思念爱子的情况；一想到，我就会心肝俱裂，眼泪盈眶。当我从北平赶回济南，又从济南赶回清平奔丧的时候，看到了母亲的棺材，看到那简陋的屋子，我真想一头撞死在棺材上，随母亲于地下。我后悔，我真后悔，我千不该万不该离开了母亲。世界上无论什么名誉，什么地位，什么幸福，什么尊荣，都比不上待在母亲身边，即使她一个字也不识，即使整天吃"红的"。

这就是我的"永久的悔"。

佳作赏析：

季羡林（1911—2009），山东清平人，学者、翻译家、散文家。著有学术论著《中印文化关系史论丛》《印度简史》，译作《迦梨陀娑》《罗摩衍那》，散文集《天竺心影》等。

这是一篇感人至深的佳作。

文章回忆了作者童年与母亲在一起的经历，抒发了对家乡、对母亲一生难解的情怀。文章对于母亲基本没有正面描叙，作者对母亲的思念只贯穿于"白的""红的""黄的"三种食物的讲叙中，一个自己只吃粗鄙食物、宁受尽千辛万苦也要将好食物给儿子的慈母形象轰然而出，自己未能尽孝、未能让母亲过上一天好日子成了作者一辈子的悔恨。文章语言平实质朴，感情真挚，催人泪下。

我的三个弟弟

□ [中国] 冰心

　　我和我的弟弟们一向以弟兄相称。他们叫我"伊哥"（伊是福州方言"阿"的意思）。这小名是我的父母亲给我起的，因此我的大弟弟为涵小名就叫细哥（"细"是福州方言"小"的意思），我的二弟为杰小名就叫细弟，到了三弟为楫出生，他的小名就只好叫"小小"了！

　　说来话长！我一生下来，我的姑母就拿我的生辰八字，去请人算命，算命先生说："这一定是个男命，因为孩子命里带着'文曲星'，是会做文官的。"算命纸上还写着有"富贵逼人无地处，长安道上马如飞"。这张算命纸本来由我收着，几经离乱，早就找不到了。算命先生还说我命里"五行"缺"火"，于是我的二伯父就替我取了"婉莹"的大名，"婉"是我们家姐妹的排行，"莹"字上面有两个"火"字，以补我命中之缺。但祖父总叫我"莹官"，和我的堂兄们霖官、仪官等一样，当做男孩叫的。而且我从小就是男装，一直到一九一一年，我从烟台回到福州时，才改了女装。伯叔父母们叫我"四妹"，但"莹官"和"伊哥"的称呼，在我祖父和在我们的小家庭中，一直没改。

我的三个弟弟都是在烟台出生的，"官"字都免了，只保留福州方言，如"细哥""细弟"等等。

我的三个弟弟中，大弟为涵是最聪明的一个，十二岁就考上"唐山路矿学校"的预科（我在《离家的一年》这篇小说中就说的是这件事）。以后学校迁到北京，改称"北京交通大学"。他在学校里结交了一些爱好音乐的朋友，他自己课余又跟一位意大利音乐家学小提琴。我记得那时他从东交民巷老师家回来，就在屋里练琴，星期天他就能继续弹奏六七个小时。他的朋友们来了，我们的西厢房里就弦歌不断。他们不但拉提琴，也弹月琴，引得二弟和三弟也学会了一些中国乐器，三弟嗓子很好，就带头唱歌（他在育英小学，就被选入学校的歌咏队），至今我中午休息在枕上听收音机的时候，我还是喜欢听那高亢或雄浑的男高音！

涵弟的音乐爱好，并没有干扰他的学习，他尤其喜欢外语。一九二三年秋，我在美国沙穰疗养院的时候，就常得到他用英文写的长信。病友们都奇怪说："你们中国人为什么要用英义写信？"我笑说："是他要练习外文并要我改正的缘故。"

其实他的英文在书写上比我流利得多。

一九二六年我回国来，第二年他就到美国的宾夕法尼亚大学，去学"公路"，回国后一直在交通部门工作。他的爱人杨建华，是我舅父杨子敬先生的女儿。他们的婚姻是我的舅舅亲口向我母亲提的，说是："姑做婆，赛活佛。"照现在的说法，近亲结婚，生的孩子一定痴呆，可是他们生了五个女儿，却是一个赛似一个地聪明伶俐。涵弟是长子，所以从我们都离家后，他就一直和我父亲住在一起。至今我还藏着她们五姐妹环绕着父亲的一张相片。她们的名字都取的是花名，因为在华妹怀着第一个孩子时，我父亲做了一个梦，梦见一个老人递给他一张条子，上面写着"文郎俯看菊陶仙"，因此我的大侄女就叫宗菊。"宗"字本来是我们大家庭里男孩子的排行，但我父亲说男女应该一样。后来我的一个堂弟得了一个儿子，就把"陶"字要走了，我的第二个侄女，只好叫宗仙。以后接着又来了宗莲和宗菱，也都是父亲给起的名字。

当华妹又怀了第五胎的时候，她们四个姐妹聚在一起祷告，希望妈妈不要生个男儿，怕有了弟弟，就不疼她们了。宗梅生后，华妹倒是有点失望，父亲却特为宗梅办了一桌满月酒席，这是她姐姐们所没有的，表示他特别高兴。

因此她们总是高兴地说："爷爷特别喜欢女孩子，我们也要特别争气才行！"

一九三七年，我和文藻刚从欧洲回来，"七七"事变就发生了。我们在燕京大学又待了一年，就到后方云南去了。我们走的那一天，父亲在母亲遗像前烧了一炷香，保佑我们一路平安。那时杰弟在南京，楫弟在香港，只有涵弟一人到车站送我们，他仍旧是泪汪汪的，一语不发，和当年我赴美留学时一样，他没有和杰、楫一道到车站送我，只在家里窗内泪汪汪地看着我走。

我永远也忘不了那一对伤离惜别的悲痛的眼睛！

我们离开北京时，倒是把文藻的母亲带到上海，让她和文藻的妹妹一家住在一起。那时我们对云南生活知道的不多；更不敢也不能拖着父亲和涵弟一家人去到后方，当时也没想到抗战会抗得那么长，谁知道匆匆一别遂成永诀呢？！

一九四〇年，我在云南的呈贡山上，得到涵弟报告父亲逝世的一封信，我打开信还没有看完，一口血就涌上来了！

不敢说的……谁也想不到他走得那样快……大人说："伊哥住址是呈贡三台山，你能记得吗？"我含泪点首……晨十时德国医陈义大夫又来打针，大人喘仍不止，稍止后即告我："将我的病况，用快函寄上海再转香港和呈贡，他们三人都不知道我病重了……"这时大人面色苍白，汗流如雨，又说："我要找你妈去！"……大人表示要上床睡，我知道是那两针吗啡之力，一时房中安静，窗外一滴一滴的雨声，似乎在催着正在与生命挣扎的老父，不料到了早晨八时四十五分，就停了气息……我的血也冷了，不知是梦境？是幻境？最后责任心压倒了一切，死的死了，活的人还得活着干……

他的第二封信，就附来一张父亲灵堂的相片，以及他请人代拟的文藻吊我父亲的挽联。本是生离，竟成死别，深闺何以慰哀思。信里还说"听说你身体也不好，时常吐血，我非常不安……弟近来亦常发热出汗，疲弱不堪，但不敢多请假，因请假多了，公司将取消食粮配给……华妹一定要为我订牛奶，劝我吃鸡蛋，但是耗费太大，不得不将我的提琴托人出售，因为家里已没有可卖之物……一切均亏得华妹操心，这个家真亏她维持下去……孩子们都好，都知吃苦，也都肯用功读书，堪以告慰，但愿有一天苦尽甜来……"

这是涵弟给我的末一封信了。父亲是一九四〇年八月四日八时四十五分逝世的。涵弟在敌后的一个公司里又挨了四年，我也总找不到一个职业使他可以到后方来。他贫病交加，于一九四四年也逝世了！他最爱的也是最聪明的女儿宗莲，就改了名字和同学们逃到解放区去，其他的仍守着母亲，过着极其艰难的日子……

我的这个最聪明最尽责、性情最沉默、感情最脆弱的弟弟，就这样在敌后劳苦抑郁地了此一生！

关于能把三个弟弟写在一起的事：就是他们从小喜欢上房玩。北京中剪子巷家里，紧挨着东厢房有一棵枣树，他们就从树上爬到房上，到了北房屋脊后面的一个旮儿里，藏了许多他们自制的玩艺儿，如小铅船之类。房东祁老头儿来了，看见他们上房，就笑着嚷："你们又上房了，将来修房的钱，就跟你们要！"

还有就是他们同一些同学，跟一位打拳的老师学武术，置办一些刀枪剑戟，一阵乱打，以及带着小狗骑车到北海泅水、划船，这些事我当然都没有参加。

其实我在《关于女人》那一本书里，虽然说的是我的三位弟妇，却已经把我的三个弟弟的性情、爱好等等都已经描写过了。不过《关于女人》是写在一九四三年，对于大弟只写了他恋爱、婚姻一段，对于二弟、三弟就写得多一些。

二弟为杰从小是和我在一床睡的。那时父亲带着大弟，母亲带着小弟，我就带着他。弟弟们比我们睡得早，在里床每人一个被窝桶，晚饭后不久，就钻进去睡了。为杰和一般的第二个孩子一样，总是很"乖"的。他在三个弟兄里，又是比较"笨"的。我记得在他上小学时，每天早起我一边梳头，一边听他背《孟子》，什么"泄泄犹沓沓也"，我不知道这是《孟子》中的哪一章？哪一节？也许还是"注释"，但他呜咽着反复背诵的这一句书，至今还在我耳边震响着。

他的功课总是不太好，到了开初中毕业式那天，照例是要穿一件新的蓝布大褂的，母亲还不敢先给他做，结果他还是毕业了。可是到了高中，他一下子就蹿上来了，成了个高材生。一九二六年秋他考上了燕京大学，正巧我也回国在那里教课，因为他参加了许多课外活动，我们接触的机会很多。

有一次男生们演话剧"咖啡店之一夜"，那时男女生还没有合演，为杰就担任了女服务员这一角色。他穿的是我的一套黑绸衣裙，头上扎个带褶的白纱巾，系上白围裙，台下同学们都笑说他像我。那年冬天男女同学在未名湖上化装溜冰，他仍是穿那一套衣裳，手里捧着纸做的杯盘，在冰上旋舞。

一九二九年我同文藻结婚后，我们有了家了，他就常到家里吃饭，他很能吃，也不挑食。一九三〇年秋我怀上了吴平，害口，差不多有七个月吃不下东西。父亲从城里送来的新鲜的蔬菜水果，几乎都是他吃了。甚至在一九三一年二月我生吴平那一天，我从产房出来，看见他在病房等着我，房里桌上有一杯给产妇吃的冰淇淋，我实在太累了，吃不下，冲他一努嘴，他就捧起杯来，脸朝着墙，一口气吃下了！

他在燕大念的是化学，他的学士和硕士的论文，都是跟天津碱厂的总工程师侯德榜博士写的。侯先生很赏识他，又介绍他到美国威斯康星大学读化学博士，毕业时还得了金钥匙奖。回国后就在永利制碱公司工作。解放后又跟侯先生到了化工部。一九五一年我们从日本回到北京，见面的时候就多了。

我是农历闰八月十日生的，他的生日是农历八月初十，因此每到每年的农历的八月十一日，他们就买一个大蛋糕来，我们两家人一起庆祝，我现在还存着我们两人一同切蛋糕的相片。

一九八五年九月文藻逝世后，他得到消息，一进门还没来得及说话，就伏在书桌上，大哭不止，我倒含着泪去劝他。他晚年身体不好，常犯气喘病，家里暖气不够热时，就往往在堂屋里生上火炉。一九八六年初，他病重进了医院，他的爱人李文玲还瞒着我，直到他一月十二日逝世几天以后，我才得到这不幸的消息。化工部他的同事们为他准备了一个纪念册，要我题字，我写：他这么一个对祖国的化工事业，做出应有的贡献的弟弟，我又感到无限的自慰与自豪。

他的爱人李文玲是金陵女子大学音乐系毕业的，专修钢琴。他的儿子谢宗英和儿媳张薇都继承了他的事业，现在都在化工部的附属工程机关工作。我的三弟谢为楫的一切，我在《关于女人》写我的三弟妇那一段已经把他描写过了：急躁，好动，因为他最小，便养得很任性，很娇惯。虽然如此，他对于父母和兄姐的话总是听从的，对我更是无话不说……

他很爱好文艺，也爱交些文艺界的年轻朋友。丁玲、胡也频、沈从文等，都是他介绍给我的，我记得那是一九二七午我的父亲在上海工作的时候。他还出过一本短篇小说集，名字我忘了，那时他也不过十七八岁。

他没有读大学就到英国利物浦的海上学校，当了航海学生，在五洲的海上飘荡了五年，居然还得了一张荣誉证书回来。从那时起他就在海关的缉私船上工作。抗战时期，上海失守后，他到了香港，香港又失守了，他就到重庆，不久由港务司派他到美国进修了一年，回来后就在上海港务局工作。

他的爱人刘纪华，是我的表兄刘放园先生的女儿，燕大的社会学系优秀的硕士研究生，那时也在上海的"善后救济总署"工作。他们是青梅竹马的恩爱夫妻，工作和生活都很愉快。他们有五个儿女。为楫说，为了纪念我，他们孩子的名字里都要带一个"心"字。长女宗慈，十一二岁就到东北上学，我记得是长春大学，学的是农业机械。他们的二女儿宗爱、三女儿宗恩，学的是音乐，是报考上海音乐学院附中的上千人中考上的五十人中之二。我听见了很高兴，给她们寄去八百元买了一架钢琴，作为奖励。他们的两个儿子宗惠和宗悫那时还小。

一九五七年，为楫响应"向党进言"的号召，写了几张大字报，被划成了右派，遣送到甘肃的武威劳动改造，从此丢弃了他的专业，如同失水的枯鱼一般，全家迁到了大西北。

那时我的老伴吴文藻，和我的儿子吴平也都是右派分子，我的头上响起了晴天的霹雳，心中的天地也一下子旋转了起来！

但我还是镇定地给为楫写一封封的长信，鼓励他好好改造，重新做人，求得重有报效祖国的机会，其实那几年我自己也不知道是怎么过的！只记得为楫夫妇都在武威一所中学教书，度过了相当艰苦的日子。孩子们在逆境中反而加倍奋发自强，宗恩和宗爱都在西安音乐学院毕了业。两个男孩子都学的是理工，在矿学事业自动化研究所里工作，这都是后话了！

劳瘁交加的纪华得了癌症，一九七六年去世了，为楫就到窑街和小儿子住了些日子，一九七八年又到四川的北碚，同大女儿住了些日子；一九七九年应兰州大学之聘，在兰大教授英语；一九八四年的一月十二日就因病在兰州逝世了！他的儿女们都没有告诉我们。我和为杰只奇怪楫弟为什么这样懒得动笔，每逢农历九月十九，我们还是寄些钱去（他比纪华大一岁，两人是同一天生日，往常我们总是祝他们"双寿"），让他的孩子们给他买块蛋糕。

孩子们也总是回信说："爹爹吃了蛋糕，很喜欢，说是谢谢你们！"杰弟一直到死，还不知道"小小"已经比他先走了！

在写这一篇的时候，我流尽了最后的眼泪！王羲之在《兰亭集序》里说"死生亦大矣，岂不痛哉。"我倒觉得"死"真是个"解脱"，"痛"的是后死的人！

我的三个弟弟：从小到大，我尽力地爱护了你们。最后也还是我用眼泪来给你们送别，我总算对得起你们了！

一九八七年七月八日风雨欲来的黄昏

冰心（1900—1999），福建长乐人，女，作家、翻译家。有诗集《繁星》《春水》，散文集《寄小读者》，短篇小说集《超人》，译作《园丁集》（泰戈尔）、《先知》（纪伯伦）等。

作者把她的三个弟弟比喻成三颗明亮的星星，可见他们曾怎样地照亮过作者的生活和内心。本文从不同的角度，记叙了她与三个弟弟之间的往事，亲切而伤感，温暖而美好，浓浓亲情弥漫其间。冰心一生信奉"爱的哲学"，除了挚爱自己的双亲外，冰心也很珍重手足之情。她爱自己的三个弟弟。从这篇文章中，我们可以体察出这种爱的分量。

回忆我的母亲

□〔中国〕朱德

得到母亲去世的消息，我很悲痛。我爱我母亲，特别是她勤劳一生，很多事情是值得我永远回忆的。

我家是佃农。祖籍广东韶关，客籍人，在"湖广填四川"时迁移四川仪陇县马鞍场。世代为地主耕种，家境是贫苦的，和我们来往的朋友也都是老老实实的贫苦农民。

母亲一共生了十三个儿女。因为家境贫穷，无法全部养活，只留下了八个，以后再生下的被迫溺死了。这在母亲心里是多么惨痛悲哀和无可奈何的事情啊！母亲把八个孩子一手养大成人。可是她的时间大半被家务和耕种占去了，没法多照顾孩子，只好让孩子们在地里爬着。

母亲是个好劳动。从我能记忆时起，总是天不亮就起床。全家二十多口人，妇女们轮班煮饭，轮到就煮一年。母亲把饭煮了，还要种田，种菜，喂猪，养蚕，纺棉花。因为她身体高大结实，还能挑水挑粪。

母亲这样地整日劳碌着。我到四五岁时就很自然地在旁边帮她的忙，到八九岁时就不但能挑能背，还会种地了。记得那时我从私塾回家，常见母亲在灶上汗流满面地烧饭，我就悄悄把书一放，挑水或放牛去了。有的季节里，我上午读书，下午种地；一到农忙，便整日在地里跟着母亲劳动。这个时期母亲教给我许多生产知识。

佃户家庭的生活自然是艰苦的，可是由于母亲的聪明能干，也勉强过得下去。我们用桐子榨油来点灯，吃的是豌豆饭、菜饭、红薯饭、杂粮饭，把菜籽榨出的油放在饭里做调料。这类地主富人家看也不看的饭食，母亲却能做得使一家人吃起来有滋味。赶上丰年，才能缝上一些新衣服，衣服也是自己生产出来的。母亲亲手纺出线，请人织成布，染了颜色，我们叫它"家织布"，有铜钱那样厚。一套衣服老大穿过了，老二老三接着穿还穿不烂。

勤劳的家庭是有规律有组织的。我的祖父是一个中国标本式的农民，到八九十岁还非耕田不可，不耕田就会害病，直到临死前不久还在地里劳动。祖母是家庭的组织者，一切生产事务由她管理分派，每年除夕就分派好一年的工作。每天天还没亮，母亲就第一个起身，接着听见祖父起来的声音，接着大家都离开床铺，喂猪的喂猪，砍柴的砍柴，挑水的挑水。母亲在家庭里极能任劳任怨。她性格和蔼，没有打骂过我们，也没有同任何人吵过架。因此，虽然在这样的大家庭里，长幼、伯叔、妯娌相处都很和睦。母亲同情贫苦的人——这是朴素的阶级意识，虽然自己不富裕，还周济和照顾比自己更穷的亲戚。她自己是很节省的。父亲有时吸点旱烟，喝点酒；母亲管束着我们，不允许我们染上一点。母亲那种勤劳俭朴的习惯，母亲那种宽厚仁慈的态度，至今还在我心中留有深刻的印象。

但是灾难不因为中国农民的和平就不降临到他们身上。庚子年（一九〇〇年）前后，四川连年旱灾，很多的农民饥饿、破产，不得不成群结队地去"吃大户"。我亲眼见到，六七百穿得破破烂烂的农民和他们的妻子儿女被所谓官兵一阵凶杀毒打，血溅四五十里，哭声动天。在这样的年月里，我家也遭受更多的困难，仅仅吃些小菜叶、高粱，通年没吃过白米。特别是乙未（一八九五）那一年，地主欺压佃户，要在租种的地上加租子，因为办不到，就趁大年除夕，威胁着我家要退佃，逼着我们搬家。在悲惨的情况下，我们一家人哭泣着连夜分散。从此我家被迫分两处住下。人手少了，又遇天灾，庄稼没收成，这是我家最悲惨的一次遭遇。母亲没有灰心，她对穷苦农民的同情和对为富不仁者的反感却更强烈了。母亲沉痛的三言两语的诉说以及我亲眼见到的许多不平事实，启发了我幼年时期反抗压迫追求光明的思想，使我决心寻找新的生活。

我不久就离开母亲，因为我读书了。我是一个佃农家庭的子弟，本来是没有钱读书的。那时乡间豪绅地主的欺压，衙门差役的横蛮，逼得母亲和父亲决心节衣缩食培养出一个读书人来"支撑门户"。我念过私塾，光绪三十一年（一九〇五年）考了科举，以后又到更远的顺庆和成都去读书。这个时候的学费都是东挪西借来的，总共用了二百多块钱，直到我后来当护国军旅长时才还清。

光绪三十四年（一九〇八年）我从成都回来，在仪陇县办高等小学，一年回家两三次去看母亲。那时新旧思想冲突得很厉害。我们抱了科学民主的思想，想在家乡做点事情，守旧的豪绅们便出来反对我们。我决心瞒着母亲离开家乡，远走云南，参加新军和同盟会。我到云南后，从家信中知道，我母亲对我这一举动不但不反对，还给我许多慰勉。

从宣统元年（一九〇九年）到现在，我再没有回过一次家，只在民国八年（一九一九年）我曾经把父亲和母亲接出来。但是他俩劳动惯了，离开土地就不舒服，所以还是回了家。父亲就在回家途中死了。母亲回家继续劳动，一直到最后。

中国革命继续向前发展，我的思想也继续向前发展。当我发现了中国革命的正确道路时，我便加入了中国共产党。大革命失败了，我和家庭完全隔绝了。母亲就靠那三十亩地独立支持一家人的生活。抗战以后，我才能和家里通信。母亲知道我所做的事业，她期望着中国民族解放的成功。她知道我们党的困难，依然在家里过着勤苦的农妇生活。七年中间，我曾寄回几百元钱和几张自己的照片给母亲。母亲年老了，但她永远想念着我，如同我永远想念着她一样。去年收到侄儿的来信说："祖母今年已有八十五岁，精神不如昨年之健康，饮食起居亦不如前，甚望见你一面，聊叙别后情景。"但我献身于民族抗战事业，竟未能报答母亲的希望。

母亲最大的特点是一生不曾脱离过劳动。母亲生我前一分钟还在灶上煮饭。虽到老年，仍然热爱生产。去年另一封外甥的家信中说："外祖母大人因年老关系，今年不比往年健康，但仍不辍劳作，尤喜纺棉。"

我应该感谢母亲，她教给我与困难作斗争的经验。我在家庭中已经饱尝艰苦，这使我在三十多年的军事生活和革命生活中再没感到过困难，没被困难吓倒。母亲又给我一个强健的身体，一个勤劳的习惯，使我从来没感到过劳累。

我应该感谢母亲，她教给我生产的知识和革命的意志，鼓励我以后走上革命的道路。在这条路上，我一天比一天更加认识：只有这种知识，这种意志，才是世界上最可宝贵的财产。

母亲现在离我而去了，我将永不能再见她　面了，这个哀痛是无法补救的。母亲是一个平凡的人，她只是中国千百万劳动人民中的一员，但是，正是这千百万人创造了和创造着中国的历史。我用什么方法来报答母亲的深恩呢？我将继续尽忠于我们的民族和人民，尽忠于我们的民族和人民的希望——中国共产党，使和母亲同样生活着的人能够过快乐的生活。这是我能做到的，一定能做到的。

愿母亲在地下安息！

佳作赏析：

朱德（1886—1976），字玉阶，原名朱代珍，革命家、政治家和军事家，中华人民共和国的主要缔造者和领导人之一，中华人民共和国十大元帅之首。

本文最大的特点是平实，平实乃见本真。

对于朱德元帅，我们大多只知道他光辉、灿烂的一面。通过本文，让我们充分了解到了作者的家庭背景和成长经历，以及母亲对他人格和思想形成的至关重要的影响。

文章的情感层层推进，最后当母亲去世，留给作者的唯有悲痛。更难能可贵的是，作者并未沉浸在悲痛中，而是"化悲痛为力量"，忠贞不渝地参加革命，把自己的一生都献给了祖国和人民。这才是对已故母亲最大的安慰。

我的母亲（节选）

□ ［中国］邹韬奋

　　说起我的母亲，我只知道她是"浙江海宁查氏"，至今不知道她有什么名字！这件小事也可表示今昔时代的不同。现在的女子未出嫁的固然很"勇敢"地公开着她的名字，就是出嫁了的，也一样地公开着她的名字。不久以前，出嫁后的女子还大多数要在自己的姓上面加上丈夫的姓；通常人们的姓名只有三个字，嫁后女子的姓名往往有四个字。

　　在我年幼的时候，知道担任商务印书馆出版的《妇女杂志》笔政的朱胡彬夏，在当时算是有革命性的"前进的"女子了，她反抗了家里替她订的旧式婚姻，以致她的顽固的叔父宣言要用手枪打死她，但是她却仍在"胡"字上面加着一个"朱"字！近来的女子就有很多在嫁后仍只由自己的姓名，不加不减。这意义表示女子渐渐地有着她们自己的独立的地位，不是属于任何人所有的了。但是在我的母亲的时代，不但不能学"朱胡彬夏"的用法，简直根本就好像没有名字！我说"好像"，因为那时的女子也未尝没有名字，但在实际上似乎就用不着。

像我的母亲，我听见她的娘家的人们叫她做"十六小姐"，男家大家族里的人们叫她做"十四少奶"，后来我的父亲做官，人们便叫做"太太"，始终没有用她自己名字的机会！我觉得这种情形也可以暗示妇女在封建社会里所处的地位。

我的母亲在我十三岁的时候就去世了。我生的那一年是在九月里生的，她死的那一年是在五月里死的，所以我们母子两人在实际上相聚的时候只有十一年零九个月。我在这篇文里对于母亲的零星追忆，只是这十一年里的前尘影事。

我现在所能记得的最初对于母亲的印象，大约在两三岁的时候。我记得有一天夜里，我独自一人睡在床上，由梦里醒来，蒙眬中睁开眼睛，模糊中看见由垂着的帐门射进来的微微的灯光。在这微微的灯光里瞥见一个青年妇人拉开帐门，微笑着把我抱起来。她嘴里叫我什么，并对我说了什么，现在都记不清了，只记得她把我负在她的背上，跑到一个灯光灿烂人影憧憧往来的大客厅里，走来走去"巡阅"着。大概是元宵吧，这大客厅里除有不少成人谈笑着外，有二三十个孩童提着各色各样的纸灯，里面燃着蜡烛，三五成群地跑着玩。我此时伏在母亲的背上，半醒半睡似的微张着眼看这个，望那个。那时我的父亲还在和祖父同住，过着"少爷"的生活；父亲有十来个弟兄，有好几个都结了婚，所以这大家族里看着这么多的孩子。母亲也做了这大家族里的一分子。她十五岁就出嫁，十六岁那年养我，这个时候才十七八岁。我由现在追想当时伏在她的背上睡眼惺忪所见着的她的容态，还感觉到她的活泼的欢悦的柔和的青春的美。我生平所见过的女子，我的母亲是最美的一个，就是当时伏在母亲背上的我，也能觉到在那个大客厅里许多妇女里面，没有一个及得到母亲的可爱。我现在想来，大概在我睡在房里的时候，母亲看见许多孩子玩灯热闹，便想起了我，也许蹑手蹑脚到我床前看了好几次，见我醒了，便负我出去一饱眼福。这是我对母亲最初的感觉，虽则在当时的幼稚脑袋里当然不知道什么叫做母爱。

后来祖父年老告退，父亲自己带着家眷在福州做候补官。我当时大概有了五六岁，比我小两岁的二弟已生了。家里除父亲母亲和这个小弟弟外，只有母亲由娘家带来的一个青年女仆，名叫妹仔。"做官"似乎怪好听，但是当时父亲赤手空拳出来做官，家里一贫如洗。

我还记得，父亲一天到晚不在家里，大概是到"官场"里"应酬"去了，家里没有米下锅；妹仔替我们到附近施米给穷人的一个大庙里去领"仓米"，要先在庙前人山人海里面拥挤着领到竹签，然后拿着竹签再从挤得水泄不通的人群中，带着粗布袋挤到里面去领米；母亲在家里横抱着哭涕着的二弟踱来踱去，我在旁坐在一只小椅上呆呆地望着母亲，当时不知道这就是穷的景象，只诧异着母亲的脸何以那样苍白，她那样静寂无语地好像有着满腔无处诉的心事。妹仔和母亲非常亲热，她们竟好像母女，共患难，直到母亲病得将死的时候，她还是不肯离开她，以孝女自居，寝食俱废地照顾着母亲。

母亲喜欢看小说，那些旧小说，她常常把所看的内容讲给妹仔听。她讲得娓娓动听，妹仔听着忽而笑容满面，忽而愁眉双锁。章回的长篇小说一下讲不完，妹仔就很不耐地等着母亲再看下去，看后丙讲给她听。往往讲到孤女患难，或义妇含冤的凄惨的情形，她两人便都热泪盈眶，泪珠尽往颊上涌流着。那时的我立在旁边瞧着，莫名其妙，心里不明白她们为什么那样无缘无故地挥泪痛哭一顿，和在上面看到穷的景象一样地不明白其所以然。现在想来，才感觉到母亲的情感的丰富，并觉得她的讲故事能那样地感动着妹仔。如果母亲生在现在，有机会把自己造成一个教员，必可成为一个循循善诱的良师。

⸢ 佳作赏析：

邹韬奋（1895—1944），江西余江人。著有《激变集》《再厉集》《从美国看到的世界》等作品。

文章开篇并未直接叙写母亲，而是就封建社会对妇女地位的歧视给予了批评，以议论为主，直到第四自然段才开始讲述母亲生平，以及生活经历。

在作者母亲短暂的一生里，却绽放出绚丽的异彩。尽管她身处旧社会的藩篱之中，却从来向往自由，渴望文明。比如她喜欢读旧小说，即是一例。当她讲到小说内容"孤女患难，或义妇含冤的凄惨的情形，她两人便都热泪盈眶，泪珠尽往颊上涌流着"，这充分说明母亲的慈悲和善良。这些人性的因子，无疑都潜移默化地影响着作者的成长。邹韬奋作为中国卓越的新闻记者、政论家、出版家，他的人生之所以如此灿烂，跟他母亲对他的影响是分不开的。

关于父亲

□ ［中国］叶至诚

旅　伴

　　乐山被炸以后，我们家住到了乐山城外，张公桥雪地头。瓦屋三间，竹篱半围，靠山面水。所谓山，至多只有今日一般住宅的四五层楼高，水也不过是条小溪，名字挺秀美，竹公溪，只在涨水的日子稍有点儿汹涌之势。

　　房屋虽然简陋，客人倒还常有。父亲的客人多半是当时他在武汉大学中文系的同事，其中朱东润、朱光潜、陈通伯几位先生，更来得勤些；常常晚饭过后不久，或单个，或结伴，拿了一枝手杖，信步从城里走来。有时在我们家坐上一阵，有时邀父亲同去散步，父亲便穿上长衫，提了手杖，一同出门。

　　一天，父亲和朱东润先生出去。通常的走法，总是出篱笆门左转，沿竹公溪边的小路到岔路口，下一个小土坡，从沙石条架成的张公桥跨过溪水，对岸不远的竹林间有个十来户人家的小镇，有茶馆可以歇脚。这一天，他们改变了路线，到岔路口不下土坡，傍着左手边的山脚，顺山路继续向前，乐山的山岩呈褚红色，山岩上矮树杂草野藤，一片青翠，父亲有过"翠丹崖为近邻"的诗句。山路曲曲弯弯，略有起伏；经过一个河谷，也有石板小桥架在溪上，只因远离人家，桥下潺潺的溪水，仿佛分外清澈。望着这并非常见的景物，朱先生感叹地说："柳宗元在永州见到的，无非就是这般的景色吧！他观察细致又写得真切，成了千古流传的好文章！"父亲很赞赏朱先生这番话，将其写在他当天的日记里。

在父亲的日记里，又有一处记载着他和朋友关于游览的谈话，那是1945年秋，在重庆，这一天，开明书店的同人们一起去南岸郊游。路上，父亲对傅彬然先生说："不少名胜，没有去以前只听说如何如何，到那里一看，也不过如此。"傅先生说："游览的乐趣，其实只在有几个很好的旅伴，一路上谈谈说说，非常之畅快。"停了一会，又说，"其实，人生也是这样。"

父亲一生，旅行的次数不少，大多总有可以倾心交谈的旅伴。1961年7月下旬到9月下旬，父亲出游内蒙，和老舍先生不仅同行，而且同室；一路同出同进，一同闲谈，一同赋诗。过了大兴安岭，又一同发觉当地不闻蝉声，父亲有"高柳临流蝉绝响"的诗句，老舍先生有"蝉声不到兴安岭"的诗句。后来重读那五十多天的旅游日记，父亲禁不住写下了这样的话："我跟他（老舍先生）在一块儿起居，听他那幽默风趣的谈吐，咀嚼他那独到的引人深思的见解，真可以说是一种无比的享受。"

就人生的意义说，母亲和父亲同行了四十一年。母亲去世的当晚，父亲吟成一阕《扬州慢》：

> 山翠联肩，湖光并影，游踪初印杭州。怅江声岸火，记惜别通州。惯来去淞波卅六，逢窗双倚，甫里苏州。蓦胡尘扶老西征，羼寄渝州。丹崖碧共登临，差喜嘉州。又买回乡，歇风宿雨，东出夔州。乐赞旧邦新命，图南复北道青州，坐南山冬旭，终缘仍在杭州。

无限伤怀地略叙了他和母亲联肩并影的双双游踪。

除了前面提到的诸位父执，父亲更有自小同窗，前后相交了七十多年的顾颉刚先生和王伯祥先生；声气相投，共同创立了文学研究会的郑振铎先生和沈雁冰先生；合作撰写《文心》，由朋友结为亲家的夏尊先生；死别将三十年，一朝想起，依旧猛烈悲切的朱自清先生；"诵君文，莫计篇，交不浅，五十年"的巴金先生；中年相识，一见如故，钦慕不已的吕叔湘先生……如此众多"常惜深谈易歇"的知交相伴，走完了一生漫长的旅程。

寂　寞

父亲不耐寂寞。对寂寞，极敏感。

早年，从人们相互间的隔膜，父亲感受了寂寞和枯燥，写了题为《隔膜》的小说，而且以这个题目作为第一本小说集的书名。父亲以为文艺的目的之一，就在去掉这寂寞和枯燥，打破人与人之间的隔膜，促使人们互相了解，互相慰悦，互相亲爱，团众心而为大众。

晚年，父亲受尽了寂寞和枯燥的折磨。

最先使父亲察觉自己和外界的交流有了障碍的，是听觉的失灵。起初，还只在会场里听不清别人的发言；渐渐，家里人在一起，边吃饭边谈笑，父亲会忽然插进一句："你们在笑什么？"问明了嬉笑的缘由，才也点头笑说："倒真是很好笑的。"有时候，父亲沉默了好一阵子，摇头说："你们说些什么，我一句也听不清。"旁人无意间把他忘在一边了。

他也曾把希望寄托在助听器上，用了好几年，先后买过二种产品，一种更比一种先进。后来却不知怎么的，用助听器听家里人说话，好像个个害了感冒，全都带鼻音，而且全是高音。有时四五个人同时说话，只听见男高音女高音还有刺耳的童音一齐向他袭击，非常之难受；父亲不得不把助听器关上，所有的声音固然全渺茫了，只是，看起来他仍旧跟大家在一起，实际却是一个人独坐在那里。后来，父亲完全舍弃了助听器。有谁跟他说话，要凑近他的右耳（左耳更聋得厉害），最好用他熟悉的言语，不高不低的声气，慢慢儿说。我习惯跟父亲说家乡话，然而我的家乡话早不是纯粹的苏州话了，夹杂了无锡、江阴、常州……各种口音。父亲原来就经常抱怨我说的话实在古怪，后来那些年要向他说明白一个意思，往往弄得他十分吃力，更加烦躁。因而，尽管哥哥每每来信向我描述父亲的寂寞，我去北京探望父亲比先前勤了，在父亲身边耽的日子比先前长了，与父亲的交谈却一次比一次少了。去年夏天，我孩子全家进京，看望祖父曾祖父。兆言有时进我父亲房里，坐在他的旁边。我父亲问："可有什么事？"兆言说："没事，来陪您坐坐。"我父亲听了默然，过了一会，说："蛮好，来陪我坐坐。"

父亲的视觉衰退更早。七十年代末，戴上老花眼镜，再用三倍的放大镜，在日光灯或者强烈的阳光下面，才能勉强看看三号字的文篇。八一年底，青光眼发作，左眼剧烈胀痛，住了八宿医院；此后就和书稿绝缘了。我看父亲成天枯坐，时而劝他出去走走。后来有一回，父亲说："你叫我出去走走。你说，我能到哪里去走走？"一想，果然。逛公园吧，即使把车子开到门口，公园里那么长的湖堤回廊花径，父亲还走得动吗；看朋友吧，俞平伯先生动员了女儿和外孙陪同（俞先生得过脑血栓症，非有两个人搀扶，才能够行走），前几天刚来过八条。吕叔湘先生又太忙。其余好些从"文化大革命"熬过来的老朋友，这几年又纷纷谢世，叫父亲去看望谁呢？从此，我不敢再跟父亲提"出去走走"的话。

除去日益衰老造成越来越深的寂寞以外，我以为父亲心里更有一层寂寞。

还在父亲耳朵不太聋的时候，有一晚哥哥和我陪着父亲喝酒，谈话中讲到了党内的不正之风，父亲显得极为忧虑和愤慨。我只怕父亲过于动感情，夜里会失眠，劝他说："爹爹，不要动气。辛弃疾写了的'白发空垂三千丈，一笑人间万事'。"父亲没听明白，问："什么？"哥哥替我补了一句："一笑人间万事。"父亲板起面孔对我说："我笑不出来！"前年父亲生病，住在北京医院里。5月，我去北京，到医院探望父亲以前，哥哥关照我说："父亲这阵子心情很不好，有些话你不要跟他说。"一问，才知道当时社会上盛传的若干件理当归在"严打"之列的党内腐败现象，父亲一一都听说了。我很怕父亲心情不好，担心万一自己说话不当，惹他发一顿脾气，惴惴地走进他那间病房。刚坐定，父亲就说："你不用跟我讲什么，我听了生气。"（以往每次去北京看父亲，我总拉杂跟他讲些近日的见闻）过了好一会儿，他又说："有些坐在台上的人，看他本人还不行，还要问令郎如何？令爱如何？尊夫人如何？"我哪能不明白父亲的意思？然而，我这样一个普普通通，与十二条政治生活准则又颇多距离的共产党员，能将什么宽慰我的父亲呢？无言以对。

沉　睡

今年 1 月 23 日晚上，哥哥的幼子永和来长途电话，告诉我说，星期天夜里父亲突然接连咳嗽，气喘不止；当夜住进北京医院，经过各种检查，会诊的结论是肺炎引起了新的心肌梗塞（1967 年父亲患过一次心肌梗塞）。院方发出了病危通知。我买了 25 日的夜班机票飞往北京；第二天上午就去北京医院。

父亲晚年极其消瘦，躺在老大一张病床上，白褥子白被盖，身躯仿佛剩不多少了。他看见我并不感到意外（院方没有告诉他病情的严重），微微抬起正在挂水的右手，伸出大拇指对我屈了屈，表示知道我到了。我见他这等疲倦，不再多说什么，坐在病床对面的沙发上，默默注视着床前心率监测器屏幕上，延续不断的绿色波纹。

有一个多星期，父亲的心率一天比一天更接近正常；从七八年第一次因胆结石动手术以后，父亲相继闯过了好几个生死的关口，于是全家坚定了这一次将也能闯了过去的信念。不想随即起了变化，虽然心率尚属平稳，然而跳动的速度却上升到每分钟一百二三十次；检查的结果表明，刚进院时的肺炎和心肌梗塞都得到了控制，然而从外表看来，体力却一天更比一天衰弱，以至要想翻身、喝水，或是大小便，都不呼唤了，只是稍稍做一做手势。一天里他很少睁开眼睛，人家只当他在睡觉，其实并没有睡着，或者没有睡沉，一会儿气喘了，一会儿又咳嗽了。气喘连连，实在吃力。咳嗽也极其劳累，往往要咳十几二十来下，才能把已经堵在喉咙口的一口痰咳出来，可是刚咳出一口，另一口痰却又到了喉咙口，叫人看着恨不能替他喘，帮他咳。每经过这样一番折腾，父亲总自言自语祈求似的轻声说："睡觉。"给他用了药和吃了早中晚餐以后，也常常轻声祈求说："睡觉。"听日夜陪伴在他身边的兀真（哥哥的长媳，任父亲的生活秘书）和天天都去陪夜的永和讲，父亲分别和他们两个说过："我要死在这张床上了。"然而，却始终不曾跟哥哥和其他人说过这一类话。

2月15日早晨，永和从医院回家，报告说："昨天后半夜，是爷爷这次住院以来睡得最安稳的了。"后来我去医院，主任大夫来查病房，都只为看他均匀地打着鼾，睡得那么沉，没有惊动他。上午十一点多钟，主任大夫又一次到病房来，见父亲还在睡，说："得把叶老喊醒了。"护士喊了几声，兀真又凑在他右耳上大声地喊"爷爷！"我正想，父亲好容易盼得一个好觉，就让他睡吧！却见主任大夫神色紧张地把神经科大夫请来了。这时候，除了用电筒照眼睛还有反应以外，用小榔头敲打手脚关节，掐眉心，父亲都没有知觉了。经会诊断定：父亲进入了昏迷状态。

这昏迷状态持续到16日清晨，七点五十分左右，父亲的心率突然忽快忽慢，哥哥和我接到电话赶去医院，只见大夫正在给父亲施行人工呼吸，心率监测器屏幕上还有一个摇曳的绿色光点，不一会儿，那绿色光点也熄灭了。

在悲痛的同时我又想：对于父亲来说，这未始不是一种解脱。作为子女，我未能为他减轻晚年的寂寞，未能与他分担生病的痛苦，只有和哥哥姐姐共同编成他已经出了四卷的文集，寄托对父亲的思念。更盼望有朝一日，我们的财政经济状况，我们的党风和社会风气真正得到了基本的好转。我也好在家祭的时候告知父亲，这将会给他莫大的安慰。

佳作赏析：

叶至诚（1926—1992），江苏苏州人，当代作家。曾与其兄长叶至善、姐姐叶至美出版《花萼》《三叶》《未必佳集》等合集。

　　作者叶至诚系叶圣陶的次子，文章忠实记录了叶圣陶先生一生中的几个侧面：他的朋友圈子；虽然耳目失聪，仍然关心国家大事；临终前的情形；将一个关注时事的文学大师形象展现在读者面前。文章语言平实，基本都是在客观叙事，并没有强烈感情的抒发和宣泄，但字里行间却能感受到作者对父亲无微不至的关怀。看似平淡，却令人回味无穷。

多年父子成兄弟

□［中国］汪曾祺

这是我父亲的一句名言。

父亲是个绝顶聪明的人。他是画家，会刻图章，画写意花卉。图章初宗浙派，中年后治汉印。他会摆弄各种乐器，弹琵琶，拉胡琴，笙箫管笛，无一不通。他认为乐器中最难的其实是胡琴，看起来简单，只有两根弦，但是变化很多，两手都要有功夫。他拉的是老派胡琴，弓子硬，松香滴得很厚——现在拉胡琴的松香都只滴了薄薄的一层。他的胡琴音色刚亮。胡琴码子都是他自己刻的，他认为买来的不中使。他养蟋蟀，养金铃子。他养过花，他养的一盆素心兰在我母亲病故那年死了，从此他就不再养花。我母亲死后，他亲手给她做了几箱子冥衣——我们那里有烧冥衣的风俗。按照母亲生前的喜好，选购了各种花素色纸作衣料，单夹皮锦，四时不缺。他做的皮衣能分得出小麦穗、羊羔、灰鼠、狐肷。

父亲是个很随和的人，我很少见他发过脾气，对待子女，从无疾言厉色。他爱孩子，喜欢孩子，爱跟孩子玩，带着孩子玩。我的姑妈称他为"孩子头"。

春天，不到清明，他领一群孩子到麦田里放风筝。放的是他自己糊的蜈蚣（我们那里叫"百脚"），是用染了色的绢糊的。放风筝的线是胡琴的老弦。老弦结实而轻，这样风筝可笔直地飞上去，没有"肚儿"。用胡琴弦放风筝，我还未见过第二人。清明节前，小麦还没有"起身"，是不怕践踏的，而且越踏会越长得旺。孩子们在屋里闷了一冬天，在春天的田野里奔跑跳跃，身心都极其畅快。他用钻石刀把玻璃裁成不同形状的小块，再一块一块逗拢，接缝处用胶水粘牢，做成小桥、小亭子、八角玲珑水晶球。桥、亭、球是中空的，里面养了金铃子。从外面可以看到金铃子在里面自在爬行，振翅鸣叫。他会做各种灯。用浅绿透明的"鱼鳞纸"扎了一只纺织娘，栩栩如生。用西洋红染了色，上深下浅，通草做花瓣，做了一个重瓣荷花灯，真是美极了。用小西瓜（这是拉秧的小瓜，因其小，不中吃，叫做"打瓜"或"笃瓜"）上开小口挖净瓜瓤，在瓜皮上雕镂出极细的花纹，做成西瓜灯。我们在这些灯里点了蜡烛，穿街过巷，邻居的孩子都跟过来看，非常羡慕。

父亲对我的学业是关心的，但不强求。我小时了了，国文成绩一直是全班第一。我的作文，时得佳评，他就拿出去到处给人看。我的数学不好，他也不责怪，只要能及格，就行了。他画画，我小时也喜欢画画，但他从不指点我。他画画时，我在旁边看，其余时间由我自己乱翻画谱，瞎抹。我对写意花卉那时还不太会欣赏，只是画一些鲜艳的大桃子，或者我从来没有见过的瀑布。我小时字写得不错，他倒是给我出过一点主意。在我写过一阵"圭峰碑"和"多宝塔"以后，他建议我写写"张猛龙"。这建议是很好的，到现在我写的字还有"张猛龙"的影响。我初中时爱唱戏，唱青衣，我的嗓子很好，高亮甜润。在家里，他拉胡琴，我唱。我的同学有几个能唱戏的。学校开同乐会，他应我的邀请，到学校去伴奏。几个同学都只是清唱。有一个姓费的同学借到一顶纱帽，一件蓝官衣，扮起来唱"朱砂井"，但是没有配角，没有衙役，没有犯人，只是一个赵廉，摇着马鞭在台上走了两圈，唱了一段"郡坞县在马上心神不定"便完事下场。父亲那么大的人陪着几个孩子玩了一下午，还挺高兴。我十七岁初恋，暑假里，在家写情书，他在一旁瞎出主意。

我十几岁就学会了抽烟喝酒。他喝酒，给我也倒一杯。抽烟，一次抽出两根他一根我一根。他还总是先给我点上火。我们的这种关系，他人或以为怪。父亲说："我们是多年父子成兄弟。"

我和儿子的关系也是不错的。我戴了"右派分子"的帽子下放张家口农村劳动，他那时还从幼儿园刚毕业，刚刚学会汉语拼音，用汉语拼音给我写了第一封信。我也只好赶紧学会汉语拼音，好给他写回信。"文化大革命"期间，我被打成"黑帮"，送进"牛棚"。偶尔回家，孩子们对我还是很亲热。我的老伴告诫他们"你们要和爸爸'划清界限'"，儿子反问母亲："那你怎么还给他打酒？"只有一件事，两代之间，曾有分歧。他下放山西忻县"插队落户"。按规定，春节可以回京探亲，我们等着他回来。不料他同时带回了一个同学。他这个同学的父亲是一位正受林彪迫害，搞得人囚家破的空军将领。这个同学在北京已经没有家，按照大队的规定是不能回北京的，但是这孩子很想回北京，在一伙同学的秘密帮助下，我的儿子就偷偷地把他带回来了。他连"临时户口"也不能上，是个"黑人"，我们留他在家住，等于"窝藏"了他。公安局随时可以来查户口，街道办事处的大妈也可能举报。当时人人自危，自顾不暇，儿子惹了这么一个麻烦，使我们非常为难。我和老伴把他叫到我们的卧室，对他的冒失行为表示很不满，我责备他："怎么事前也不和我们商量一下！"我的儿子哭了，哭得很委屈，很伤心。我们当时立刻明白了：他是对的，我们是错的。我们这种怕担干系的思想是庸俗的。我们对儿子和同学之间的义气缺乏理解，对他的感情不够尊重。他的同学在我们家一直住了四十多天，才离去。

对儿子的几次恋爱，我采取的态度是"闻而不问"。了解，但不干涉。我们相信他自己的选择，他的决定。最后，他悄悄和一个小学时期女同学好上了，结了婚。有了一个女儿，已近七岁。

我的孩子有时叫我"爸"，有时叫我"老头子"！连我的孙女也跟着叫。我的亲家母说这孩子"没大没小"。我觉得一个现代化的，充满人情味的家庭，首先必须做到"没大没小"。父母叫人敬畏，儿女"笔管条直"最没有意思。

儿女是属于他们自己的。他们的现在，和他们的未来，都应由他们自己来设计。一个想用自己理想的模式塑造自己的孩子的父亲是愚蠢的，而且，可恶！另外作为一个父亲，应该尽量保持一点童心。

佳作赏析：

汪曾祺（1920—1997），江苏高邮人，作家。著有小说集《邂逅集》，小说《受戒》《大淖记事》，散文集《蒲桥集》等。

生活化是汪曾祺散文的一个重要特色，这篇也不例外。文章写得很家常很温馨，看似平淡无奇，其蕴涵却相当深。作者记述了"父亲""我""儿子"一共三代人，涉及两代父子关系。从文章标题"多年父子成兄弟"的字面意义去理解，这篇文章好像有些"叛逆"，因为这与中国传统思想中的父子关系规范大相径庭。但仔细看文章内容，发现其实对于一个充满温情的现代家庭而言，这种关系往往是必要的，也是必需的。这是对传统的一个巨大冲击。文章轻松自然，但其实反映的是一个很深刻的话题，值得天下为人父母者好好思考。

美国家书

□〔中国〕汪曾祺

松卿：

上次的信超重了，贴了两份邮票。美国邮资国内 22 分，国外 44 分，一律是航空，无平信。

我们 9 月份的安排，除了开幕的 Party，看两次节目，每天有人教英语（我不参加），有 5 个题目的座谈（每个题目座谈约 3 次）。聂华苓希望我们参加两个题目："我的创作生涯"和"美国印象"。"创作生涯"我不想照稿子讲，只想讲一个问题："作家的社会责任感。"昨天这里中国学生会的会长（他在这里读博士）来看我，我和他把大体内容说了说，他认为很好。"美国印象"座谈时间较靠后，等看看再准备。

我们在这里生活很方便，Program 派了一个中国留学生（他本已在北京国际关系学院任教）赵成才照顾我们，兼当翻译。他是 Program 的雇用人员。

每星期四由"计划"派车送我们去购买食物。开车的是台湾人，普通话讲得很好。他对我和古华的印象很好。对赵成才说，想不到这样大的作家，一点架子都没有！这里有一个 Eagle 食品商店，什么都有。蔬菜极新鲜。只是葱蒜皆缺辣味。肉类收拾得很干净，不贵。猪肉不香，鸡蛋炒着吃也不香。鸡据说怎么做也不好吃。我不信。我想做一次香酥鸡请留学生们尝尝。韩国人的铺子里的确什么佐料都有，"生抽王"、镇江醋、花椒、大料都有。甚至还有四川百瓣酱和酱豆腐（都是台湾出的）。豆腐比国内的好，白、细、嫩而不易碎。豆腐也是外国的好，真是怪事！

今天有几个留学生请我们吃饭，包饺子。他们都不会做菜，要请我掌勺。他们想吃鱼香肉丝，那好办。不过美国猪肉太瘦，一点肥的都没有。猪肉馅据说有带 15% 肥的。我嘱咐他们包饺子一定要有一点肥的。

我大概免不了要到聂华苓家做一次饭，她已经约请了我。

昨天我已经做了两顿饭，一顿面条（美国的挂面很好），一顿米饭——炒荷兰豆、豆腐汤，以后是我做菜，古华洗碗。

我们 11 月开头的两个星期将到纽约、华盛顿去旅行。最好是住在朋友家。纽约我准备住金介甫家，今早已写信预先通知他（美国人一般都在一个月前把生活计划好，不像中国人过一天算一天）。明天准备写信给李又安、陈宁萍、张充和。王浩的地址我没有带来，你打电话给朱德熙，让他尽快给我寄一个来。杨振宁、李政道我不准备麻烦他们了，不过，寄来他们的地址也好。到美国旅行，一般都是住在人家家里。旅馆太贵。

聂华苓问古华：汪老准备在这里写什么？古华告诉她我听了邵燕祥的话，不准备写大东西。聂说：其实是有时间写的。那我就多写几篇聊斋新义吧。

聂华苓的一个女儿年底要和李欧梵结婚。李欧梵我在上海金山会议上和他认识。我让他到 Mayflower 来自己选一张画。他在芝加哥大学，会请我和古华去演讲一次。聂华苓将把 Program 作家名单寄给一些大学，由他们挑选去演讲的人。美国演讲的报酬是相当高的。

我的地址在 Mayflower 后最好加一个 Resident。

曾祺

9 月 4 日

松卿：

我应当带一个茶杯来的。美国的茶杯很不好用，就像咱家那种美国大学校杯一样，厚，笨。像校杯那样厚的杯子要五块多美元一个！

刚才接陈若曦从柏克利打来了的电话，台北的新地出版社要出我的小说选，用美金付版税，按定价的8%计。出版社要我一张照片，一个小传，和评论我的文章。小传我可在这里写好寄给香港的古剑。照片家里能找得到么？评论文章找一两篇（出版社只是参考用）。评论要复印，留底。照片和评论都寄古剑。照片如找不到，我可在这里拍了寄去。

我在这里很好。聂华苓常打电话叫我们晚上上她家聊天。见到几位台湾作家。诗人蒋勋读过我一些小说，说很喜欢。过两天陈映真要来。此人在台湾是大师。

我的讲话中英文本都交给聂华苓了。"我的创作生涯"，我不想照讲稿讲，太长。另外准备了一篇五六百字的短稿：作家的社会责任感。有一个中国留学生为我口译。我要把发言稿先给他看看，因为稿中引用两句杜甫的诗，他得琢磨琢磨。

我这两天在看安格尔的诗和聂华苓的文集。

如从家里寄照片到香港，要两三张——包括生活照。港台的风气，作品前面有七八张照片。

昨天我已为留学生炒了一个鱼香肉丝。美国猪肉、鸡都便宜，但不香，蔬菜肥而味寡。大白菜煮不烂。鱼较贵。

很想你们！在国外和在国内旅游心情很不一样。

曾祺

9月6日

松卿：

你们好吗？我这两天不那么想家了。大概身在异国，没有不想家的。给我们当翻译的访问学者赵成才来了七个月了，我问他："想家吗？"他说："想！"

我的硝酸甘油丢了。大概丢在从东京到芝加哥的飞机上。我把药瓶放在夹克口袋里，大概溜出来了。你能不能在信封里寄几片来？我以为这里可以买到，赵成才到药店去问了，药倒是有，但是美国买药必须有医生处方。而到医院，又必须作严格检查，才开药。算了！聂华苓说安格尔有熟识的医生，看看他能不能开个药方，不过可能性不大。我想一次在信封里寄几片，不会被检查出来。实在寄不到，也没有关系，我想不致心绞痛。再说我还有三种防治心脏病的药。

我在这里生活很有规律，每天 11 点钟睡觉，早上 6 点起。刚到几天，半夜老是醒，这两天好了。今天一觉睡到大天亮，舒服极了。

这里可以写东西。我昨天已经把《聊斋》的《黄英》写好了。古华很厉害，写了一个短篇，还写了长篇的第一章。今天起我要开始酝酿写《促织》。

我们存款的银行要请一次客，聂华苓想要有所表示，安格尔出主意，让她跟我要一张画，请所有作家签名，我说当然可以。我让作家们就签在画上，他们说这张画很好，舍不得，就都签在绢边上。

昨天我们到海明威农场参观，一家人有几千亩地，主要种玉米。玉米随收随即在地里脱粒，然后就运送谷仓，只要两个人就行了。一家能请 30 多位作家喝酒、吃饭。海明威夫妇到过中国：北京、沈阳、广州……海明威夫人说北京是很美的城市。我抱了她一下。她胖得像一座山。

参观了大学图书馆，看不出名堂。借书不像邵燕祥说的那样简单。聂华苓说她有很多中文书，要看，可以去拿，我们可以看到好几份中文报纸，包括《人民日报》海外版。都是聂送来的。

聂看了我的三份讲稿，她说"我的创作生涯"可以在这里讲。"文化传统……"可以到耶鲁这样的大学讲。京剧可以给外国人讲，中国人听起来意思不大。

这些天我们要到林肯的故乡去，住一夜。除了看看那地方，主要是看几场球赛。

曾祺

9 月 12 日早晨

松卿：

我下月旅游行程已定。10月31日离开爱荷华，在纽约住6天，然后乘火车至费城。在费城住5天。11月11日从费城到波士顿，14日离波士顿经芝加哥回到爱荷华。

我在纽约住王浩家。费城住李又安家。波士顿哈佛大学会安排。一路都会有人接送，不致丢失，请放心。我在费城的宾州大学和哈佛都将作非正式的演讲，讲题一样：传统文化对中国当代文学创作的影响。

今天是中秋节，聂华苓邀我及其他客人家宴，菜甚可口，且有蒋勋母亲寄来的月饼。有极好的威士忌，我怕酒后失态，未能过瘾。美国人不过中秋，安格尔不解何为中秋，我不得不跟他解释，从嫦娥奔月，中国的三大节，中秋实是丰收节，直至八月十五杀鞑子……他还是不甚了了。月亮甚好，但大家都未开门一看。

按聂的建议，我和古华明晚将邀七八个作家到宿舍一聚，我正在煮茶叶蛋。（中秋节夜1时）我们已经请了几个作家。茶叶蛋、拌扁豆、豆腐干、土豆片、花生米。他们很高兴，把我带来的一瓶泸州大曲、一瓶Vodka全部喝光，谈到12点。聂建议我们还要请一次，名单由她拟定。到Program来，其实主要是交际交际，增加一点了解，真要深入地探讨什么问题，是不可能的。

昨天去听了一次新英格兰乐队的轻音乐，水平很低。聂、安、古、蒋勋休息时即退场。聂问我如何，我说像上海大减价的音乐，她大笑，说："你真是煞风景。"又说："很对，很对，很像！"

昨晚芬兰的Risto回请我和古华，说是Dinner，实际只有咖啡、芬兰饼（大概是荞麦做的），一瓶芬兰Vodka。主要的菜倒是他请我做的茶叶蛋。闹半天，他是对我们作一次采访。他对中国很感兴趣，也颇了解，问了很多问题，文学、政治、哲学、心理学、书法……他的夫人是诗人，又是芬兰晨报的记者。我问今天的谈话，他们是否要整理发表。他们说：要。我想我们的谈话都没有问题，要发表就发表吧。

今天是安格尔的生日（79岁），晚上请大家去喝酒，谢绝礼物，但希望大家念念诗、唱歌、表演舞蹈。我给他写了一首诗："安寓堪安寓（他家的门上钉了一块铜牌，刻字两行，上面一行是 Engle，下面是中文的"安寓"），秋来万树红。此间何人生？天地一诗翁。此翁真健者，鹤发面如童。才思犹俊逸，步态不龙钟。心闲如静水，无事亦匆匆：弯腰拾山果，投食食浣熊。大笑时拍案，小饮自从容。何物同君寿？南山顶上松。"安的女儿蓝蓝昨天到这里看了，说把她爸爸的神态都写出来了。

我带来的画少了，不够分配。宣纸也不够用。

我决定把《聊斋新义》先在华侨日报发表一下。台湾来的黄凡希望我给台湾的联合文学，说是稿费很高，每一个字一角五分美金。但如在台湾发表，国内就不好再发表。在美国发表，国内发，无此问题。华侨日报是左派报纸，也应该支持他们一下。人不能净为钱着想。15 日华侨日报的王渝和刘心武均到 Iowa，我想当面和他们谈一谈。先跟心武说说。

古华想在 Iowa 待到 12 月 15 日，再到旧金山一带去。这样就得申请延长护照。我现在想从波士顿回到 Iowa 后，哪里也不去了。大峡谷，黄石公园，也就是那么回事。11 月 14 日回到 Iowa 至 12 月 15 日，还有一个月，我可以写一点东西。继续改写《聊斋》。我带来的《聊斋》是选本，可改的没有了。聂那里估计有全本，我想能再有几篇可改的。另外也可以写写美国杂记。

10 日到密苏里州汉尼城堡看了看马克·吐温的故乡。看了《汤姆·索亚历险记》的背景 Camero Cave。这个 Cave 和中国的山洞不一样，不是钟乳石的，是黄色的石头的，里面是一些曲曲折折的大裂缝。石头上有很多人刻的名字，美国人也有"到此一游"之风。到处看看而已，没有多深的印象。密西西比河有一段很美。马克·吐温纪念馆没有中国译本（有一本台湾的），我要建议作协给纪念馆寄几本来。（12 日）

昨天安格尔家的 Party 很热闹。Program 的成员都去了，还有不少别的客人。很好的香槟。好几位诗人读了给安和聂的诗。我也念了那首诗，用中文念，赵成才翻译。诗是写在一张宣纸横幅上的，安格尔自己举着，不时探出头来做鬼脸。一个作家打非洲鼓唱颂歌。南美西班牙语系（不同国家）的诗人弹吉他且歌且舞，很美。古华"打"了一支湖南山歌。非让我唱京剧，唱了两句大花脸。墨西哥诗人 Zavala 对赵说 Wang 是今天的 most。

我的讲话稿《我是一个中国人》和《作家的社会责任感》华侨日报决定发表。王渝明天来，将把稿费带来（先付）。台湾诗人蒋勋把他用古代传说写的小说给我看，想请我写一篇序。这个序可不好写，但不能推却。

（13 日晨）

松卿：

我又回来了。Mayflower 是我们的家。蒋勋、李昂、黄凡都回来了。他们都说："回家了。"说在外面总有一种不安定感。昨天下午到的。在自己的澡盆里洗了洗澡，睡在自己的床上。今天早上用自己的煤气煮了开水，沏了茶，吃了自己做的加了辣椒酱的挂面，真舒服。我要写一篇散文：《回家》。虽然 Mayflower 只是一个 Residence Hall。

我旅行了半个月。路线是 Iowa city—芝加哥—纽约—纽海芬—费城—华盛顿—马里兰—费城—波士顿—芝加哥—Iowa city。

一路接待都很好，接，送。否则是很麻烦的。芝加哥、纽约、波士顿的机场都很复杂，自己找，很难找到。纽约住王浩家，费城住李克、李又安家，马里兰住在马里兰大学宾馆里，波士顿是住在一个叫刘年玲的女作家（即木令者）家。回芝加哥是打电话请芝加哥领事（管文化的）王新民接我们。最后一站由西达碧瑞斯机场到 Iowa city 是赵成才请一留学生开车去接我们。

在纽约，头一天（31 号）休息。第二天，金介甫夫妇开车带我们去看了世界贸易中心，即号称"摩天大楼"者。这是两幢完全一样的大楼，有 100 多层，全部是不锈钢和玻璃的。这样四四方方，直上直下的建筑，也真是美。芝加哥的西尔斯塔比它高，但颜色是黑的，外形也不好看，不如世界贸易中心。看了唐人街、哥伦比亚大学。1 号下午即被郑愁予（台湾诗人，在耶鲁教书）拉到纽海芬，住在他家。两天后回纽约。当晚在林肯中心世界最大的歌剧院看了歌剧《曼侬》。歌剧票价很贵，这个歌剧最高票价是 $95。王浩买的

是 $40 的，二楼。这个歌剧院是现代派的，外表看起来并不富丽堂皇，但是一切都非常讲究。4 号白天《中报》的曹又方带我和古华到"炮台公园"去看了看自由女神（我们在世界贸易中心已经看过一次）。远远地看而已。要就近看，得坐 W 船（自由女神在一小岛上），来回得两个小时。不值得。就近看，也就是那么回事。4 号晚上听了一个音乐会，很好。前面是瓦格纳的一首曲子，当中是贝多芬的第七交响乐，最后一个没有记住（说明书不知塞到哪里去了），但曲子我很熟，演奏非常和谐。5 号本来王渝要请我们看一个裸体舞剧，剧名是意大利语，我记不住，意思是"好美的屁"。这个剧是美国最初的裸体舞剧，已经演了十几年，以后的裸体舞剧都比不上它。但王渝找不到人陪我们去。王浩没有兴趣（从王浩家到曼哈顿要走很远的路），我们也累，于是休息了一天。

我和王浩 41 年没有见了，但一见还认得出来。他现在是美国的名教授（在美国和杨振宁、李政道属于一个等级）。他家房间颇多，但是乱得一塌糊涂，陈幼石不在。但据刘年玲说，她要在，会更乱。这样倒好，不受拘束。王浩现在抽烟，喝酒。我给他写的字、画的画（他上次回国时托德熙要的），挂在客厅里。

李克、李又安是很好的美国人。他们家的房子是老式的，已经有 100 多年历史，干净得不得了。因此我每天都把床"做"得整整齐齐的。他们的生活是美国人里很有秩序的。每天起得较早，7 点多钟就起来（美国人都是晚睡晚起的），8 点半吃早饭。李克抽 Pipe，我于是也抽 Pipe（王浩把他两个很好的旧烟斗送给了我——我到纽约本想买两个 Pipe）。李又安得了肺癌，声音都变得尖细而弱了。她原计划今年到中国，因为身体不好，未成行。她想明年到中国去，我看够呛。她精神还好，唯易疲倦。她好像看得不那么严重。你给德熙打电话时，告诉他李又安得了癌。

Maryland 大学请我去的是余教授，她是教现代中国文学的。到 Maryland 的晚上，她请客，开门迎接时说："我是余珍珠。"我以为是余教授的女儿。此教授长得不但年轻，而且非常漂亮。是香港人，英语、国语、广东话都说得非常地道。我演讲时她当翻译，反应极敏锐，翻得又快又好。李又安说她曾在联合国当过翻译，有经验。

费城没有什么好玩的。有一个独立厅，外面看看，建筑无奇特处，只是有纪念意义而已。因为下大雨，我们只在车里看了看。李克说里面就是一间空房子。到宾州大学博物馆看了看，"昭陵六骏"的两骏原来在这里！李克说他曾建议还给中国，博物馆的馆长不同意，说："这要还给中国，那应当还的就太多了！"晚上看了看馆藏东亚美术画册，有一张南宋的画，标题是 Fishingman on the river，我告诉李克，这不是打鱼，而是罱泥。李克在第二天我的演讲会上做介绍时特别提到这件事，以示"该人"很渊博。

华盛顿是非看不可的，但是正如那位娇小玲珑的余教授所说：不看想看看，看看也不过如此。去看了"大草坪"，一边是国会大厦，一边是林肯纪念碑。林肯纪念碑极高，可以登上去（内有电梯），但是候登的人太多，无此雅兴。倒是航天博物馆开了眼界。阿波罗号原来是那么小的一个玩意（是原件），登月机看来很简单，只有一辆吉普那么大，轮子是钢的，带齿。看了现代艺术博物馆。毕加索已经成了古典了，展品大都看不懂。有一张大画，是整瓶的油画颜色挤上去的，无构图，无具象，光怪陆离。门口有一大雕塑，只是三个大钢片，但能不停地摆动。美国艺术已经和物理学、力学混为一体。看了白宫，不大。美国人不叫它什么"宫"，只是叫"白房子"，是白的。据说里面有很多房间，每星期一——五上午 10 点—12 点可以进去参观。我们到时已是下午，未看。

波士顿据说是很美的，我看不出来。主要是有一条查尔士河，把许多房子都隔在了两岸，有点仙境。刘年玲带我们去看了一个加勒夫人的博物馆。加勒是个暴发户，打不进波士顿的"四大世家"的交际界，于是独资从意大利买了一所古堡，原样装置在波士顿。这是一所完全意大利式的建筑，可以吃饭，刘年玲说这里的沙拉很有名。我们都叫了沙拉，原来是很怪的调料拌的生菜。在国内，沙拉都有土豆，可是这种叫做"凯撒沙拉"的一粒土豆都没有，只有生菜！我对刘年玲说：我很怀疑吃下一盘凯撒沙拉会不会变成马。

去市博物馆看了看，很棒！宋徽宗摹张萱捣练图在那里。我万万没有想到颜色那么新，好像是昨天画的。中国的矿物颜色太棒了。我很想建议中国的文物局出一本"海外名迹图"。

在波士顿遇到法国的一位 Annie 女士。此人即从法国经由朱德熙的一位亲戚介绍，翻译我小说的人。她（和她的丈夫）本已购好到另一地方（我记不住外国地名）的飞机票，听说我来波士顿，特别延迟了行期。Annie 会说中文，甚能达意。她很欣赏《受戒》《晚饭花》，很想翻译。我说《受戒》很难翻，她说"可以翻"。她想把《受戒》《晚饭花》及另一组小说（好像是《小说三篇》）作为一本。我说太薄了。她说"可以"。法国小说都不太厚。Annie 很可爱。一个外国人能欣赏我的作品，说"很美"，我很感谢她。她为我推迟了行期，可惜我们只谈了半个钟点还不到。Annie 很漂亮。我说我们不在法国，不在中国相见，而在美国相见，真是"有缘"。

我在东部一共作了 5 次演讲。在耶鲁、哈佛、宾大讲的是《中国文学的语言问题》，或《中国作家的语言意识》，或《我对文学语言的一点看法》，在三一学院和 Maryland 讲的是《传统文化对中国当代文学的影响》。在三一学院讲的不成功，因为是照稿子讲的，很呆板。听的又全不懂中文。当翻译的系主任说英文稿翻得很好，是很好的英文，问是谁翻译的，我说是我老伴，他说："你应该带她来。"同样的内容，在 Maryland 讲得就很成功。这次应余教授的要求，还讲了一点样板戏的创作情况。

我在 Iowa city 没有什么事了。20 号要讲一次美国印象。24 号要到爱荷华州的西北大学演讲一次，我想还是讲语言问题——我对语言有自己的见解，语言的内容性、文化性、暗示性、流动性，别人都没有讲过。我在哈佛讲，有一个讲比较文学的女教授，说听了我的演讲可以想很多东西。（11月15—16日）

文艺报副主编陈丹晨来了。昨天晚上华苓请丹晨，我带了 20 个茶叶蛋去，在她家做了一个水煮牛肉。

我的讲话《中国文学的语言问题》《中报》要发表，明后天我要写出来（讲的时候连提纲都没有）。今天没有时间。《聊斋》已发表。王渝在电话里告诉我稿费请古华带来。

美国的天气很怪。到波士顿，夜里下了大雪。美国下雪，说下就下，不像国内要"酿雪"——憋几天。说停下就停了。下雪，很冷。刘年玲的丈夫说爱荷华要比波士顿低10℃，结果我到了爱荷华十分暖和，比我走时还暖，穿一件背心、夹克就行了。我到华苓家吃饭穿的是那件豆沙色的西服。不过昨天下了雪，夜里又冷了。

丹晨和老赵一会来吃饭，我得准备一下。

曾祺

17日上午

佳作赏析：

这是作者在美国访问旅游期间写给妻子的信。内容大多是自己在美国的相关行程和生活情况，事无巨细，全都交代清楚，真可说是无话不谈。有的则是让妻子代为处理一些事情，或买些东西。家书延续了汪曾祺散文的风格：生活化，读信就好像在听他聊天一样。从每封信末尾的日期来看，几乎是隔两三天就写一封，甚至有每天一封的情况。看似琐碎无序，但却透着浓浓的亲情。从信中可以体会到作者对妻子、对家庭的重视，倍感温馨。

早该说的一些话

——祭先父

□[中国] 苏叔阳

　　我对先父的感情并不特别深厚，甚而至于可以说，相当淡漠。我们同住在一个城市四十余年，却极少往来。亲情的交流和天伦的欢愉似乎都属于别的父子，我们则是两杯从不同的水管里流出的自来水。

　　我很少揣测他对我们兄弟的情感，我单知道我自己多少年来对他抱有歧见。我的作品里很少有我自己的经历，更少写到父爱，因为在我自己做父亲之前，我几乎不知道父爱。然而，我常常动情地呼唤普遍的爱心，这也许正是对我所不曾得到的东西的渴求。

　　我父母的婚姻是典型的"父母之命，媒妁之言"。正准备入护士学校的母亲，辍了学嫁给正在读大学的父亲。他们之间，似乎不能说毫无感情，因为母亲偶尔回忆起当年，说她婚后的日子是快乐而满足的。接着，我们兄弟来到了这个世界。我行三，在我前面有两位哥哥，各比我年长两岁和四岁。我的降生或者是父母间感情恶化的象征。从我记事时起，就极少见到父亲。他同另一位女士结了婚。他的这次结婚究竟如何，我不得而知，记述他的这段往事是我异母妹妹们的任务。我只记得我很小的时候母亲带着我风尘仆仆地追索父亲的足迹，在他的新家门口，鹄立寒风中被羞辱的情景。我六岁的时候，父亲回过一次家，从此杳如黄鹤。只留下一个比我小六岁的妹妹，算是父母感情生活的一个实在的句号。

我的母亲是刚强、能干的女性。我如今的一切都是她无私的赠予。一个失落了爱情和断绝了财源的女人，靠她的十指和汗水，养大了我们兄妹，那恩德与功劳是我永远也无法报偿的。我仅守着对她的挚爱这份宝贵的财富，打算在难以述说别人的故事的时候，再来细细地讲述她的奉献。她从三十岁左右守活寡，直到今日，每一根白发都是她辛苦和奋斗的记录。

在我读大学以前，我几乎不知道父亲的踪迹，一个时时寄托着怨恨和憎恶的影子常在我眼前飘盈，当我知道他就在同一个城市的一所高等学校教书时，我不愿也不敢去见他。

然而，我得感激他。因为靠母亲的力量是无法让我读大学的。记得好像是经过我的母校（中国人民大学）与他所在学校组织上的协助，达成了由父亲供给我与上师范学校的二哥生活费用的协议。不管怎么说，他供养我大学毕业。

从那时起，我开始逐步了解他。而我为他做的第一件事，就是说服我母亲，做她的代理人，同意在法律上结束这早已名存实亡的婚姻。因为一夫两妻的尴尬处境，像一条绳子捆住父亲的手足，使双方家庭都极不愉快，而且影响他政治上的前途。记得受理这案件的法院极其有趣而充满温情，审判员竟然同意我的要求，由我代为起草判决书主文的初稿，以便在判决离婚时，谴责父亲道德上的不当，使母亲的心理上获得平衡。那一张薄纸可以使母亲几十年的悲苦得到宣泄。

这张离婚判决书似乎也使我们本来似有若无的父子关系更趋向于消亡。从1960年至八十年代，悠悠几十载，我们便这样寡淡到连朋友也不如地度过了，度过了。

也许，毕竟血浓于水，亲情谁也不能割断。我们父子间真个是"不思量，自难忘"。每当我有新作问世，哪怕只是一篇短短的千字文，他都格外欣喜，剪下来，藏起来，逢年过节约我们见面时，喜形于色地述说他对我的作品的见解。我呢，从不讳言我有这样一位父亲，每逢到石油部门去采访，都坦率地承认我是石油战线职工的家属，并且"为亲者讳"，从不提起我们之间的龃龉，仿佛我们从来恩爱无比，是一对令人羡慕的父子。

父亲生前是北京石油学院的教授，曾经是中国第一支地球物理勘探队的创建人和领导者。也曾经为石油学院地球物理勘探系的创建付出了心血。他退休后依旧孜孜于事业的探求和新人的培养，据他的同事和学生说，他是一个诲人不倦，亲切和蔼和事业心极强的好教师。他死后，《光明日报》发表了一篇不短的文章，纪念和表彰他一生的业绩。

他的一生是坎坷的。在旧中国，他所用非学，奔波于许多地方，干一些与他的所长全不相干的事，以求糊口。只有新中国成立后，他才获得了活力，主动地要求到大西北去做石油勘探工作，为祖国的石油工业竭尽自己的力量。他的一生或许是中国知识分子的一个写照。他毕竟死于自己心爱的岗位上，这应当是他最大的安慰。

人生是个充满矛盾的路程。在爱情与婚姻上，他有过于人，给两位不应得到不幸的女人以不幸，但他自己也未必从这不幸中得到幸福。他的家庭生活始终徘徊在巨大的阴影中。这阴影是他造成的，却也有他主宰不了的力量使他蹀躞于痛苦而不能自拔。他在生活上是懦弱的。他的多踌躇而少决断，使他终生在怪圈中爬行，唯有工作，科学，使他的心冲破了自造的樊篱，他的才智也才放出了光彩。

当他的第二位妻子，我从未见过面的另一位"母亲"悄然而逝的时候，不知道什么原因，我对他的一切憎恶、歧见，一下子消失得净尽。对于一个失去了伴侣、老境凄凉的他，油然生出了揪心扯肺般的同情和牵挂。我第一次主动给他写信，要他节哀，要他注意身体，要他放宽心胸，我会侍奉他的天年，还希望他搬来同我一起住。为什么会如此，我至今也说不清。而且，我从此同两位异母妹妹建立了联系，虽然关系不比同母兄妹更密切，但我在感情上已经认定，除了我同母的妹妹之外，我还有两位妹妹。从那时起，我们父子间感情的坚冰融化了。我把过去的一切交给了遗忘，而他，也尽力给我们以关怀，似乎要追回和补偿他应给而没有给我们的感情。

我大约同他一样在感情上是脆弱的。当我第一次接到他的电话，嘱咐我不要太累的时候，我竟然掉下了热泪。这是我生平第一次为父亲流泪，我终于有了一位实实在在的，看得见摸得着，可以像别人的父亲那样来往的父亲。在我年届半百的时候，上天给了我一个父亲，或者说生活把早已失去的父亲还给了我。我从我的已长大成人的儿子们的眼光中看到了惊诧，他们同我一样感到突然，他们的爷爷从模糊的传说的迷雾中走出来清晰地站到了面前。他们甚至有些羞涩和不知所措。不知道该怎样面对一个真实的祖父。对我来说，父亲曾经是个迢遥而朦胧的记忆，除了憎恶便是我不幸的童年的象征，是我母亲那点点热泪的源泉，是她大半生悲苦的制造者。她那开花的青春和一生的愿望都被父亲断送。而今，另一副心肠的父亲，孤单地站在我面前，他希求谅解，他渴望补偿，却再难补偿。我，作为母亲的儿子，一下子"忘了本"，扔掉了所有的忌恨，孩子一样地投到了老爸的怀抱。这或许是我太渴望父爱，太希求父爱的缘故吧。

此后，他不断给我电话和书信，给我送药，约我们见面，纵论家国大事，也关心我的儿子。表现出一个父亲应有的爱心。

我衷心地感激上苍，在我施父爱于儿子的时候，终于尝到了父爱的金苹果。虽然太迟、太少，总算填补了一生的空白。

上苍又是严酷的。这经过半个世纪才捡回来的父爱，又被无情地夺走了。

去年五月，半夜里被电话惊醒，知道父亲突然病危住院，病因不明。我急急地跑到医院，发现他已经处在濒死状态，常常陷入昏迷。他突然莫名其妙地全身失血，缺血性黄疸遍布全身。但他不相信自己会这么快走向坟墓，依旧顽强地遵从医嘱：喝水，量尿，直到他预感自己再也无法抵抗死神时，才开始断断续续述说自己的一生。在我同他不多的交往中，我第一次发现他有如此的勇气和冷静。面对死神，他没有丁点儿的恐惧，他平静地对我和我的异母妹妹述说自己的一生。他说他的父母，他的故乡；说他怎样在穷苦中努力读书，一心要上学；说他的坎坷，说他的愿望；他喟然感叹："我这一生真不容易……"他还要求为他拿来录音机，不知是要把自己最后的话留给我们，还是再听一遍他关于1990年自己该做些什么工作的设想。(他死后我翻拣他的笔记本，见扉页上赫然写着：1990年要在科研上作出新的成绩，写出几篇文章。) 听着他断续的话，我再也忍不住，跑到走廊里，让热泪滚滚流下。

他去世的那天凌晨，我跑到他的病房，妹妹一下子抱住我大哭。我伏在他还温热的胸脯上一声声叫着"爸爸"，想把他唤回，他的灵魂应当知道，那一刻，我喊出了过去几十年也没喊过那么多的"爸爸"；我失声痛哭，我不知是哭他还是哭那刚刚得到又遽然而逝的父爱……

他走了。从他告别人生的谈话中。发现他虽有遗憾，但没有惆怅地离开了这个世界。却留给我和我的兄妹们无法述说的隐痛。从小和他生活在一起的两位妹妹，因为失去了他而陷入孤寂；我们则把刚刚得到的又还给了空冥；我们兄妹都突然被抛向了失落。而这失落是我生平第一次体味到的。

他的丧仪可谓隆重，所有的人都称赞他的品格和学识。只有我们才知道他怎样从一个孩子们心目中的坏父亲成为一个为他衷心潜然的好父亲。这是几十年岁月的磨难才换来的。

他把糖尿病遗留给我，让我总也忘不掉他。然而我不恨他，反而爱上了他，并且从他身上看见了良知的光辉。当一个人抛弃了他的过失并且竭力追回正直的时候，就能无愧地勇敢地面对死亡。何况，他生前还那么努力地工作，正如《光明日报》的文章所说的那样，是一支"不灭的红烛"。

我早就应当写这篇文章，然而我不知道怎样分清对他和对母亲的感情。忘记他的过去，似乎有悖于母亲的恩德，然而只记得他的过去，似乎又对不住他后来的爱心。噢，妈妈，我是最最爱您的，相信您会懂得儿子的心，这也正是您教诲我的，应当始终记住别人的好处。况乎，他是我的父亲。

我曾经不爱而今十分爱恋的父亲，您的灵魂或许还在云头徘徊。您可以放心，我们爱您，爱一个过而能改，勤勤恳恳为民族为祖国工作的知识分子，爱一个用余生补偿父爱的父亲。愿您安息！

佳作赏析：

苏叔阳（1938—），河北人。当代作家。著有《苏叔阳剧本选》，中篇小说《婚礼集》，长篇小说《故土》等。

和其他谈亲情、谈父爱的文章不同，这篇文章中作者写到的家庭环境和父爱有些特殊：父亲与母亲在作者童年时就已离婚，作者一直和母亲生活在一起。因此在作者几十年的人生历程中，父亲和父爱一直处于"缺位"状态。直到作者年过半百、他的父亲也步入晚年以后，父子关系才算回归到正常状态。这样一种生活经历导致作者对父亲既有怨恨又有痛惜，可以说是百感交集，直到父子重新和好以后作者才又真切感受到父爱。正如文章所言，亲情是割不断的，尽管有这样那样的隔阂，父亲去世时作者的悲痛之情不能不让人动容。文章语言朴实，感情真挚。

母亲的鼾歌

□ ［中国］从维熙

母亲的鼾歌，对我这个年过五十的儿子来说，仍然是一支催眠曲。

在我的记忆里，她的鼾声是一支生活的晴雨表。那个年月，我从晋阳劳改队回来，和母亲、儿子躺在那张吱呀吱呀作响的旧床板上，她没有打过鼾。她睡得很轻，面对着我侧身躺着，仿佛一夜连身也不翻一下；唯恐把床弄出声响，惊醒我这个远方游子的睡梦。夜间，我偶然醒来，常常看见母亲在睁着眼睛望着我，她可能是凝视我眼角上又加深了的鱼尾纹吧！

"妈妈，您怎么还没睡？"

"我都睡了一觉了。"她总是千篇一律地回答。

我把身子翻转过去，把脊背甩给了她。当我再次醒来，像向日葵寻找阳光那样，在月光下扭头打量母亲多皱纹的脸庞时，她还在睁着酸涩的眼睛。

"妈妈，您……"

"我刚刚睡醒。"她不承认她没有睡觉。

我心里清楚，在我背向她的时候，母亲那双枯干无神的眼睛，或许在凝视儿子黑发中间钻出来的白发，一根、两根……

我真无法计数，一个历经苦难的普通中国女性，她体躯内究竟蕴藏着多少力量。年轻时，爸爸被国民党追捕，肺病复发而悲愤地离去。她带着年仅四岁的我，开始了女人最不幸的生活。我没有看见过她的眼泪，却听到过她在我耳畔唱的摇篮曲：

狼来了，

虎来了，

马猴背着鼓来了！

风摇晃着冀东平原上的小屋，树梢像童话中的怪老人，发出尖厉而又显得十分悠远的声响。我在这古老的童谣中闭合了眼帘，到童年的梦境中去遨游：

骑竹马。

摘野花。

放鞭炮。

过家家。

……

她呢！我的妈妈！也许只有我在梦中憩睡的时刻，她才守着火炭早已熄灭的冷火盆独自神伤吧？！

我不曾忘记，在那滴水成冰的严冬，母亲怕我钻冷被窝，总是把我的被褥先搬到炕头上；她怕被窝儿热度不够，久久地坐在我铺好的棉被上，直到焐热了被窝为止。我年幼，不理解母亲那颗痴心，死活不睡热炕头；她只好把被窝又搬回到炕的那一边去，催我趁热躺下。炎阳似火的夏季，母亲怕我和小伙伴们到河里去玩水时淹死，不断吓唬过我：河里可有水鬼，专拉住小孩的腿不放。除此之外，她还发明了检查我是否下河去游泳了的土办法。她用指甲在我赤裸着的脊梁上滑一下，如果在我黧黑的皮肉上划出明显的白道道，就要抓起扫炕用的扫帚疙瘩——但是那扫帚疙瘩从没落到过我的身上。

我不是一个听话的孩子。下河洗澡，摔跤"打仗"……干的都是一件件让母亲忧心的事情：和小伙伴们在墙头上追逐，掉下来摔死了过去；和小伙伴们玩"攻城"游戏，石头砸伤了我的左眉骨，再往下移上一寸，我就变成了独眼少年。为了给"野马"拴上笼头，更为了让我上学求知，当我十几岁时，一辆带布篷的马车，连夜把我送到了唐山——我生平第一次坐上了火车，从唐山来到了北平。母亲像影子一样跟随我来了，为了交付学费，她卖掉了婚嫁时的首饰，在内务部街，二中斜对过的一家富户当洗衣做饭的保姆。当我穿着戴有二中领章的干净制服，坐在课堂上学习的时候，同学们不知道我的母亲，此时此刻正汗流浃背地为太太小姐们洗脏衣裳呢！母亲也想象不到，她靠汗水供养的儿子，并不是个好学生——他辜负了母亲的含辛茹苦，因为在代数课上常常偷看小说，考试分得过"鸡蛋"。在学校布告栏上，寥寥几个因一门理科考试不及格而留级的学生中，他就是其中的一个。我不是为苦命的妈妈解忧，而是增加她额头上的皱纹。回首少年时光，这是儿子对母亲最严酷的打击！

她没有为此垂泪，也没有过多地谴责我，只是感叹父亲去世太早，她把明明是儿子的过失，又背在自己的肩上："怨我没有文化，大字识不了几升；你爸爸当年考北洋工学院考了个第一，如果他还活在人间的话，你……"啊！妈妈，当我今天回忆起这些话时，我的眼圈立刻潮湿了——我给你苦涩的心田里，又增加了多少辛酸呵！

可是母亲一如既往，洗衣、做饭、刷碟、扫地……两只幼小就缠足了的脚，支撑着苦难的重压，在命运的回肠小路上，默默地走着她无尽的长途。

星期六的晚上，我照例离开二中宿舍，和她在一起度过周末，母子俩挤在厨房间的一个小床上安息。记得那时，她从不打鼾，我还在幽暗的灯光下看小说，她就睡着了。母亲呼吸匀称，面孔恬淡安详，似乎她不知道人生的酸甜苦辣，也没意识到她心灵上的沉重负荷……

母亲！这就是母亲的一幅肖像。她心里有的只是自我牺牲，而没有任何索取。北京解放那年，那家阔佬带着家眷去了台湾。母亲和我从北京来到通县（当时我叔叔在通县教书），怎奈婶婶不能容纳我母亲立足，在一个飘着零星小雪的冬晨，她独自返回冀东故里去了。

十六岁的我，送母亲到十字街头。在这离别的一瞬间，我第一次感到母亲的可贵，第一次意识到她的重量。我惜别地拉着她的衣袖说：

"妈妈！您……"

"甭为我担心。"她用手抚去飘落在我头上的雪花，"你要好好用功，像你爸爸那样。"

"嗯。"我低垂下头来。

"快回去吧！你们该上第一堂课了！"

"不，我再送您一程！"我仰起头来。

她用手掌抹去我眼窝上的泪痕，又系上我的棉袄领扣，叮咛我说："逢年过节，回村里去看看妈就行了。妈生平相信一句话，没有趟不过去的河。你放心吧！"

我固执地要送她到公共汽车站。

她执意地要我马上回到学校课堂。

我服从了。但我三步一回头，两步一张望，直到母亲的身影，湮没在茫茫的雾幕之中，我才突然像失掉了什么最珍贵的东西一样，返身向公共汽车站疯了似的追去。

车，开了。轮子下扬起一道雪尘。

从这天起，我好像一下子变得成熟了。像幼雏脱掉了待食的嫩黄嘴圈，像小鸟长出丰满的羽毛——我提前迈进了青年人的门槛。当时，我经常做着一个十分类似的梦，不是我背着母亲过河，就是梦见我背着她爬山过岭；更奇怪的是，我有时还梦见我变成了姥姥家那匹白骡子，驮着母亲在乡间的古道上往前走。一句话——我内心萌生了对母亲的强烈内疚。

新中国的春阳给予了我温暖。我逐渐理解到母亲所承受的痛苦，不是她一个人的痛苦，而是旧社会年轻丧夫的妇女命运的一个缩影。儿时，我听我姨姨们告诉我，我母亲在姐妹中排行第三，是姐妹中最漂亮的；脾气么！外柔内刚。我这时似乎充分认识了母亲的韧性；她为了抚养我，舍弃了她所有的一切。我发奋地读书，我如饥似渴地学习知识——当我在1950年秋天，背着行囊离开古老的通州城，到北京师范学校去报到后马上给她寄了一封信。第一个寒假，我就迫不及待地回故乡去探望母亲。

踏过儿时嬉闹的村南小河的渡石，穿过儿时摇头晃脑背诵过"人、手、口、刀、牛、羊"的大庙改成的学堂，在石墙围起的一个院落东厢房里，我看见了阔别了两年多的母亲，和儿时差点把我变成"独眼少年"的小伙伴们。

在母亲那间屋子，人声喧沸：

"哎呀！丫头（我的乳名）回来了！"

"变成'洋'学生啦！"

"在北京见到过毛主席吗？"

"多在老家住几天吧！你妈想你想坏了！"

母亲只是微微笑着，仿佛我回访故土给她带来了什么荣誉似的。我仔细凝视着我的母亲，她比前两年显得更健壮了些。故乡的风，故乡的水，抚去她眼角上的细碎皱纹，洗净了她寄人篱下为炊时脸上的烟灰。尽管她也曾是地主家庭中的一员，乡亲们深知她丧夫后在家庭中的地位，更感叹她的命运坎坷，因而给她定了个中农成分。乡亲们又看她孑然一身，生活充满了艰辛，要她加入了变工的互助组。母亲做一手好针线活，在互助组内她为组员拆拆补补，乡亲为她种那四亩山坡地。

更深，油灯亮着豆粒大的火苗，我和母亲躺在滚烫的热炕上，说着母子连心的话儿：

"妈妈，我让您受苦了。"这句早该说的话，说得太晚了。

"没有又留级吧？"显然，我留了一级的事情，给她心灵上留下伤疤。

"不但没有留级，我还在报纸上开始发表文章了呢！"我从草黄色的破旧背包里，拿出来刊登我处女作的《新民报》和《光明日报》，递给了她。

至今我都记得母亲当时的激动神色。她把油灯挑得亮了一些，从炕上半翘起身子，神往地凝视着那密密麻麻的铅字。

"妈妈！您把报纸拿倒了。"

她笑了。

在我的记忆中，这是我第一次看见她欣慰的微笑。这笑容不是保姆应酬主人的微笑，也不是为了使儿子高兴强作出来的微笑，而是从她心底漾起的笑波，浮上了母亲的嘴角眉梢。

她是带着微笑睡去的。不知为什么，我心里却充满了酸楚之感——我第一次把童贞的泪水，献给了我苦命的妈妈。特别是在静夜里，我听见她轻轻的鼾声，我无声地哭了。可是当我第二天早晨，问妈妈为什么打鼾时，她回答我说："我打鼾不是由于劳累，而是因为心安了！"

从师范学校毕业之后，我被调到《北京日报》当了记者、编辑。第一件事，就是把母亲从故乡接进北京。果真像她说得那样，由于心神安定，她几乎夜夜都发出微微的鼾声。久而久之，我也养成了一种心理上的条件反射，似乎只有听到母亲的鼾声，我才能睡得更踏实，连梦境仿佛也随着她的鼾歌而变得更为绚丽。

只可惜好景不长。1957 年后我再难以听到她的鼾声了。我和我爱人踏上了风雪凄迷的漫漫驿路，家里只剩下她和我那个刚刚落生的儿子。她的苦难重新开始，像孑然一身抚养我那时一样，抚养她的孙子。"文革"期间，我偶然得以从劳改队回来探亲，母亲再也不打鼾了，她像哺乳幼雏的一只老鸟，警觉地环顾着四周；即使是夜里，她也好像彻夜地睁着眼睛。

挂上牌子去串巷扫街。

拐着两只缠足小脚去挖防空洞。

她苍老了。白发披头，衣衫褴褛。但她用心血抚养的第二代——却是衣衫整洁品学兼优的挺拔少年。

"妈妈。"在夜深人静时，我安慰她说，"我怕您……怕您……支撑不住，突然……"

"没有趟不过去的河。"她还是这样回答。

"您把我拉扯大了，又拉扯孙子……"

"只要你在井下（当时我在山西一个劳改矿山挖煤）能平平安安，家里的事你就不用操心了。"

母亲确实坚强得出奇。有时我要替她去扫街，她总是从我手里抢过扫帚，亲自去干扫街的活儿。她的腰弓得很低很低，侧面看去就像一个大大的"？"号。那样子像是在叩问大地，这个岁月哪一天才能结束？！这污迹斑斑曲折的路，哪儿才是它的尽头？！

1979年的元月6日，我终于回到了北京。如同鬼使神差一般，她从那一天起又开始打鼾了。我住在上铺上，静听着母亲在下铺打的鼾歌，内心翻江倒海，继而为之泪落。后来，我们从十平方米的小屋搬到了团结湖，我常常和母亲同室而眠，静听她像摇篮曲一样的鼾歌。

说起来，也真令人费解，我怕听别人的鼾声，却非常爱听母亲的鼾歌。八二年我去石家庄开会，同室的刘绍棠鼾声大作，半夜我逃到流沙河的房子里去逃避鼾声；哪知流沙河打鼾的本事也很高明，我只好逃到另一间屋去睡觉。我一夜三迁，彻夜未能成眠。

只有母亲的鼾声，对我是安眠剂。尽管她的鼾声，和别人没有任何差别，但我听起来却别有韵味；她的鼾声既是儿歌，也是一首迎接黎明的晨曲。她似乎在用饱经沧桑人的鼾歌，赞美着这个来之不易的太平盛世……

佳作赏析：

　　从维熙（1933— ），河北玉田人，作家。著有《大墙下的红玉兰》《北国草》《走向混沌》《欧行书简》等作品。

　　这是一篇感人至深的佳作。作者幼年丧父，是母亲一个人历经艰辛地将他拉扯长大。在母子相依为命的岁月里，母亲入眠时发出的微微鼾声，始终是儿子最好的催眠曲。然而，这样如歌的鼾声却并非能时时听到。每当儿子取得一点进步或生活出现好的转机时，母亲的鼾声便格外均匀和舒畅；而当儿子在生活中遭遇挫折、困顿时，母亲的长夜又显得分外沉寂，哪还再有鼾声响起。母子连心，这时断时续的鼾声其实就是母亲内心世界波澜起伏的奏鸣曲，是对儿子境遇关注和关心的晴雨表。其情之深，催人泪下。

父子情

□〔中国〕舒乙

　　"慈母"这个词讲得通，对"慈父"这种词我老觉着别扭，依我看，上一代中国男人不大能和这个词挂上钩，他们大都严厉有余而慈爱不足。我的父亲，既不是典型意义上的慈父，也不是那种严厉得令孩子见而生畏的人，他是个新旧时代交替之际的人，所以他比较复杂，当然，也是个复杂的父亲。

　　我不知道，一个人的记忆力最早是几岁产生的，科学上好像还没有定论。就我自己而言，我的第一个记忆是一岁多有的。那是在青岛，门外来了个老道，什么也不要，只问有小孩没有，于是，父亲把我抱了出去，看见了我，老道说到十四号那天往小胖子左手腕上系一圈红线就可以消灾避难。我被老道的样子吓得哇哇大哭，由此便产生了我的第一个不可磨灭的记忆。父亲当时写了一篇散文，说："一看胖手腕的红线，我觉得比写一本伟大的作品还骄傲，于是上街买了两尊兔子王，感到老道，红线，兔子王，都有绝大的意义！"使我遗憾终身的是，在我的第一个记忆里，在父亲称之为有绝大意义的事情里，竟没有父亲的形象，我记住的只是可怕的老道和那扇大铁门。

我童年时代的记忆里真正第一次出现父亲，是在我两岁的时候，在济南齐鲁大学常柏路的房子里。1982年我到济南开会时去看过那房子，使我惊奇的是，那楼梯，那客厅竟和我记忆中的完全一模一样，足见两岁时的记忆已经很可靠了；不过，说起来有点泄气，这次记忆中的父亲正在撒尿。母亲带我到便所去撒尿，尿不出，父亲走了进来，做示范，母亲说："小乙，尿泡泡，爸也尿泡泡，你看，你们俩一样！"于是，我第一次看见了父亲，而且，明白了，我和他一样。

在父亲1935—1937年写的幽默小文中，多次提到他有一女一儿，"均狡猾可喜"，他常常要当马当牛，在地上爬来爬去，还要学牛叫，小胖子常常下令让他"开步走"，可是永远不喊"立正"，走起来没完。无数个刚想起来的好句子好词就在这些"命令"中飞到了九霄云外，所以至今也没成为伟大的莎士比亚。我很抱歉的是，这些情节我竟一丁点儿也记不起来，我只记得他和我一块儿撒尿，虽然，我很为此而感到骄傲。

在我两岁零三个月的时候，父亲离开济南南下武汉加入到抗战洪流中。再见到父亲时，我已经八岁。见头一面时，我觉得父亲很苍老，他刚割完阑尾。腰直不起来，站在那里两只手一齐压在手杖上。我怯生生地喊他一声"爸"，他抬起一只手臂，摸摸我的头，叫我"小乙"。他已经不是那个在地上爬来爬去的牛了，我也不是可以任意喊他开步走的胖小子了。对他，对我，爷儿俩彼此都是陌生的。我发现，在家里他很严肃，并不和孩子们随便说笑，也没有什么特别亲昵的动作。他当时严重贫血，整天抱怨头昏，但还是天天不离书桌，写《四世同堂》。他很少到重庆去，最高兴的时候是朋友们来北碚看望他，只有这个时候他的话才多，变得非常健谈，而且往往是一张嘴就是一串笑话，逗得大家前仰后合。渐渐地，我把听他说话当成了一种最有吸引力的事，总是静静地在一边旁听，还免不了跟着傻笑。父亲从不赶我走，还常常指着我不无亲切地叫我"傻小子"。我发觉，他一定在很仔细地观察我，因为我老听见他跟客人们说这个傻小子怎样怎样，闹得我常常自己纳闷，怎么我就不知道自己身上有这些特点，值得他如此仔细过去和别人讨论。他自己从来不告诉孩子应该怎样做和不应该怎样做。只有在他和朋友们的谈话中，你才间接地知道原来他很喜欢你做了这件事或者那件事。他对孩子们的功课和成绩毫无兴趣。一次也没问过，也没辅导过，完全不放在心上，采取了一种绝对超然的放任自流态度。他表示赞同的，在我当时看来，几乎都是和玩有关的事情，比如他十分欣赏我对画画有兴趣，对刻图章有兴趣，对收集邮票有兴趣，对唱歌有兴趣，对参加学生会的社会活动有兴趣。他知道我上五年级时被选为小学生会主席时禁不住大笑起来，以为是件很可乐的事情，而且还是那句评语：这个傻小子！我刚到四川时，水土不服，身体很糟，偶尔和小朋友们一起踢一次皮球，他就显得很兴奋，自己站在草场边上看，还抿着嘴笑，表示他很高兴。他常常研究我的北京话，总是等事情过后把我的说法引述给他的朋友们听，向别人解释道："听听，这个词北京话得这么说，多好听！"他很爱带我去访朋友，坐茶馆，上澡堂子，走在路上，总是他挂着手杖在前面，我紧紧地跟在后面，他从不拉我的手，也不和我说话。我个子矮，跟在他后面看见的总是他的腿和脚，还有那双磨歪了后跟的旧皮鞋。就这样，跟着他的脚印，我走了两年多，直到他去了美国。现在，一闭眼，我还能看见那双歪歪的鞋跟。我愿跟着它走到天涯海角，不必担心，不必说话，不必思索，却能知道整个世界。

再见到父亲时，我已经是十五岁的少年了，是个初三学生。他给我由美国带回来的礼物是一盒矿石标本，里面有二十多块可爱的小石头，闪着各种异样的光彩，每一块都有学名，还有简单的说明。听他的朋友说，在国外他很想念自己的三个孩子，可是他从没有给自己的孩子写过信；虽然他倒是常给朋友们的孩子，譬如冰心先生的孩子们写过不少有趣的信。

我奇怪地发现，此时此刻的父亲已经把我当成了一个独立的大人，采取了一种异乎寻常的大人对大人的平等态度。他见到我，不再叫"小乙"，而是称呼"舒乙"，而且伸出手来和我握手，好像彼此是朋友一样。他的手很软，很秀气，手掌很红，握着他伸过来的手，我的心充满了惊奇，顿时感到自己长大了，不再是他的小小的"傻小子"了。高中毕业后，我通过了留学苏联的考试，父亲很高兴。五年里，他三次到苏联去开会，都要专程到列宁格勒去看我。他仍然没有给我写过信，但是常常得意地对朋友们说：儿子是学理工的，学的是由木头里炼酒精！他还把这个写到文章里，说自己的晚年有"可喜的寂寞"，儿子闺女和伙伴们谈话，争论得不亦乐乎，他竟一句话也插不上，因为一点也听不懂！

虽然父亲诚心诚意地把我当成大人和朋友对待，还常常和我讨论一些严肃的问题，我反而常常强烈地感觉到，在他的内心里我还是他的小孩子。有一次，我要去东北出差，临行前向他告别，他很关切地问车票带了吗？我说带好了，他说："拿给我瞧瞧！"直到我由口袋中掏出车票，知道准有车票，放得也是地方，他才放心了。接着又问："你带了几根皮带？"我说："一根。"他说："不成，要两根！"干嘛要两根？他说："万一那根断了呢，非抓瞎不可！来，把我这根也拿上。"父亲问的这两个问题，让我笑了一路，男人之间的爱，父爱，深厚的父爱表达得竟是如此奇特！

对我的恋爱婚事，父亲同样采取了超然的态度，表示完全尊重孩子的选择。婚礼的当天，他请了两桌客，招待亲家和老友，饭后大家请他表演节目，他说当了公公不再当众唱戏，改说故事，于是讲了他的内蒙之行观感。他还送给我们一幅亲笔写的大条幅，红纸上八个大字："勤俭持家，健康是福，"下署"老舍"，这是继矿石标本之后他送给我的第二份礼物，以后，一直挂在我的床前。可惜，后来红卫兵把它撕成两半，扔在地下乱踩，等他们走后，我由地上将它们拣起藏好，保存至今，虽然残破不堪，却是我的最珍贵的宝贝。

直到前几年，我由他的文章中才发现，父亲对孩子教育竟有许多独特的见解，生前他并没有对我们直接说过，可是他做了，全做了，做得很漂亮，我终于懂得了他的爱的价值。

父亲死后，我一个人曾在太平湖畔陪伴他度过了一个漆黑的夜晚，我摸了他的脸，拉了他的手，把泪撒在他满是伤痕的身上，我把人间的一点热气当作爱回报给他。

我很悲伤，我也很幸运。

　　舒乙（1935—），北京人，满族。著有《老舍》《文坛聚宝盆》《我的风筝》等。

　　古今中外，赞叹母爱的文章数不胜数，许多人往往忽略了父爱。在这篇文章中，作者用自己的心，在一点一滴的回忆和琐碎的小事中找到了父亲特殊的爱。母爱是华丽的，父爱则是朴实的，这两种爱对于子女而言都是不可或缺的。

　　文章语言朴实，通过对一些生活琐事的记叙将老舍先生"慈父"的形象刻画出来，使我们看到了一位著名作家为人父的另一种形象。而结尾作者在死去的父亲身旁度过一夜的情景，感人至深，催人泪下。

我吻女儿的前额

□ ［中国］阎纲

　　女儿阎荷，取"延河"的谐音，爸妈都是陕西人。菡萏初成，韵致淡雅，越长越像一枝月下的清荷。大家和她告别时，她的胸前置放着一枝枝荷花，总共三十八朵。

　　女儿1998年前查出肿瘤，从此一病不起。两次大手术，接二连三地检查、化疗、输血、打吊针，祸从天降，急切的宽慰显得苍白无力，气氛悲凉。可是，枕边一簇簇鲜花不时地对她绽出笑容，她睁开双眼，反而用沉静的神态和温煦的目光宽慰我们。我不忍心看着女儿被痛苦百般折磨的样子，便俯下身去，梳理她的头发，轻吻她的前额。

　　鬼使神差般地，我穿过甬道，来到协和医院的老楼。二十一年前，也是协和医院，我在西门口等候女儿做扁桃腺手术出来。女儿说："疼极了！医生问我幼儿时为什么不做，现在当然很痛。"其状甚惨，但硬是忍着不哭，怕我难过。羊角小辫，黑带儿布鞋。十九年前，同是现在的六七月间，我住协和医院手术。

穿过甬道拐进地下室，再往右，是我当年的病房，死呀活呀的，一分一秒的，就是在这里度过的，这里还留着女儿的身影。此前，我在隆福医院手术输血抢救，女儿十三岁，小小的年纪，向我神秘地传递妈妈在天安门广场的见闻，带来天安门诗抄偷偷念给我听。她用两张硬板椅子对起来睡在上面陪住，夜里只要我稍重的一声呼吸或者轻微地一个翻动，她立刻机警地、几乎同步地坐起俯在我的身边，那眼神与我方才在楼上病房面对她的眼神酷似无异。替班的那些天，她不敢熟睡。她监视我不准吸烟。有时，女儿的劝慰比止痛针还要灵验。

回到病房，我又劝慰女儿说："现在我们看的是最好的西医郎景和，最好的中医黄传贵，当年我住院手术不也挺过来了？那时好吓人的！"女儿嘴角一笑，说："你那算什么？'轻松过关'而已。"她千叮咛、万嘱咐，一定提醒那些对妇科检查疏忽大意的亲友们，务必警惕卵巢肿瘤不知不觉癌变的危险，卵巢是个是非之地，特别隐蔽，若不及时诊治，就跟她一样受大罪了。

最后的日子里，五大痛苦日夜折磨着我的女儿：肿瘤吞噬器官造成的剧痛；无药可止的奇痒；水米不进的肠梗阻；腿、脚高度浮肿；上气不接下气的哮喘。谁受得了啊？而且，不间断地用药、做检查，每天照例的验血、挂吊针，不能减轻多大的痛苦。身上插着的管子，都是捆绑女儿的锁链，叫她无时无刻不在炼狱里经受煎熬。"舅妈……舅妈！"当小外甥跑着跳着到病房看望她时，她问了孩子这样一句话："小镁，你看舅妈惨不惨呀？"孩子大声应道："惨——"声音拉得很长，病房的气氛顿觉凄凉。同病房有个六岁的病友叫明月，一天，阎荷坐起梳头，神情坦然，只听到一声高叫："阎荷阿姨，你真好看，你用的什么化妆品呀？"她无力地笑着："阿姨抹的是酱豆腐！"惹出病房一阵笑声。张锲和周明几位作家看望，称赞："咪咪真坚强！"女儿报以浅笑，说："病也坚强！"又让人一阵心酸。

胃管中流出黑色的血，医生注射保护胃粘膜和止血的针，接着输血。女儿说："现在最讨厌的是肠梗阻。爸，为什么不上网征询国际医学界？"我无言以对。女儿相信我，我会举出种种有名有姓的克癌成果和故事安抚她，让她以过人的毅力，一拼羸弱不堪的肢体，等待奇迹的出现。我的心情十分矛盾：一个比女儿还要清醒、还要绝望的父亲，是不是太残忍？可是，我又能怎么做呢？只能把眼泪往肚里咽，只能以最大的耐心和超负荷的劳碌让她感受亲情的强大支持。夜深了，女儿周身疼痛，但执意叫我停止按摩，回家休息。我离开时，吻了吻她的手，她又拉回我的手不舍地吻着。我一步三回头地出了病房，下楼复上楼，见女儿已经关灯，枕边收音机的指示灯如芥的红光在黑暗中挣扎。一个比白天还要难过的长夜开始折磨她了。我多想返回她的身边啊！但不能，在这些推让上，她很执拗。

女儿在病房从不流露悲观情绪，她善良、聪颖，稳重而有风趣，只要还有力气说话，总要给大家送上一份真情的慰藉和乐观的欢愉，大人孩子，护士大夫都喜欢她，说："阎荷的病床就是一个快乐角，什么心里话都愿意说给她听。"

七月十八日凌晨4时，女儿喘急，不停地捯气儿，大家的心随着监护仪上不断闪动的数字紧张跳动。各种数字均出现异常，血氧降至17。外孙女给妈妈擦拭眼角溢出的泪水。10时20分，女儿忽然张口用微弱无力的语调问了声："怎么还不给我抽胸水？"这是她留给亲人们最后的一句话。她用气抵御窒息，坚持着、挣扎着，痛苦万分。我发现女儿的低压突然降到32，女婿即刻趴到她的胸前不停地呼叫："咪咪，咪咪，你睁眼，睁眼看我……咪！"女儿眼睛睁开了，但是失去了光泽……哭声大作。大夫说："大家记住时间：10点36分。这对阎荷也是一种解脱，你们多多保重！现在让我们擦洗、更衣、包裹……"可怜的女儿，疼痛的双腿依然翘着。护士们说："阎荷什么时候都爱干净。阎荷，给你患处贴上胶布，好干干净净地上路。"又劝慰大家说："少受些罪好。阎荷是好人！"女儿的好友甄颖，随手接过一把剪子，对着女儿耳语："阎荷，取你一撮头发留给妈妈，就这么一小撮。"整个病房惊愕不已。女儿离去后，有泪皆成血，无声不断肠，但是我如梦如痴，紧紧抓住那只惨白的手，眼睁睁看着她的眸子失去光泽，哭不出声来。我吻着女儿的前额。《文艺报》的李兴叶、贺绍俊、小韩、小娟闻讯赶来，痛惜之余，征询后事。我说："阎荷生前郑重表示：'不要搞任何仪式，不要发表任何文字。'非常感谢报社和作协，你们给予她诚挚的关爱，在她首次手术时竟然等候了十个小时！"

妈妈的眼睛哭坏了。伴随着哭声，我们将女儿推进太平间，一个带有编号的抽屉打开了，已经来到另外一个世界。我抚摸着她僵硬疼痛的双腿，再吻她的前额，顶着花白的头发对着黑发人说："孩子，过不了多久，你我在天国相会。"

八宝山的告别室里，悬挂着女儿的遗言："大家对我这么好，我无力回报。我奉献给大家的只有一句话：珍惜生命。"那天来的亲友很多，文艺报社和作家协会的领导几乎都到了，女儿心里受用不起，她生来就不愿意惊扰别人。

女儿的上衣口袋里，贴身装着一张纸片，滴血成墨、研血成字，是她和女婿的笔谈记录，因为她说话已经很困难了。血书般的纸片，女婿至今不敢触目。

等你好了，我们好好生活。

哪儿有个好啊？美好的时光只能回忆了。

只要心中有我们，一定能够战胜疾病。

我心中始终有你们，却没能控制住疾病。如果还有来世，只盼来世我俩有缘再做夫妻，我将好好报答你。

从今天开始，咱俩谁也不能说过分的话，好吗？

这些都是心里话，因为我觉得特别对不住你们，你们招谁惹谁了，正常的生活都不能维持。

你有病，我们帮不了忙，不能替你受苦。

谁也别替我受苦，还是我一人承受吧。我只希望这痛苦早些结束，否则劳民伤财。真的，我别无他求，早些结束对我来说是最大的幸福。

别这么想，只要有一点希望咱们俩就要坚持，为了我。我是不是太自私了？

坚持下去又会怎样呢？你看你们每天跑来跑去，挺累的，为了你们，我看还是不再坚持为好。肠梗阻太讨厌了！

生病没有舒服的，特别痛苦，你遇事不慌，想得开，我看是有希望的。你看不行，你是大夫吗？（玩笑）你知道多少人惦着你呀？

大家对我这么好，我无力回报。我奉献给大家的只有一句话：珍惜生命。我真的爱大家，爱你，爱丝丝，爱咱们这个家，都爱疯了，怎么办？真美慕你们正常人的生活，自由地行走，尽情地吃喝。没办法，命不好。酷刑！胃液满了吧，快去看看！

后来，又在她的电脑里发现一则有标题短文，约作于第十一次化疗之后。惧怕的事情终于发生了，她却变得坦然。"思丝"即思恋青丝，她的女儿也叫_丝丝_。

思丝

做梦也没有想到，我，一个十二岁孩子的妈妈，满头青丝的妇女同志会以秃头示人。更没有想到，毅然剃发之后竟不在意地在房间内跑来跑去，倒是轻松，仿佛"烦恼丝"没了，烦恼也随之无影无踪，爽！

活了三十多岁，还没见过自己的头型呢，这次，嘿，让我逮个正着。没头发好。

摸着没有头发的脑袋，想一想也不错。往常这时候我该费一番脑筋琢磨这头是在楼下收拾收拾呢，还是受累到马路对面的理发店修理修理。是多花几块洗洗呢，还是省点钱自己弄弄？掉到衣服上的头发渣真麻烦，要弄一阵儿呢。没头发好。

没了头发才明白为什么有人愿意剃光头。盛夏酷暑，燥热难耐，哪怕悄悄过来一股小风，没有头发的脑袋立马就感到丝丝凉意，那是满头青丝的人无论如何也体会不到的。没头发好。

没有头发省了洗发水，没有头发节约护发素，没有头发不用劳驾梳子，没有头发不会掉头皮屑。没头发好。

没头发的时候，只能挖空心思发挥其优势，有什么办法呢？再怎么说，这头也得秃着啊。

我翘首盼着那一天，健康重现，青丝再生。到那时，我注定会跑到自己满意的理发店去，看我怎么摆弄这一撮撮来之不易的冤家。洗发水、护发素？拣最好、最贵的买喽。还有酷暑呀？它酷它的，我美我的，谁爱光头谁光去，反正我不！

衰惫与坚强，凄怆与坦荡，生与死，抚慰与返抚慰……生命的巨大反差，留给亲友们心灵上难以平复的创痛。

吻别女儿，痛定思痛，觉得死亡也没有什么可怕。死后，我将会再见先我一步在那儿的女儿和我心爱的一切人，所以，我活着就要爱人，爱良心未泯的人，爱这诡谲的宇宙，爱生命本身，爱每一本展开的书，与世界上第一流的思想家做精神上的交流。

佳作赏析：

阎纲（1932—），陕西礼泉人，作家。著有《小说论集》《文坛徜徉录》等。

天下最令人感到痛心的事情莫过于白发人送黑发人，而这篇《我吻女儿的前额》正是记录这一痛心过程的文章。作者的女儿三十八岁时患上卵巢癌，在经历了长期病痛后离开人世，文章记述了女儿住院期间以及逝世前后的一些日常琐事、言行，女儿的乐观、坚强，父亲的挂念、担心，都淋漓尽致地表现了出来。文章看似平淡无奇，意蕴却很深远，除了父女间浓浓的亲情，更能引发人们对于生老病死这些人生话题的思考。

父子篇

□〔中国〕张贤亮

家长会

儿子带回通知来，学校要开家长会。儿子再三叮嘱：每个家长都要去的！那神情一扫平时的幼稚，十分严肃而郑重。在他那个世界，这个会无疑相当于联合国大会，是一项大事。我说，好，我一定去。那么你去不去呢？他说，老师光叫你们，我要在家做作业。看来，这还是一次"背靠背"的会呢。

会在他们的教室里开。夏天，小小的课堂里挤满大人。每个人都蜷缩在自己孩子的座位里，不但身体缩小了，心灵仿佛也一下子缩小了许多。老师在讲台上睥睨着我们。我们翻开早已放在课桌上的卷子。这是孩子们期中考试的。翻的时候都忐忑不安，好像是关乎自己提级升干的考卷似的。看到我孩子的成绩还不坏，语文八十几分，算术九十几分，不免沾沾自喜起来。抬头看看别人，有的和我一样，面有得色；有的皱着眉头，满脸懊丧。坐在我邻桌的是位时髦女士，翻卷子时就香风四溢。她还带着自己的女儿。大约女儿考得很好，母女俩喋喋不休，一副旁若无人的样子。我又有点不平了：这分明是次"背靠背"的会，怎么不遵守规定呢？我儿子和我都老实巴交的，叫怎么样就怎么样……一时，竟好像体会到时下流行的遵守法纪的吃亏感了。

正想着，老师看人到得差不多了，叫开会。我不由自主地想起立，但看见别人纹丝不动，并没有起来致敬的意思，也就作罢。两位都是女老师，一位教语文，一位教算术。教语文的是班主任，由她主持会议。她先把我们到会的人表扬了一番，说你们都是关心孩子的好家长，孩子的教育，应该由学校、社会、家庭三方面配合才行，等等等等。这样的话平时我也会说，并且肯定说得头头是道，但今天在台下听老师如此说，像是更加深了自己的认识，不住颔首称是。又好像这道理是我先发现的，今天得到老师的赞同而心满意足似的。

表扬完了，老师话锋一转，开始批评起家长来：不帮助和检查孩子做作业的，溺爱孩子的，不督促孩子学习的，放纵孩子不遵守校规的等等。虽是不点名的批评，可一下子搞得人人局促不安。当然，也有无动于衷的。我想，无动于衷的人不是好学生的家长，便是本身就是坏家长吧。而我，几乎以为每一项批评都针对着自己。这倒不是说我是个好家长，却是多年形成的毛病。我至今还有在台上讲话仍以为是做坦白交代；在台下听批评、特别是不指名的批评总以为有我一份的感觉。有人说我作报告和演讲十分坦率，爱讲真话，其实那并非生性诚实，不过是一种强迫性的习惯而已。现在检查自己：要说溺爱孩子，我还不是过分溺爱的，弄不好也打两下，"扑作教刑"；放纵却也没有，这孩子生来性格内向，管束紧了并不适宜；督促嘛，想起来还是喊几句的。总之，因为自己小时候就缺乏管教，到老来也没有坏得不可收拾。某些错误，倒常常是人家强加给我的。真正属于我的思想错误，又非品质恶劣所致，相反，品质恶劣的人却与思想错误无缘，恶得巧，大奸似忠，说不定还能获得"思想好"的评语呢。所以，根据自己的经验，对孩子我一向主张采取老庄的态度，顺其自然。但这分寸也难掌握，因我并不知何谓自然，又常常要用自己的模式来要求他。因而，我管孩子就是在管与不管之间，说得不好听，其实是带有很大的随意性了。唉！给我当儿子大概也是很难的。

老师一边批评家长，一边诉说现在为师之难。两位老师要求家长注意孩子的卫生，说，夏天，五十多个孩子挤在这么一间小屋里，光气味就熏得人头疼。"不信，你们在这教室里待一个小时试试看！"班主任带着牢骚训我们。果然，这时我才发觉屋里弥漫着一股膻味。在《灵与肉》中，我把这种气味写成"干燥的阳光味"，那不过是美文字的修饰罢了，实际上是尿膻夹着汗臭。如此空气浑浊，一个小时尚且受不了，何况要闻好几小时，并且天天如此呢！我刚刚说那位女士香风四溢，看来是冤枉她了。她也不过是淡妆素抹。只是在这样的房间中，不臭，反成了异味了。我儿子既不爱洗头又不爱洗澡，多好的衣服穿在他身上三天便成了摇布，还没有当文人却已有了文人不修边幅的作风。对别的批评我还不能肯定，这项批评无疑有我一份，看着自己穿得干干净净，不觉暗自惭愧。

观察老师，两人大约都不超过四十岁，但已显得很憔悴，脸上都表现出平日的辛苦。少年早熟，中年早衰，我们的"超前消费"如果仅指商品而言还不可怕，令人担忧的是人生命的"超前消费"。于是，对老师们，我不由得产生一种内疚了。让孩子别散发出臭气，使老师们呼吸的空气洁净一点，这我还是能做到的吧。

然而又想，现在做小学生也不易。孩子每天抱回的家庭作业总是一大堆。到家就伏在小桌上，案牍劳神，一个部级首长批阅文件也没有这样辛苦。每在后面看着他耸起瘦削的肩胛骨，就像鲁迅在"药"里描写的那样成一倒8字，也于心不忍。回想自己儿时，只知顽皮，寒暑假作业从没完成过，也常感生逢其时，幸亏岁数大了点了。

到底还是"背靠背"的会。散会后，班主任告诉我，儿子不爱说话，叫他站起来回答问题或背书，支支吾吾地总不开口，十分腼腆。却也没有说身上臭的话。

我想，关于腼腆问题，等他大了自然会改变的。像我一样，到一定岁数脸皮就厚了。但我不知道这是好还是不好。

总之，还是随他去吧。

理发洗澡

在家长会上挨了老师的训，又同情老师，想使老师呼吸的空气洁净一点，所以我就很注意儿子的卫生。

孩子自小不爱洗澡理发。上幼儿园的时候，为了省事，只好给他留一个所谓的"妹妹头"，不知道的人还以为他是个女孩子。向别人解释，却说这是日本男孩流行的发式。这既是自我辩解，又有点"为亲者讳"的意思。也常带嘲讽地想，等他到了要交女朋友的时候，自己就会爱干净爱漂亮起来。到那时，恐怕成天头疼的倒是供不应求于香波香皂名牌时装之类了。因而也随他头发乱长。

我自己小时也不爱理发。那时小孩的发式一律是"和尚头"，虽不用刀刮，但坚硬的金属推子直接贴在嫩皮细肉上拱，滋味也难受。理发，总有一种受制于人，令人摆布的感觉。我从没见过一个爱理发胜过玩耍的孩子，大概是人生来便不愿受制于人。到大了，逐渐知道外表的重要性，所谓人活得要像个人，其中就包括有必须经常理发洗澡这一程序，似乎理了发洗了澡人便像个人了。在劳改队，队长对犯人实行人道主义最典型的表现，莫过于定期督促犯人理发洗澡；我国的附加工资中还有"洗理费"这一项，更体现出我们国家对人民的家长式的关怀，要使我们国家的这些儿女们个个容光焕发。果然，后来条件稍一具备，不经常理发洗澡，真感觉到不像个人了。孩子在懂得顽皮但不懂得做人的时候，当然没领会到洗澡理发的必要，更不领会自由有一定限度，做人首先须受制于人的道理，于是，带他去理发店总须威胁利诱一番。上了理发椅，就像上了美国式的电刑，其表情堪怜堪叹。但为了使他像个人，也只得横下一条心来。

先是跟我谈条件：光剪发不洗头。但光剪不洗等于不理，头仍是臭烘烘的。所谓"干燥的阳光味"加汗味、头油味、尘土味等等，熏得人退避三舍。

所以我们父子俩常常在理发店就争论起来。我儿子还有个优点：他是金钱物质不能引诱的。我也从来没有用"物质刺激"的手段鼓励过他。一次，他拿了一张"大团结"去跟同学换三张贴画，可见他还不懂得钱的价值。所以，谈判也并非在经济范围内进行。他是个自尊心挺强的孩子，已经开始好面子了，针对这种特点，我总是从怎样别讨人嫌这方面来开导他。我并不长于谆谆善诱，本应从卫生学的观点来阐释洗头的必要性的，却常常过分强调了讨人嫌的可怕性。我想，从长远的观点看，这是对孩子将来做人没有好处的。但人总是急功近利，没有办法，从小就灌输了他"他人即地狱"的存在主义思想。

有时是我胜，就洗头；有时是他胜，就带着满头满脸发楂回家。他胜也好，说明他居然不怕讨人嫌，还有直面他人冷脸的勇气。看他满头满脸的发楂竟敢招摇过市，也不禁羡慕他活得洒脱，而我们大人倒是活得累且拘谨了。我们大人怕个人影响不好、别人的印象不佳，怕流言，怕蜚语，怕的事情太多。孩子之为孩子，就是什么都不怕，不是有"初生之犊不怕虎"的成语吗？什么都怕的人当然仰慕什么都不怕的人，因而孩子有时也会成为我仰慕的对象。但是孩子总归会大的，而我却是不会再小了。他将来也会变得和我一样，什么都怕。他的变，有我的一份所谓教育在内。而我的教育又是要改变他身上令我羡慕的东西，所以我时常迷惑于父教的价值，就像他拿着一张十块钱的钞票似的。

父亲年纪太大，孩子年纪太小，便会使父亲生出许多迷惑来。年轻父亲就不管那么多，只管孩子有吃有穿就行了。他自己对许多世事还搞不清，带孩子时顾虑便少，孩子多半是他愉悦的玩具。年纪大的父亲背着沉重的经验包袱，对小小的儿子进行教育时常要掂量自己的每一句话，总要付出很大的心理能量开支。

但带他洗澡却有不同。替他擦背，翻过来掉过去摆弄他瘦小的胴体，会想起老托尔斯泰描写安娜抱着他儿子时"感受到一种生理上的愉快"之用语精确。家里虽有卫生间，可是烧热水麻烦，冬天我们都是到公共澡堂去洗。

牵着儿子的手，儿子拎着盥洗用具，一边走一边聊，或是争辩洗头不洗头的问题，还没进澡堂就好像已经热水淋身遍体温暖了。有时我们到政府设的内部澡堂，有时去商业性的澡堂。后者设有雅座，父子俩独占一间。这时，孩子与我都有浑然无间的感觉，代沟也不存在了——不是他变大了而是我变小了。人生最大的快乐，莫过于重新体验到儿童的快乐。

平时怕他身上脏，这时反觉得他越脏越好。在他身上搓下的泥垢越多，就感到收获越大。洗出一澡盆污水，简直有一种丰收的愉快。

然而，遗憾的是他逐渐逐渐地要大起来，几年以后他就不会再和我共洗一个澡盆了，更不用我替他搓澡了。真是人生的乐趣愈来愈少！

佳作赏析：

张贤亮（1936—），生于南京，当代作家。著有《绿化树》《男人的一半是女人》《习惯死亡》等。

与其他略显沉重的亲情散文相比，张贤亮的《父子篇》显得轻松很多。文章主要描述了作者以父亲的身份参加家长会以及督促儿子理发洗澡两件事情。从文章中可以看出作者对孩子的教育基本是持一种顺其自然的态度，一般情况下不太过干涉，而他的孩子则是学习成绩中上水平、性格内向。作者的文风轻快，还带有几分诙谐，处处透着一个父亲对儿子的关心和爱护，而作者为儿子搓澡一段字里行间透着一股温馨。

三松堂断忆

□〔中国〕宗璞

转眼间父亲离开我们已经快一年了。

去年这时，也是玉簪花开得满院雪白，我还计划在向阳的草地上铺出一小块砖地，以便把轮椅推上去，让父亲在浓重的树荫中得一小片阳光。因为父亲身体渐弱，忙于延医取药，竟没有来得及建设。9月底，父亲进了医院，我在整天奔忙之余，还不时望一望那片草地，总不能想象老人再不能回来，回来享受我为他安排的一切。

哲学界人士和亲友们都认为父亲的一生总算圆满，学术成就和他从事的教育事业使他中年便享盛名，晚年又见到了时代的变化，生活上有女儿侍奉，诸事不用操心，能在哲学的清纯世界中自得其乐。而且，他的重要著作《中国哲学史新编》，八十岁才开始写，许多人担心他写不完，他居然写完了。他是拼着性命支撑着，他一定要写完这部书。

在父亲的最后几年里，经常住医院，八九年下半年起更为频繁。一次是11月11日午夜，父亲突然发作心绞痛，外子蔡仲德和两个年轻人一起，好不容易将他抬上救护车。他躺在担架上，我坐在旁边，数着脉搏。夜很静，车子一路尖叫着驶向医院。好在他的医疗待遇很好，每次住院都很顺利。一切安排妥当后，他的精神好了许多，我俯身为他掖好被角，正要离开时，他疲倦地用力说："小女，你太累了！""小女"这乳名几十年不曾有人叫了。"我不累"，我说，勉强忍住了眼泪。说不累是假的，然而比起担心和不安，劳累又算得了什么呢。

过了几天，父亲又一次不负我们的劳累和担心，平安回家了。我们笑说："又是一次惊险镜头。"12 月初，他在家中度过九十四寿辰。也是他最后的寿辰。这一天，民盟中央的几位负责人丁石孙等先生前来看望，老人很高兴，谈起一些文艺杂感，还说，若能汇集成书，可题名为"余生札记"。

这余生太短促了。中国文化书院为他筹办了庆祝九五寿辰的"冯友兰哲学思想国际研讨会"，他没有来得及参加，但他知道了大家的关心。

九○年初，父亲因眼前有幻象，又住医院。他常常喜欢自己背诵诗词，每住医院，总要反复吟哦《古诗十九首》。有记不清的字，便要我们查对。"青青陵上柏，磊磊涧中石。人生天地间，忽如远行客。""浩浩阴阳移，年命如朝露。人生忽如寄，寿无金石固。"他在诗词的意境中似乎觉得十分安宁。一次医生来检查后，他忽然对我说："庄子说过，生为附赘悬疣，死为决疣溃痈。孔子说过，朝闻道，夕死可矣。张横渠又说，生吾顺事，没吾宁也。我现在是事情没有做完，所以还要治病。等书写完了，再生病就不必治了。"我只能说："那不行，哪有生病不治的呢！"父亲微笑不语。我走出病房，便落下泪来。坐在车上，更是泪如泉涌。一种没有人能分担的孤单沉重地压迫着我。我知道，分别是不可避免的。

我们希望他快点写完《新编》，可又怕他写完。在住医院的间隙中，他终于完成了这部书。亲友们都提醒他还有本《余生札记》呢。其实老人那时不只有文艺杂感，又还有新的思想，他的生命是和思想和哲学连在一起的。只是来不及了。他没有力气再支撑了。

人们常问父亲有什么遗言，他在最后几天有时念及远在异国的儿子钟辽和唯一的孙儿冯岱。他用力气说出的最后的关于哲学的话是："中国哲学将来要大放光彩！"他是这样爱中国、这样爱哲学。当时有李泽厚和陈来在侧，我觉得这句话应该用大字写出来。

然后，终于到了11月26日那凄冷的夜晚，父亲那永远在思索的头脑进入了永恒的休息。

作为父亲的女儿，而且是数十年都在他身边的女儿，在他晚年又身兼几大职务，秘书、管家兼门房，医生、护士带跑堂，照说对他应该有深入的了解，但是我无哲学头脑，只能从生活中窥其精神于万一。根据父亲的说法，哲学是对人类精神的反思，他自己就总是在思索，在考虑问题。因为过于专注，难免有些呆气。他晚年耳目失其聪明，自己形容自己是"呆若木鸡"。其实这些呆气早已有之。抗战初期，几位清华教授从长沙往昆明，途经镇南关，父亲手臂触城墙而骨折。金岳霖先生一次对我幽默地提起此事，他说："当时司机通知大家，不要把手放在窗外，要过城门了。别人都很快照办，只有你父亲听了这话，便考虑为什么不能放在窗外，放在窗外和不放在窗外的区别是什么，其普遍意义和特殊意义是什么。还没考虑完，已经骨折了。"这是形容父亲爱思索。他那时正是因为在思索，根本就没有听见司机的话。

他的生命就是不断地思索，不论遇到什么挫折，遭受多少批判，他仍顽强地思考，不放弃思考。不能创造体系，就自我批判，自我批判也是一种思考。而且在思考中总会冒出些新的想法来。他自我改造的愿望是真诚的，没有经历过二十世纪中叶的变迁和六七十年代的各种政治运动的人，是很难理解这种自我改造的愿望的。首先，一声"中国人民站起来了"促使了多少有智慧的人迈上走向炼狱的历程。其次，知识分子前冠以资产阶级，位置固定了，任务便是改造，又怎知自是之为是，自非之为非？第三，各种知识分子的处境也不尽相同，有居庙堂而一切看得较为明白，有处林下而只能凭报纸和传达，也只能信报纸和传达。其感受是不相同的。

幸亏有了新时期，人们知道还是自己的头脑最可信。父亲明确采取了不依傍他人，"修辞立其诚"的态度。我以为，这个"诚"字并不能与"伪"相对。需要提出"诚"，需要提倡说真话，这是我们这个时代的大悲哀。

　　我想历史会对每一个人作出公允的不带任何偏见的评价。历史不会忘记有些微贡献的每一个人，而评价每一个人时，也不要忘记历史。

　　父亲一生对物质生活的要求很低，他的头脑都让哲学占据了，没有空隙再来考虑诸般琐事。而且他总是为别人着想，尽量减少麻烦。一个人到九十五岁，没有一点怪癖，实在是奇迹。父亲曾说，他一生得力于三个女子，一位是他的母亲、我的祖母吴清芝太夫人，一位是我的母亲任载坤先生，还有一个便是我。1982年，我随父亲访美，在机场上父亲作了一首打油诗："早岁读书赖慈母，中年事业有贤妻。晚来又得女儿孝，扶我云天万里飞。"确实得有人料理俗务，才能有纯粹的精神世界。近几年，每逢我的生日，父亲总要为我撰寿联。九〇年夏，他写最后一联，联云："鲁殿灵光，赖家有守护神，岂独文采传三世；文坛秀气，知手持生花笔，莫让新编代双城。"父亲对女儿总是看得过高。"双城"指的是我的长篇小说，第一卷《南渡记》出版后，因为没有时间，没有精力，便停顿了。我必须以《新编》为先，这是应该的，也是值得的。当然，我持家的能力很差，料理饮食尤其不能和母亲相比，有的朋友都惊讶我家饭食的粗糙。而父亲从没有挑剔，从没有不悦，总是兴致勃勃地进餐，无论做了什么，好吃不好吃，似乎都滋味无穷。这一方面因为他得天独厚，一直胃口好，常自嘲"还有当饭桶的资格"；另一方面，我完全能够体会，他是以为能做出饭来已经很不容易，再挑剔好坏，岂不让管饭的人为难。

　　父亲自奉俭，但不乏生活情趣。他并不永远是道貌岸然，也有豪情奔放，潇洒闲逸的时候，不过机会较少罢了。1926年父亲三十一岁时，曾和杨振声、邓以蛰两先生，还有一位翻译李白诗的日本学者一起豪饮，四个人一晚喝去十二斤花雕。六十年代初，我因病常住家中，每于傍晚随父母到颐和园包坐大船，一元钱一小时，正好览尽落日的绮辉。一位当时的大学生若干年后告诉我说，那时他常常看见我们的船在彩霞中飘动，觉得真如神仙中人。我觉得父亲是有些仙气的，这仙气在于他一切看得很开。在他的心目中，人是与天地等同的。"人与天地参",我不止一次听他讲解这句话。《三字经》说得浅显,"三才者,天地人"。既与天地同,还屑于去钻营什么!那些年,一些稍有办法的人都能把子女调回北京,而他,却只能让他最钟爱的幼子钟越长期留在医疗落后的黄土高原。1982 年,钟越终于为祖国的航空事业流尽了汗和血,献出了他的青春和生命。

父亲的呆气里有儒家的伟大精神,"天行健,君子以自强不息",自强不息到"知其不可而为之"的地步;父亲的仙气里又有道家的豁达洒脱。秉此二气,他穿越了在苦难中奋斗的中国的二十世纪。他的一生便是二十世纪中国文化的一个篇章。

据河南家乡的亲友说,1945 年初祖母去世,父亲与叔父一同回老家奔丧,县长来拜望,告辞时父亲不送,而对一些身为老百姓的旧亲友,则一直送到大门,乡里传为美谈。从这里我想起和读者的关系。父亲很重视读者的来信,许多年常常回信。星期日上午的活动常常是写信。和山西一位农民读者本恒茂老人就保持了长期的通信,每索书必应之。后来我曾代他回复一些读者来信,尤其是对年轻人,我认为最该关心,也许几句话便能帮助发掘了不起的才能。但后来我们实在没有能力做了,只好听之任之。把人家的千言信万言书束之高阁,起初还感觉不安,时间一久,则连不安也没有了。

时间会抚慰一切,但是去年初冬深夜的景象总是历历如在目前。我想它是会伴随我进入坟墓的了。当晚,我们为父亲穿换衣服时,他的身体还那样柔软,就像平时那样配合。他好像随时会睁开眼睛说一声"中国哲学将来会大放光彩"。我等了片刻,似乎听到一声叹息。

不得不离开病房了。我们围跪在床前,忍不住痛哭失声!钟辽扶着我,可我觉得这样沉重的孤单!在这茫茫世界中,再无人需我侍奉,再无人叫我的乳名了。这么多年,每天清晨最先听到的,是从父亲卧房传来的咳嗽,每晚睡前必到他床前说几句话。我怎样能从多年的习惯中走得出来。

然而日子居然过去快一年了。只好对自己说,至少有一件事稍可安慰。父亲去时不知道我已抱病。他没有特别的牵挂,去得安心。

文章将尽，玉簪花也谢尽了。邻院中还有通红的串红和美人蕉，记得我曾说串红像是鞭炮，似乎马上会劈劈啪啪响起来。而生活里又有多少事值得它响呢！

佳作赏析：

宗璞（1928—），女，原籍河南省唐河县，生于北京。著有长篇小说《南渡记》《东藏记》等，散文集《铁箫人语》《三松堂漫记》《风庐缀墨》等。

一个人到了晚年最幸福的事情莫过于有一个可以陪在身边的女儿，而著名哲学家冯友兰先生就享受到了这种幸福。宗璞的这篇《三松堂断忆》记述了父亲冯友兰晚年和临终时的一些生活片断，回顾了冯友兰的哲学思想、生活习惯，生动展现了父女情深的一幕。文章夹叙夹议，将现实与回忆有机结合起来；结构完整，开头和结尾都提到了"玉簪花"，除了起首尾呼应的作用外，更具有象征意义，意境深远。

专业外婆

□〔中国〕戴厚英

　　这次来美探亲，只有一个目的，帮女儿带孩子，做"专业外婆"。许多朋友不相信，说你能安心带孩子？管保你不到两星期就厌烦了。可是如今三个星期已过，我不但没有一点厌烦之意，却反而心越来越定，气越来越和，整日沉浸在幼儿的世界里，乐不思蜀了。

　　孩子的世界很狭小，只有几间屋，几个人，和一堆无灵无性的玩具。但正是在这个狭小的天地里，我感到前所未有的开阔和轻松。每天和孩子一起生活在这个狭小而又开阔的天地里，把那些无灵无性的玩具当作伴侣，再也不用去想那些想不清的事，再也不用去见那些不愿见的人。

　　孩子刚满一岁，美丽、健康、富有灵秀之气。每天每时，她都在用那双黑亮如漆的眼睛研究着眼前的世界，我和她的父母自然就是她的教师和向导。不会说话的孩子，不会像大人那样看见什么都问一个为什么，但是她会用手和眼去表示自己的疑问和兴趣。实在不明白这个一岁的孩子哪来的那种细心眼儿，她从来不去贸然触摸她所不认识的东西，她会拉着推着大人的手，让他们去拿，在确信可拿之后，才抓在自己手里。自然，拿到手里就破坏，可撕的就撕，撕不动的便摔。所以，无论你多么卖力，也难以保持房间的整洁。我一天中要接受多少这样的指令？难以统计，只知道我对每一道指令都是认真执行的。女儿常常说我，不能孩子要什么就把什么拿给她，要让她知道有的东西是不能拿不可玩的。这个我当然也明白，但是我总不愿看见孩子失望的眼色，更不愿听见她的哭声。哪怕是在她撕破了我的书之后，而且我总相信，孩子慢慢会懂得那些道理的，何必现在就给她立下那么多的禁忌？而且，现在又怎么可能让她接受那些禁忌？别说不懂事的孩子了，就是看起来什么都懂了的大人，不是也还有一种不到黄河心不死的劲儿？

和孩子一起游戏，更是十分有趣。作家原本爱想象，可是这两年我的想象力已受到很大的破坏。提笔作文，嬉笑怒骂俱备，唯独缺乏想象。所以，有时我简直怀疑，我还算不算一个作家呢？

现在好了，我整天沉溺在孩子般的想象里。把那些没有性灵的玩具作为想象对象，要比去想象真实的人生社会有趣很多。没有约束，更无禁忌。没有仇恨冲突，更无奸诈诡计。一切都是明朗的、欢乐的、友爱的。而且人与动物融为一体，真个是有爱无类的无差别境界。

在这个境界里，我一会儿做老鼠，一会儿做老猫，鼠猫一体，还用得着去区分猫的好坏鼠的善恶？既无好坏善恶，自然也用不着任何主义。乐得我又是唱又是跳，几乎烂在肚子里的那些古老的儿歌也随之复活。古老的儿歌充满魅力，使我忘记曾经流失的岁月曾经走过的路，一切都好像刚刚开始，我真的感到自己又年轻了。

在我原来拥有的那个世界里，我天天盼望生活能有一点变化，让我找到新的价值新的意义。可是生活却好像已经凝固。孩子的世界却是日新月异。不是每天，而是每时每刻，都能发现孩子有新的变化，新的长进。不是每天，而是每时每刻，都可以对她有新的期待和指望，她是很少让人失望的。新的价值和意义也因此不再难以寻找：俯首甘为孺子牛就是了。

有希望的生活充实易过，不会厌倦发腻。20多天来，我不曾烦躁过，叹息过，忧愁过。这在我这些年的生活中实在是非常少有的。

多少年来，我一直希望自己能够达到那样的境界——心平气和。可是无论我怎样努力修养，都不曾达到过那样的境界。不料现在却不期而遇了。所以，每天晚上，当我忙完一天生活，安安宁宁在床上躺下的时候，一种感激之情便会在心间油然涌起，是谁为我派来了天使，驱赶走我的疲惫，让我拥有早已远远躲避了我的生活？

佳作赏析：

戴厚英（1938—1996），女，安徽颍上人。著有长篇小说《人啊，人！》《诗人之死》，中短篇小说《锁链是柔软的》等。

这是一篇充满浓郁亲情和童真童趣的佳作。在一般人眼里，带孩子是一项身心俱疲的工作，因为孩子小不具有语言表达能力，当他（她）的要求得不到满足时又往往会大哭大闹，十分烦人。但在作者眼里这些烦恼都成了乐趣，不会说话，可以用动作和眼神和孩子交流；整天与不会说话的孩子和无灵无性的玩具在一起，可以激发自己的想象力和创作灵感。孩子使作者过上了充实的有希望的生活。文章结尾的一句"为我派来了天使"将外婆对孙辈的爱生动表达出来，充满温馨之情。

母亲，我不识字的文学导师

□［中国］梁晓声

1949 年 9 月 22 日，我出生在哈尔滨市安平街一个人家众多的大院里。我的家是一间半低矮的苏联房屋。邻院是苏联侨民的教堂，经常举行各种宗教仪式。我从小听惯了教堂的钟声。

父亲目不识丁。祖父也目不识丁。原籍山东省荣成县温泉寨村。上溯 18 代乃至 28 代 38 代，尽是文盲，尽是穷苦农民。

父亲十几岁时，被生活所逼迫，随村人"闯关东"来到了哈尔滨。

他是我们家族史上的第一个工人。建筑工人。他转折了我们这一梁姓家族的成分。我在小说《父亲》中，用两万余纪实性的文字，为他这一个中国的农民出身的"工人阶级"立了一篇小传。从转折的意义讲，他是我们家族史上的一座碑。

父亲对我走上文学道路从未施加过任何有益的影响。不仅因为他是文盲，也因为从 1956 年起，我七岁的时候，他便离开哈尔滨市建设大西北去了。从此每隔两三年他才回家与我们团聚一次。我下乡以后，与父亲团聚一次更不易了。在我的记忆中，父亲是反对我们几个孩子"看闲书"的。父亲常因母亲给我们钱买"闲书"而对母亲大发其火。家里穷，父亲一个人挣钱养家糊口，也真难为他。每一分钱都是他用汗水换来的。父亲的工资仅够勉强维持一个家庭最低水平的生活。

母亲也是文盲。但母亲与父亲不一样，父亲是个崇尚力气的文盲，母亲是个崇尚文化的文盲。对我们几个孩子寄托的希望也便截然对立，父亲希望我们将来都能靠力气吃饭，母亲希望我们将来都能成为靠文化自立于社会的人。希望矛盾，对我们的教育宗旨、教育方式便难统一。父亲的教育方式是严厉的训斥和惩罚，母亲对我们的教育则注重在人格、品德、礼貌和学习方面。值得庆幸的是，父亲常年在大西北，我们从小接受的是母亲的教育。母亲的教育至今仍对我为人处世深有影响。

母亲从外祖父那里知道许多书中的人物和故事，而且听过一些旧戏，乐于将书中或戏中的人物和故事讲给我们。母亲年轻时记忆强，什么戏剧什么故事，只要听过一遍，就能详细记住。母亲善于讲故事，讲时带有很浓的个人感情色彩。我从五六岁起，就从母亲口中听到过《包公传》《济公传》《杨家将》《岳家将》《侠女十三妹》的故事。母亲是个很善良的女人。善良的女人大多喜欢悲剧。母亲尤其愿意、尤其善于讲悲剧的故事：《秦香莲》《风波亭》《赵氏孤儿》《杜十娘怒沉百宝箱》……母亲边讲边落泪，我们边听边落泪。

我于今在创作中追求悲剧情节，悲剧色彩，不能自已地在字里行间流溢浓重的主观感情色彩，可能正是由于小时候听母亲带着她浓重的主观感情色彩讲了许多悲剧故事的结果。我认为，文学对于一个作家儿童时代的心灵所形成的直接或间接的影响，对一个作家在某一时期或某一阶段的创作风格起着"先天"的、潜意识的制约。

我们长大了，母亲衰老了。母亲再也不像我们小时候那样给我们讲故事了。母亲操持着全家人的生活，没有时间、没有精力、没有心思重复那些典型的中国式的悲剧色彩很浓的传统故事了。母亲一生就是一个悲剧。她至今没过上一天无忧无虑的生活。

我们也不再满足于听母亲讲故事了。我们都能读书了，我们渴望读书。只要是为了买书，母亲给我们钱时从未犹豫过。母亲没有钱，就向邻居借。母亲这个没有文化的女人，凭着做母亲的本能认为，读书对于她的孩子们总归是有益的事。

家中没有书架，也没有摆书架的地方。母亲为我们腾出了一只旧木箱。我们买的书，包上书皮儿，看过后存放箱子里。

最先获得买书特权的，是我的哥哥。

哥哥也酷爱文学。我对文学的兴趣，一方面是母亲以讲故事的方式不自觉地培养的结果，另一方面是受哥哥的熏染。

我读小学时，哥哥读初中。我读初中时，哥哥读高中。

60 年代的教学，比今天更体现对学生的文学素养的普遍重视。哥哥高中读的已不是《语文》课本，而是《文学》课本。

哥哥的《文学》课本，便成了我常常阅读的"文学"书籍。哥哥无形中取代了母亲家庭"故事员"的角色。每天晚上，他做完功课，便捧起《文学》课本，为我们朗读。我们理解不了的，他就耐心启发我们。

我想买《红旗谱》，只有向母亲要钱。为了要钱我去母亲做活的那个条件低劣的街道小工厂找母亲。

那个街道小工厂里的情形像中世纪的奴隶作坊。200 多平方米的四壁颓败的大屋子，低矮、阴暗、天棚倾斜，仿佛随时会塌下来。五六十个家庭妇女，一人坐在一台破旧的缝纫机旁，一双接一双不停歇地加工棉胶鞋鞋帮。到处堆着毡团，空间毡绒弥漫。所有女人都戴口罩。夏日里从早到晚，一天戴八个乃至十个小时的口罩，可想而知是种什么罪。几扇窗子一半陷在地里，无法打开，空气不流通，闷得使人头晕。耳畔脚踏缝纫机的声音响成一片，女工们彼此说话，不得不摘下口罩，扯开嗓子。话一说完，就赶快将口罩戴上。她们一个个紧张得不直腰，不抬头，热得汗流浃背。有几个身体肥胖的女人，竟只穿着件男人的背心，大概是他们的丈夫的。我站在门口，用目光四处寻找母亲，却认不出在这些女人中，哪一个是我的母亲。

负责给女工们递送毡团的老头问我找谁，我说出了母亲的名字。

"在那儿！"老头用手一指。

我这才发现，最里边的角落，有一个瘦小的身躯，背对着我，像800度的近视眼写字一样，头低垂向缝纫机，正做活。

我走过去，轻轻叫了一声：

"妈……"

母亲没听见。

我又叫了一声。

母亲仍未听见。

"妈！"我喊起来。

母亲终于抬起了头。

母亲瘦削的憔悴的脸，被口罩遮住二分之一。口罩已湿了，一层毡绒附着上面，使它变成了毛茸茸的褐色的。母亲的头发上衣服上也落满了毡绒，母亲整个人都变成毛茸茸的褐色的。这个角落更缺少光线，更暗。一只可能是100瓦的灯泡，悬吊在缝纫机上方，向窒闷的空间继续散发热。一股蒸蒸的热气顿时包围了我。缝纫机板上水淋淋的，是母亲滴落的汗。母亲的眼病常年不愈，红红的眼睑夹着黑白混浊的眼睛，目光迟呆地望着我，问："你到这里来干什么？找妈有事？"

"妈，给我两元钱……"我本不想再开口要钱。亲眼看到母亲是这样挣钱的，我心里难受极了。可不想说的话说了。我追悔莫及。

"买什么？"

"买书……"

母亲不再多问，手伸入衣兜，掏出一卷毛票，默默点数，点够了两元钱递给我。

我犹豫地伸手接过。

离母亲最近的一个女人，停止做活，看着我问："买什么书啊？这么贵！"

我说："买一本长篇。"

"什么长篇短篇的！你瞧你妈一个月挣三十几元钱容易吗？你开口两元，你妈这两天的活白做了！"那女人将脸转向母亲，又说："大姐你别给他钱，你是当妈的，又不是奴隶！供他穿，供他吃，供他上学，还供他花钱买闲书看呀？你也太顺他意了！他还能出息成个写书的人咋的？"

母亲淡然苦笑，说："我哪敢指望他能出息成个写书的人呢！我可不就是为了几个孩子才做活的么！这孩子和他哥一样，不想穿好吃好，就爱看书。反正多看书对孩子总是有些教育的，算我这两天活白做了呗！"说着，俯下身，继续蹬缝纫机。

那女人独自叹道："唉，这老婆子，哪一天非为了儿女们累死在缝纫机旁！……"

我心里内疚极了，一转身跑出去。

我没有用母亲给我的那两元钱买《红旗谱》。

几天后母亲生了一场病，什么都不愿吃，只想吃山楂罐头，却没舍得花钱给自己买。

我就用那两元钱，几乎跑遍了道里区的大小食品商店，终于买到了一听山楂罐头，剩下的钱，一分也没花。

母亲下班后，发现了放在桌上的山楂罐头，沉下脸问："谁买的！"

我说："妈，我买的。用你给我那两元钱为你买的。"说着将剩下的钱从兜里掏出来也放在了桌上。

"谁叫你这么做的？"母亲生气了。

我讷讷地说："谁也没叫我这么做，是我自己……妈，我今后再也不向你要钱买书了！……"

"你向妈要钱买书，妈不给过你吗？"

"没有……"

"那你为什么还说这种话？一听罐头，妈吃不吃又能怎样呢？还不如你买本书，将来也能保存给你弟弟们看……"

"我……妈，你别去做活了吧！……"我扑在母亲怀里，哭了。

今天，当我竟然也成了写书人的今天，每每想起儿时的这些往事以及这份特殊的母爱，不免一阵阵心酸。我在心底一次次呼喊：我爱您，母亲！

佳作赏析：

梁晓声（1949—），祖籍山东荣成，生于哈尔滨市，作家。代表作品有《这是一片神奇的土地》《人间烟火》《雪城》等。

家庭教育对于一个人的成长有着至关重要的作用，梁晓声之所以能成为作家，与他母亲的教育、熏陶、支持有很大关系。尽管他的母亲是文盲，但善讲故事，又明白孩子学习文化的重要性，因此尽最大可能支持儿子读书买书，哪怕自己吃再大苦、受多少罪也在所不惜。母亲挣钱不易，仍拿出两元钱让儿子买书；儿子看到母亲恶劣的工作环境和艰辛以后没去买书，而为生病的母亲买了山楂罐头。母子之情令人感动。

挥手——怀念我的父亲

□［中国］赵丽宏

　　深夜，似睡似醒，耳畔得得有声，仿佛是一支手杖点地，由远而近……父亲，是你来了么？骤然醒来，万万籁俱寂，什么声音也听不见。打开台灯，父亲在温暖的灯光中向我微笑。那是一张照片，是去年陪他去杭州时我为他拍的，他站在西湖边上，花影和湖光衬托着他平和的微笑。照片上的父亲，怎么也看不出是一个八十多岁的人。没有想到，这竟是我为他拍的最后一张照片！

　　一个月前，父亲突然去世。那天母亲来电话，说父亲气急，情况不好，让我快去。这时，正有一个不速之客坐在我的书房里，是从西安来约稿的一个编辑。我赶紧请他走，还是耽误了五六分钟。送走那不速之客后，我便拼命骑车去父亲家，平时需要骑半个小时的路程，只用了十几分钟，也不知这十几里路是怎么骑的，然而我还是晚到了一步。父亲在我回家前的十分钟停止了呼吸。一口痰，堵住了他的气管，他只是轻轻地说了两声："我透不过气来……"便昏迷过去，再也没有醒来。救护车在我之前赶到，医生对垂危的父亲进行了抢救，终于无功而返。我赶到父亲身边时，他平静地躺着，没有痛苦的表情，脸上似乎略带微笑，就像睡着了一样。他再也不会笑着向我伸出手来，再也不会向我倾诉他的病痛，再也不会关切地询问我的生活和创作，再也不会拄着拐杖跑到书店和邮局，去买我的书和发表有我文章的报纸和刊物，再也不会在电话中笑声朗朗地和孙子聊天……父亲！

因为父亲走得突然，子女们都没有能送他。父亲停止呼吸后，我是第一个赶回到他身边的。我把父亲的遗体抱回到他的床上，为他擦洗了身体，刮了胡子，换上了干净的衣裤。这样的事情，父亲生前我很少为他做，他生病时，都是母亲一个人照顾他。小时候，父亲常常带我到浴室里洗澡，他在热气蒸腾的浴池里为我洗脸擦背的情景我至今仍然记得，想不到，我有机会为父亲做这些事情时，他已经去了另外一个世界。父亲，你能感觉我的拥抱和抚摸么？

父亲是一个善良温和的人，在我的记忆中，他的脸上总是含着宽厚的微笑。从小到大，他从来没有骂过我一句，更没有打过一下，对其他孩子也是这样。也从来没有见到他和什么人吵过架。父亲生于1912年，是清王朝覆灭的第二年。祖父为他取名鸿才，希望他能够改变家庭的窘境，光耀祖宗。他的一生中，有过成功，更多的是失败。年轻的时候，他曾经是家乡的传奇人物：一个贫穷的佃户的儿子，靠着自己的奋斗，竟然开起了好几家兴旺的商店，买了几十间房子，成了使很多人羡慕的成功者。家乡的老人，至今说起父亲依旧肃然起敬。年轻时他也曾冒过一点风险，抗日战争初期，在日本人的刺刀和枪口的封锁下，他摇着小船从外地把老百姓需要的货物运回家乡，既为父老乡亲做了好事，也因此发了一点小财。抗战结束后，为了使他的店铺里的职员们能逃避国民党军队"抓壮丁"，父亲放弃了家乡的店铺，力不从心地到上海开了一家小小的纺织厂。他本想学那些叱咤风云的民族资本家，也来个"实业救国"，想不到这就是他在事业上衰败的开始。在汪洋般的大上海，父亲的小厂是微乎其微的小虾米，再加上他没有多少搞实业和管理工厂的经验，这小虾米顺理成章地就成了大鱼和螃蟹们的美餐。他的工厂从一开始就亏损，到解放的时候，这工厂其实已经倒闭，但父亲要面子，不愿意承认失败的现实，靠借债勉强维持着企业。到公私合营的时候，他那点资产正好够得上当一个资本家。为了维持企业，他带头削减自己的工资，减到比一般的工人还低。他还把自己到上海后造的一幢楼房捐献给了公私合营后的工厂，致使我们全家失去了存身之处，不得不借宿在亲戚家里，过了好久才租到几间石库门里弄中的房间。于是，在以后的几十年里，他一直是一个名不符实的资本家，而这一顶帽子，也使我们全家消受了很长一段时间。在我的童年时代，家里一直是过着清贫节俭的生活。记得我小时候身上穿的总是用哥哥姐姐穿过的衣服改做的旧衣服，上学后，每次开学前付学费时，都要申请分期付款。对于贫穷，父亲淡然而又坦然，他说："穷不要紧，要紧的是做一个正派人，做一个对社会有贡献的人。"我们从未因贫穷而感到耻辱和窘困，这和父亲的态度有关。"文革"中，父亲工厂里的"造反队"也到我们家里来抄家，可厂里的老工人知道我们的家底，除了看得见的家具摆设，家里不可能有什么值钱的东西。来抄家的人说："有什么金银财宝，自己交出来就可以了。"记得父亲和母亲耳语了几句，母亲便打开五斗橱抽屉，从一个小盒子里拿出一根失去光泽的细细的金项链，交到了"造反队员"的手中。后来我才知道，这根项链，还是母亲当年的嫁妆。这是我们家里唯一的"金银财宝"……

"文化大革命"初期的一天夜晚，"造反队"闯到我们家带走了父亲。和我们告别时，父亲非常平静，毫无恐惧之色，他安慰我们说："我没有做过亏心事，他们不能把我怎么样。你们不要为我担心。"当时，我感到父亲很坚强，不是一个懦夫。在"文革"中，父亲作为"黑七类"，自然度日如年。但就在气氛最紧张的日子里，仍有厂里的老工人偷偷地跑来看父亲，还悄悄地塞钱接济我们家。这样的事情，在当时简直是天方夜谭。我由此了解了父亲的为人，也懂得了人与人之间未必是你死我活的阶级斗争关系。父亲一直说："我最骄傲的事业，就是我的子女，个个都是好样的。"我想，我们兄弟姐妹都能在自己的岗位上有一些作为，和父亲的为人，和父亲对我们的影响有着很大关系。

记忆中，父亲的一双手老是在我的面前挥动……

我想起人生路上的三次远足，都是父亲去送我的。他站在路上，远远地向我挥动着手，伫立在路边的人影由大而小，一直到我看不见……

第一次送别是我小学毕业，我考上了一所郊区的住宿中学，那是六十年代初。那天去学校报到时，送我去的是父亲。那时父亲还年轻，鼓鼓囊囊的铺盖卷提在他的手中并不显得沉重。中学很远，坐了两路电车，又换上了到郊区的公共汽车。从窗外掠过很多陌生的风景，可我根本没有心思欣赏。我才十四岁，从来没有离开过家，没有离开过父母，想到即将一个人在学校里过寄宿生活，不禁有些害怕，有些紧张。一路上，父亲很少说话，只是面带微笑默默地看着我。当公共汽车在郊区的公路上疾驰时，父亲望着窗外绿色的田野，表情变得很开朗。我感觉到离家越来越远，便忐忑不安地问："我们是不是快要到了？"父亲没有直接回答我，指着窗外翠绿的稻田和在风中飘动的林荫，答非所问地说："你看，这里的绿颜色多好。"他看了我一眼，大概发现了我的惶惑和不安，便轻轻地抚摸着我的肩胛，又说："你闻闻这风中的味道，和城市里的味道不一样，乡下有草和树叶的气味，城里没有。这味道会使人健康的。我小时候，就是在乡下长大的。离开父母去学生意的时候，只有十二岁，比你还小两岁。"父亲说话时，抚摸着我的肩胛的手始终没有移开，"离开家的时候也是这样的季节，比现在晚一些，树上开始落黄叶了。那年冬天来得特别早，我离家才没有几天，突然就发冷了，冷得冰天雪地，田里的庄稼全冻死了。我没有棉袄，只有两件单衣裤，冷得瑟瑟发抖，差点没冻死。"父亲用很轻松的语气，谈着他少年时代的往事，所有的艰辛和严峻，都融化在他温和的微笑中。在我的印象中，父亲并不是一个深沉的人，但谈起遥远往事的时候，尽管他微笑着，我却感到了他的深沉。那天到学校后，父亲陪我报到，又陪我找到自己的寝室，帮我铺好了床铺。接下来，就是我送父亲了，我要把他送到校门口。在校门口，父亲拍拍我肩膀，又摸摸我头，然后笑着说："以后，一切都要靠你自己了。开始不习惯，不要紧，慢慢就会习惯的。"说完，他就大步走出了校门。我站在校门里，目送着父亲的背影。校门外是一条大路，父亲慢慢地向前走着，并不回头。我想，父亲一定会回过头来看看我的。果然，走出十几米远时，父亲回过头来，见我还站着不动，父亲就转过身，使劲向我挥手，叫我回去。我只觉得自己的视线模糊起来……在我少年的心中，我还是第一次感到自己对父亲是如此依恋。

父亲第二次送我，是"文化大革命"中了。那次，是出远门，我要去农村"插队落户"。当时，父亲是"有问题"的人，不能随便走动，他只能送我到离家不远的车站。那天，是我自己提着行李，父亲默默地走在我身边。快分手时，他才讷讷地说："你自己当心了。有空常写信回家。"我上了车，父亲站在车站上看着我。他的脸上没有露出别离的伤感，而是带着他常有的那种温和的微笑，只是有一点勉强。我知道，父亲心里并不好受，他是怕我难过，所以尽量不流露出伤感的情绪。车开动了，父亲一边随着车的方向往前走，一边向我挥着手。这时我看见，他的眼睛里闪烁着晶莹的泪光……

父亲第三次送我，是我考上大学去报到那一天。这已经是 1978 年春天。父亲早已退休，快七十岁了。那天，父亲执意要送我去学校，我坚决不要他送。父亲拗不过我，便让步说："那好，我送你到弄堂口。"这次父亲送我的路程比前两次短得多，但还没有走出弄堂，我发现他的脚步慢下来。回头一看，我有些吃惊，帮我提着一个小包的父亲竟已是泪流满面。以前送我，他都没有这样动感情，和前几次相比，这次离家我的前景应该是最光明的一次，父亲为什么这样伤感？我有些奇怪，便连忙问："我是去上大学，是好事情啊，你干嘛这样难过呢？"父亲一边擦眼泪，一边回答："我知道，我知道。可是，我想为什么总是我送你离开家呢？我想我还能送你几次呢？"说着，泪水又从他的眼眶里涌了出来。这时，我突然发现，父亲花白的头发比前几年稀疏得多，他的额头也有了我先前未留意过的皱纹。父亲是有点老了。唉，这是没有办法的事情，儿女的长大，总是以父母青春的流逝乃至衰老为代价的，这过程，总是在人们不知不觉中悄悄地进行，没有人能够阻挡这样的过程。

父亲中年时代身体很不好，严重的肺结核几乎夺去了他的生命。曾有算命先生为他算命，说他五十七是"骑马过竹桥"，凶多吉少，如果能过这一关，就能长寿。五十七岁时，父亲果真大病一场，但他总算摇摇晃晃地走过了命运的竹桥。过六十岁后，父亲的身体便越来越好，看上去比他实际年龄要年轻十几二十岁，曾经有人误认为我们父子是兄弟。八十岁之前，他看上去就像六十多岁的人，说话，走路，都没有老态。几年前，父亲常常一个人突然地就走到我家来，只要楼梯上响起他缓慢而沉稳的脚步声，我就知道是他来了，门还没开，门外就已经漾起他含笑的喊声……四年前，父亲摔断了胫股骨，在医院动了手术，换了一个金属的人工关节。此后，他便一直被病痛折磨着，一下子老了许多，再也没有恢复以前那种生机勃勃的精神状态。他的手上多了一根拐杖，走路比以前慢得多，出门成了一件困难的事情。不过，只要遇到精神好的时候，他还会挂着拐杖来我家。

在我的所有读者中，对我的文章和书最在乎的人，是父亲。从很多年前我刚发表作品开始，只要知道哪家报纸杂志刊登有我的文字，他总是不嫌其烦地跑到书店或者邮局里去寻找，这一家店里没有，他再跑下一家，直到买到为止。为做这件事情，他不知走了多少路。我很惭愧，觉得我的那些文字无论如何不值得父亲去走这么多路。然而再和他说也没用。他总是用欣赏的目光读我的文字，尽管不当我的面称赞，也很少提意见，但从他阅读时的表情，我知道他很为自己的儿子骄傲。对我的成就，他总是比我自己还兴奋。这种兴奋，有时我觉得过分，就笑着半开玩笑地对他说："你的儿子很一般，你不要太得意。"他也不反驳我，只是开心地一笑，像个顽皮的孩子。在他晚年体弱时，这种兴奋竟然一如十数年前。前几年，有一次我出版了新书，准备在南京路的新华书店为读者签名。父亲知道了，打电话给我说他要去看看，因为这家大书店离我的老家不远。我再三关照他，书店里人多，很挤，千万不要凑这个热闹。那天早晨，书店里果然人山人海，卖书的柜台几乎被热情的读者挤塌。我欣慰地想，好在父亲没有来，要不，他挂着拐杖在人群中可就麻烦了。于是我心无旁骛，很专注地埋头为读者签名。大概一个多小时后，我无意中抬头时，突然发现了父亲，他拄着拐杖，站在远离人群的地方，一个人默默地在远处注视着我。唉，父亲，他还是来了，他已经在一边站了很久。我无法想象他是怎样拄着拐杖穿过拥挤的人群上楼来的。见我抬头，他冲我微微一笑，然后向我挥了挥手。我心里一热，笔下的字也写错了……

去年春天，我们全家陪着我的父母去杭州，在西湖边上住了几天。每天傍晚，我们一起湖畔散步，父亲的拐杖在白堤和苏堤上留下了轻轻的回声。走得累了，我们便在湖畔的长椅上休息，父亲看着孙子不知疲倦地在他身边蹦跳，微笑着自言自语："唉，年轻一点多好……"

死亡是人生的必然归宿，雨果说它是"最伟大的平等，最伟大的自由"，这是对死者而言，对失去了亲人的生者们来说，这永远是难以接受的事实。父亲逝世前的两个月，病魔一直折磨着他，但这并不是什么不治之症，只是一种叫"带状疱疹"的奇怪的病，父亲天天被剧烈的疼痛折磨得寝食不安。因为看父亲走着去医院检查身体实在太累，我为父亲送去一辆轮椅，那晚在他身边坐了很久，他有些感冒，舌苔红肿，说话很吃力，很少开口，只是微笑着听我们说话。临走时，父亲用一种幽远怅惘的目光看着我，几乎是乞求似的对我说："你要走？再坐一会儿吧。"离开他时，我心里很难过，我想以后一定要多来看望父亲，多和他说说话。我决没有想到再也不会有什么"以后"了，这天晚上竟是我们父子间的永别。两天后，他就匆匆忙忙地走了。父亲去世前一天的晚上，我曾和他通过电话，在电话里，我说明天去看他，他说："你忙，不必来。"其实，他希望我每天都在他身边，和他说话，这是我知道的，但我却没有在他最后的日子里每天陪着他！记得他在电话里对我说的最后一句话是："你自己多保重。"父亲，你自己病痛在身，却还想着要我保重。你最后对我说的话，将无穷无尽回响在我的耳边，回响在我的心里，使我的生命永远沉浸在你的慈爱和关怀之中。父亲！

现在，每当我一人静下心来，面前总会出现父亲的形象。他像往常一样，对着我微笑。他就站在离我不远的地方，向我挥手，就像许多年前他送我时，在路上回过头来向我挥手一样，就像前几年在书店里站在人群外面向我挥手一样……有时候我想，短促的人生，其实就像匆忙的挥手一样，挥手之间，一切都已经过去，已经成为过眼烟云。然而父亲对我挥手的形象，我却无法忘记。我觉得这是一种父爱的象征，父亲将他的爱，将他的期望，还有他的遗憾和痛苦，都流露宣泄在这轻轻一挥手之间了。

佳作赏析：

赵丽宏（1951—），上海市崇明县人，当代作家。著有《珊瑚》《生命草》《心画》等。

这是一篇怀念父亲的佳作。作者采用了倒叙的手法，先写父亲的逝世，然后开始回顾父亲的人生经历，接着重点写了自己人生路上三次出远门父亲挥手送别的情景，还提到父亲对自己作品的重视和欣赏。看似都是生活中平淡无奇的小事，但却处处体现着一个父亲对儿子的关心、牵挂和爱护。文章以观看父亲的相片开头，最后又以回忆父亲挥手的情形结尾，"挥手""怀念"贯穿全篇，首尾呼应，结构完整，值得借鉴和学习。

母亲

□〔中国〕肖复兴

　　十年来，我写过许多篇有关普通人的报告文学。我自认为与他们血脉相连，心不能不像磁针样指向他们。可是，我却从来没有想到我可以，也应该写写她老人家。为什么？为什么？

　　是的，她比我写的报告文学中那些普通人更普通、更平凡，就像一滴雨、一片雪、一粒灰尘，渗进泥土里，飘在空气中，看不见，不会受人注意。人啊，总是容易把眼睛盯在别处，而忽视眼前的、身边的。于是，便也最容易失去弥足珍贵的。

　　我常责备自己：为什么现在才想起来写写她老人家呢？前些日子，她那样突然地离开人世，竟没有留下一句话！人的一生中可以有爱、恨、金钱、地位与声名，但对比死来讲，一切都不足道。一生中可以有内疚、悔恨和种种闪失，都可以重新弥补，唯独死不能重来第二次。现在，再来写写对比生命来说苍白无力的文字，又有什么用呢？

　　我仍然想写。因为她老人家总浮现在我的面前，在好几个月白风清的夜晚托梦给我。面对冥冥世界中她老人家的在天之灵，我愈发觉得我以往写的所有普通人的报告文学，渊源都来自她老人家。没有她，便没有我的一切。对比她，我所写的那些东西，都可以毫不足惜地付之一炬。

她就是我的母亲。

一

她不是我的亲生母亲。

1952 年，我的生母也是突然去世。死时，才 37 岁。爸爸办完丧事，让姐姐照料我和弟弟，自己回了一趟老家。我不到 5 岁，弟弟才 1 岁多一点儿。我们俩朝姐姐哭着闹着要妈妈！

爸爸回来的时候，给我们带回来了她。爸爸指着她，对我和弟弟说："快，叫妈妈！"

弟弟吓得躲在姐姐身后，我噘着小嘴，任爸爸怎么说，就是不吭声。

"不叫就不叫吧！"她说着，伸出手要摸摸我的头，我拧着脖子闪开，就是不让她摸。

我偷偷打量着她：缠着小脚，没有我妈漂亮、个高，而且年龄显得也大。现在算一算，那一年，她已经 49 岁。她有两个闺女，老大已经出嫁，小的带在身边，一起住进了我们拥挤的家。

后妈，这就是我们的后妈？

弟弟小，还不懂事，我却已经懂事了，首先想起了那无数人唱过的凄凉小调："小白菜呀，地里黄呀，两三岁呀，没有娘呀……"我弄不清鼓胀着一种什么心绪，总是用一种异样的，忐忑不安的眼光偷偷看她和她的那个女儿。

不久，姐姐去内蒙古修京包线了。她还不满 17 岁。临走前，她带我和弟弟在劝业场里的照相馆照了张相片。我们还穿着孝，穿着姐姐新为我们买的白力士鞋。姐姐走了，我和弟弟都哭了。我们把失去母亲后越发对母亲依恋的那份感情都涌向姐姐。唯一的亲姐姐走了，为了减轻家中添丁进口的负担。

她来了。我们又有妈妈了。

姐姐走后，她要搂着我和弟弟睡觉。我们谁也不干，仿佛怕她的手上、胳膊上长着刺。爸爸说我太不懂事，她不说什么。在我的印象中，她进我家来一直很少讲话，像个扎嘴的葫芦。出出进进大院，对街坊总是和和气气，从不对街坊们投来的芒刺般好奇或挑剔的目光表示任何不快。"唉！后娘呀……"隐隐听到街坊们传来的感叹，我心里系着沉沉的石头。我真恨爸爸，为什么非要给我和弟弟找一个后娘来！

对门街坊毕大妈在胡同口摆着一个小摊，卖些泥人呀、糖豆呀、酸枣面之类的。一次路过小摊，她和毕大妈打个招呼，便问我："你想买什么？"

我瞟瞟小摊，又瞟瞟她，还没说话，身边跟着她的亲生女儿伸出手指着小摊先说了："妈！我要买这个！"

她打下女儿的手，冲我说："复兴，你要买什么？"

我指着摊上的铁蚕豆，她便从毕大妈手中接过一小包铁蚕豆；我又指着摊上的酸枣面，她便又从毕大妈手中接过一小包酸枣面；我再指着小泥人、指着风车、指着羊羹……我越指越多。我是存心。那时，我小小的心竟像筛子眼儿一样多，用这故意的刁难试探一位新当后娘的心。

她为难地冲毕大妈摇摇头："我没带这么多钱！"

我却嚷着，非要买不成。这么一闹，招来好多人看着我们。她非常尴尬。我却莫名其妙地得意，似乎小试锋芒，我以胜利而告终。

过了些日子，她的大女儿——我叫大姐，从天津来了。大姐长得很像她，待我和弟弟很好。我们一起玩时有说有笑也很热闹，大姐挺高兴。临走前整理东西，她往大姐包袱卷里放进几支彩线，让我一眼看见了。这是我娘的线！我娘活着的时候绣花用的，凭什么拿走？第二天，大姐要走时找这几支彩线，怎么也找不着了。"怪了！我昨儿个傍晌明明把线塞进去了呀！咋没了呢？"她翻遍包袱，一阵阵皱眉头。她不知道，彩线是我故意藏起来了。

送完大姐回天津，爸爸从床铺褥子下面发现了彩线，一猜就是我干的好事，生气地说我："你真不懂事，藏线干什么？"

我不知怎么搞的，委屈地哭起来："是我娘的嘛！就不给！就不给！……"

她哄着我，劝着爸爸："别数落孩子了！兴是我糊涂了，忘了把线放在这儿了……"我越发得理似地哭得更凶了。

咳！小时候，我是多么不懂事啊！

二

几年过去了。我家里屋的墙上，依然挂着我亲娘的照片。那是我娘死后，姐姐特意放大了两张12寸的照片，一张她带到内蒙，一张挂在这里。我和弟弟都先后上学了，同学们常来家里玩。爸爸的同事和院里的街坊有时也会光顾，进屋首先都会望见这张照片。因为照片确实很大，在并不大的墙上很显眼。同学们小，常好奇地问："这是谁呀？"大人们从来不问，眼睛却总要瞅瞅我们，再瞅瞅她。我很讨厌那目光。那目光里的含义让人闹不清。

随着年龄的一天天增长，我的心态变得盛满过多复杂的情感。我对自己的亲姐姐越发依恋，也常常望着墙上亲娘的照片发呆，想念着妈妈，幻想着妈妈又活过来同我们重新在一起的情景。有时对她会莫名其妙地发脾气。她从不在意，更不曾打过我和弟弟一个手指头，任我们向她耍着性子，拉扯着她的衣角，街坊四邻都看在眼里。

许多次，爸爸和她商量："要么，把相片摘下来吧？"

她眯缝着眼睛瞧瞧那比真人头还大的照片，摇摇头。

于是，我娘的照片便一直挂在墙上，瞧着我们，也瞧着她。她显得很慈祥。头一次，我对她产生一种说不出的好感。但叫她妈妈一时还叫不出口。

那时候，没有现在变型金刚之类花样翻新的玩具，陪伴我和弟弟度过整个童年的只有大院里两棵枣树，我们可以在秋天枣红的时候爬上树摘枣，顺便可以跳上房顶，追跑着玩耍。再有便只是弹玻璃球、拍洋片了。我不大爱拍洋片，拍得手怪疼的；爱玩弹球，将球弹进挖好的一个个小坑里，有点儿像现在的高尔夫球、门球的味道。玩得高兴了，便入迷得什么都不顾了，仿佛世界都融进小小透明的玻璃球里了。一次，我竟忘乎所以将球搁起嘴里，看到旁的小孩子没我弹得准时兴奋地叫起来，"咕碌"一下把球吞进肚子里。孩子们惊呆了，一个孩子恐惧地说："球吃进肚皮里要死人的！"我一听吓坏了，哇哇哭起来。哭声把她拽出屋，一见我惊慌失措的样子，忙问："怎么啦？"我说："我把球吃进肚子里了！"一边说着，我又哭了起来。她很镇静，没再讲话，只是快步走到我身边，蹲下身子一把解开我的裤带，然后用一种我从未听过的、带有命令的口吻说："快屙屎，把球屙出来就没事了！"我吓得已经没魂了，提着裤子刚要往厕所跑，被她一把拽住："别上茅房，赶紧就在这儿屙！"我头一次乖乖地听了她的话，顺从地脱下裤子，蹲下来屙屎。小孩们看见了，不住地笑。她一扬手，像赶小鸡一样把他们赶走："都家去，有啥好笑的！"

这一刻，她不慌不乱，很有主意。我一下子有了主心骨，觉得死已经被她推走了，便憋足劲屙屎。谁知，偏偏没屎。任凭憋得满脸通红就是屙不出来。她也蹲着，一边看看我的屁股，一边看看我："别急！"说着，用手帮我揉着肚子，"这会儿球也不能那快快就到了屁股这儿，刚进肚儿，它得慢慢走。我帮你搌搌肚子！"我不知道她为什么一直把揉肚子叫搌肚子？但她搌得确实舒服，以后我一肚子疼就愿意叫她搌。她不光搌肚子这块，还非得叫我翻过身搌搌背。她说就像烙饼得翻个儿一样，只有两面搌才管用。这时候，我第一次感受到她那骨节粗大的手的温暖和力量。不知搌了多半天，屎终于屙出来了。多臭的屎啊！她就那样一直蹲在我的旁边，不错眼珠望着那屎，直到看见屎里果真出现了那颗冒着热气圆鼓鼓的小球时，她高兴地站起来，走回家拿来张纸递给我："没事了，擦擦屁股吧！"然后，她用土簸箕撮来炉灰撒在屎上，再一起撮走倒了。

孩子没有一盏是省油的灯，大人的心操不完。我们大院门口对面是一家叫泰丰粮栈的大院。它又气派又大，门前有块挺平坦宽敞的水泥空场。那是我们孩子的乐园。我们没事便到那儿踢球、抖空竹，或者漫无目的地疯跑。

一天上午，它那儿摆着个大车轱辘，两只胶皮轮子中间连着一根大铁轴。我们在公园玩过踏水车的玩具，便也一样双脚踩在铁轴上，双手扶着墙，踩着轱辘不住地转，玩得好开心。我忘了我们小孩能有多大劲呢？那大轱辘怎么会听我们摆布呢？它转着转着就不听话，开始往后滚。这一滚动，其他几个孩子都跳下去了，唯独我笨得脚一踩空，一个栽葱摔到地上，后脑勺着着实实砸在水泥地上，立刻晕了过去。

等我醒来时已经躺在医院里，身旁是她和同院的张大叔。张大叔告诉我："多亏了你妈呀！是她背着你往医院跑呀！我怕她背不动你，跟着来搭把手，她不让，就这么一直背着你。怕你得后遗症，求完大夫求护士的。你妈可真是个好人啊……"

她站在一边不说话，看我醒过来，伏下身来摸摸我的后脑勺，又摸摸我的脸。我不知怎么搞的，眼泪怎么也控制不住流了下来。

"还疼？"她立刻紧张地问我。

我摇摇头，眼泪却止不住。

"你刚才的样子真吓死人了！"张大叔说。

回家的时候，天早已黑了。从医院到家的路很长，还要穿过一条漆黑的小胡同，我一直伏在她的背上。我知道刚才她就是这样背着我，踩着小脚，跑了这么长的路往医院赶的。

以后许多天，她不管见爸爸还是见街坊，总是一个劲埋怨自己："都赖我，没看好孩子！千万可别落下病根儿呀……"好像一切过错不在那大车轱辘，不在那硬邦邦的水泥地，不在我那样调皮，而全在于她。一直到我活蹦乱跳一点儿事没有了，她才舒了一口气。

这就是我的童年、我的少年。除了上学，我们没有什么可玩的。爸爸忙，每天骑着那辆像侯宝林在相声里说的除铃不响哪儿都响的破自行车，从我家住的前门赶到西四牌楼上班，几乎每天两头不见太阳。她也忙，缝缝补补，做饭洗衣，在我的印象中，她一直像鸵鸟一样埋头在我家那个大瓦盆里洗衣服，似乎我们有永远洗不完的破衣烂衫。谁也顾不上我们，我们只有自己想办法玩，打发那些寂寞的光阴。

一次，我和弟弟捉到几只萤火虫，装进玻璃瓶里，晚上当灯玩。玩得正痛快呢，院里几个比我大的男孩子拦住我们，非要那萤火灯。他们仗着自己人高马大，常常蛮不讲理欺侮我和弟弟这没娘的孩子。说实在的，那时我们怕他们，受了欺侮又不敢回家说，只好忍气吞声。这一次非要我们的萤火虫灯，真舍不得。他们毫不客气一把夺走，弟弟上前抢，被他们一拳打在脸上，鼻子顿时流出血来。我和弟弟一见血都吓坏了。回家路过大院的自来水龙头，我接了点儿凉水，替弟弟把脸上的血擦净，悄悄嘱咐："回家别说这事！"

弟弟点点头，回家就忘了。我知道他委屈。爸爸是个息事宁人的老实人，这回也急了，拉着弟弟要找人家告状。她拦住了爸爸："算了！"

我挺奇怪，为什么算了？白白挨人家欺侮？

她不说话。弟弟哭。我噘着嘴。

晚上睡觉时，我听见她对爸爸说"街坊四邻都看着呢。我带好孩子，街坊们说不出话来，就没人敢欺侮咱孩子！"

当时，我能理解一个当后娘的心理吗？她就是这样一个人，一直到去世也没和任何人红过一次脸。她总是用她那善良而忠厚的心，去证明一切，去赢得大家的心。以后，院里大孩子再欺侮我们，用不着她发话，那些好心的街坊大婶大娘便会毫不留情地替我们出气，把那些孩子的屁股揍得"啪啪"山响。

这样一件事发生后，街坊们更是感叹地说："就是亲娘又怎么样呢？"

那是她的小闺女长到十八岁的时候。

她一直怕人家说自己是后娘待孩子不好，凡事都尽着我和弟弟。哪怕家里有点好吃的，也要留给我们而不给自己的闺女。我们的小姐姐老实、听话，就像她自己一样。小姐姐上学上得晚，十八岁这一年初中刚毕业。她叫她别再上学了，让她到内蒙找我姐姐去，让我姐姐给介绍了个对象，闪电式便结了婚。一纸现在越发金贵的北京户口，就这样让她毫不犹豫地抛到内蒙古京包线上一个风沙弥漫的小站。那一年，我近十岁了，我知道她这样做为的是免去家庭的负担，为的是我和弟弟。

"早点儿寻个人家好！"她这样对女儿说，也这样对街坊们解释。

小姐姐临走时，她把闺女唯一一件像点儿样的棉大衣留下来："留给弟弟吧，你自己可以挣钱了，再买！"那是一件粗线呢的厚厚大衣，有个翻毛大领子，很暖和。它一直跟着我们，从我身上又穿到弟弟身上，一直到我们都长大了，再也用不着穿它了，她还是不舍得丢，留着它盖院子里冬天储存的大白菜。以后，她送自己的闺女去内蒙。她没讲什么话，只是挥挥手，然后一只手牵着弟弟，一只手领着我。当时，我懂得街坊们讲的话吗？"就是亲娘又怎么样呢？"我理解作为一个母亲所做的牺牲吗？那是她身边唯一的财富啊！她送走了自己亲生的女儿，为的是两个并非亲生的儿子啊！

记得有一次，爸爸领我们全家到鲜鱼口的大众剧场看评戏。那戏名叫《芦花记》，是出讲后娘的戏。我不大明白爸爸为什么选择这出戏带我们来看。我一边看戏，一边偷偷地看坐在身旁的她。她并不那么喜欢看戏，也看不大懂，总得需要爸爸不时悄悄对她讲述一番情节才行。我不清楚她看了这出演的后娘的戏会有什么感触，我自己心里却倒海翻江，一下子滋味浓浓得搅不开。那后娘给孩子穿用芦花假充棉花却不能遮寒的棉衣，使我对后娘充满恐惧和厌恶。但坐在我身边的她是这样的人吗？不是！她不是！她是一位好人！她是宁肯自己穿芦花做的棉衣，也绝不会让我和弟弟穿的。我给我自己的回答是那样肯定。

我不爱听评戏。从那出《芦花记》后，我再也没看过第二场评戏。

妈妈！

我忘记了是从哪一天开始叫她妈妈了。但我肯定在看了那出评戏之后。

三

童年和少年，是永远回忆不完的，像是永远挖不平的大山。那时，我们因节节拔高而常常看不起目不识丁的母亲；常常会在不知不觉中忘记了她的存在。当一切过去了，才会看清楚过去的一切，如同潮水退后的石粒一般，格外清晰地闪着光彩显露出来。

小学高年级，我的自尊心其实是虚荣心突然胀胀的，像爱面子的小姑娘。妈妈没文化，针线活做得也不拿手，针脚粗粗拉拉的。从她来以后，我和弟弟的衣服、鞋都是她来做。衣服做得像农村孩子穿的，洗得干干净净。这时候，我开始嫌那对襟小褂土；嫌那前面没有开口的抿裆裤太寒碜；嫌那踢死牛的棉鞋没有五眼可以系带……我开始磨妈妈磨爸爸给我买商店里卖的衣服穿。这居然没有伤了她的心，她反倒高兴地说："孩子长大了，长大了！"然后，她带我们到前门外的大栅栏去买衣服。上了中学以后，她总是把钱给我，由我自己去挑去买。而她只是在衣服的扣子掉了的时候帮我补上；衣服脏的时候埋头在那大瓦盆里洗不完地洗。

我甚至开始害怕学校开家长会，怕妈妈踩着小脚去，怕别人笑话我。我会千方百讲地不要她去，让爸爸参加。如果实在没有办法，她必须去，我会在开会前羞得很，会后又会臊个答答的，仿佛很丢人。前后儿天，心都紧张得很，皱巴巴的，怎么也熨不平。其实，她去学校开家长会的机会很少，但我仍然害怕，我实在不愿意她出现在我们学校里。反正，那时我真够浑的。

一年暑假，我磨着要到内蒙看姐姐。爸爸被我折磨得没办法，只好答应了。听说学校开张证明，便可以买张半费的学生火车票。爸爸去了趟学校，碰壁而归。校长说学生只有去探望父母才可以买半费学生票，看姐姐不行。我知道那位脸总是像刷着糨糊一样绷得紧紧的校长，他说出的话从来都是钉天的星。我们谁见了他都像耗子见了猫一样，躲得远远的。

妈妈说我去试试！

我不报什么希望。果然她也是碰壁而归。不过她不是就此罢休，接着再去，接着碰壁。我记不清她究竟几进几出学校了。总之，一天晚上，她去学校很晚没回家，爸爸着急了，让我去找。我跑到学校，所有办公室都黑洞洞的，只有校长室里亮着灯。我走进校长室门，没敢进去。平日，我从不敢进过一次校长室。只有那些违反校规、犯了错误的同学才会被叫进去挨训。我趴在门口听听里面有什么动静？没有。什么动静也没有。莫非没人？妈妈不在这里？再听听，还是没有一点儿声响。我趴在窗户缝瞅了瞅，校长在，妈妈也在。两人演的是什么哑剧？

我不敢进去，也不敢走，坐在门口的石阶上等。不知过了多半天，校长的声音吓了我一跳："大妈！我算服了您了！给您，证明！我可是还没吃饭呢！"接着就听见椅子响和脚步声，吓得我赶紧兔子一样跑开，一直跑出学校大门。我站在离校门口不远的一盏路灯下，等妈妈出来。我老远就看见她手里攥着一张纸，不用说，那就是证明。

她走过来，我叫了一声："妈！"愣愣地，吓了她一跳，一见是我，把证明递给我："明儿赶紧买火车票去吧！"

回家的路上，我问她："您用什么法子开的证明呀？"我觉得她能把那么厉害的校长磨得好说话了，一定有高招。

她微微一笑："哪儿有啥法子！我磨姜捣蒜就是一句话：复兴就这么一个亲姐姐，除了姐姐还探啥亲？不给开探亲证明哪个理？校长不给开，我就不走。他学问大，拿我一个老婆婆子有啥法子！"

"妈！您还真行！"

说这话，我的脸好红。我不是最怕妈妈去学校吗？好像她会给我丢多大脸一样。可是，今天要不是她去学校，证明能开回来吗？

虚荣心伴我长大。当浅薄的虚荣一天天减少，我才像虫子蜕皮一样渐渐长大成人。而那时候，我懂得多少呢？在我心的天平上，一头是妈妈，一头却是姐姐。尽管妈妈为我付出了那样多，我依然有时忘记了妈妈的情意，而把天平倾斜在姐姐一边。莫非是血脉中种种遗传因子在作怪吗？还是心中藏有太多的自私？

大约六年级那一年，我做了一件错事。姐姐逢年过节都要往家里寄点而钱。那一次，姐姐寄来30元。爸爸把钱放进一个牛皮小箱里。那箱是我家最宝贵的东西，所有的金银细软都装在里面。那时所谓的金银细软，无非是爸爸每月领来的70元工资、全家的粮票、油票、布票之类。我一直顽固认为：

姐姐寄来的钱就是给我和弟弟的。如果没有我和弟弟，她是不会寄钱来的。爸爸上班后，我趁妈妈不在家的时候，走近那棕色的小牛皮箱。箱子上只有一个铜吊镣，没有锁头，轻轻一掀，箱盖就打开了。我记得挺清楚，5元一张的票子六张躺在箱里，我抽走一张跑出了屋。那时，我迷上了文学，尤其是古典诗词。我从同学手里借了一本《千家诗》，全都抄了下来，觉得不过瘾，想再看看新的才解气。手中有5元钱一张"卡卡"直响的票子，我径直跑往大栅栏的新华书店。那时5元钱真经花，我买了一本宋词选，一本杜甫诗选，一本李白诗选，还剩一块多零钱。捧着这三本书，我像个得胜回朝的将军得意洋洋回到家，一看家里没人，把书放下便跑到出租小人书的书铺，用剩下的钱美美地借了一摞书。我忘记了，那时5元钱对于一个每月只有70元收入的全家意味着什么。那并不是一个小数字。

我正读得津津有味，爸爸突然走进书铺。我这才意识到天已经暗了下来。我这才发现爸爸一脸怒气，叫我立刻跟他回家。一路上，他走在前面，我跟在后面，活像犯了错的小狗，耷拉着耳朵垂着尾巴。我知道大事不好。果然，刚进家门，爸爸便忍不住，把我一把按在床上，抄起鞋底子狠狠地打在我的屁股上。爸爸什么话也不讲。我不哭，也没有叫。我和爸爸都心照不宣，我心里却在喊："姐姐！姐姐！你寄来的钱是给谁的？是给我的！我的！"

我生平头一次挨打。也是唯一一次。

妈妈就站在旁边。她一句话也没说，就那么看着，不上来劝一劝，一直看着爸爸打完了我为止。

吃饭时，谁也不讲话，默默地吃，只听见嚼饭的声音，显得很响。妈妈先吃完饭，给爸爸准备明天上班带的饭，其实我天天看得见，但仿佛这一天才看清楚：只是两个窝头，一点儿炒土豆片而已。爸爸每天就吃这个。大冬天，刮多大风、下多大雪，也要骑车去，不肯花5分钱坐车，我却像大爷一样5元钱大把大把地花。我忽然感到很对不起爸爸，觉得是我错了，我活该挨打。妈妈不劝也是对的，为的是我长个记性。

饭后，爸爸叮嘱妈妈："明儿买把锁，把小箱子锁上！"

第二天，那个棕色小皮箱没有上锁。

第三天，妈妈仍然没有锁上它。

在以后的岁月里，那箱子对我始终没有上锁。为此，我永远感谢妈妈。那是一位母亲对一个犯错误孩子的信任。对于儿子，只有母亲才会把自己的一切向儿子敞开着……

四

我上初中的时候，正赶上三年自然灾害。那时，弟弟上小学三年级。我们正在长身体、要饭量的根节儿。一下子，家里月月粮食出奇地紧张，我们的肚子出奇地大，像是无底洞，塞进多少东西也没有饱的感觉。

星期天，爸爸对我们说："今天带你们去个好地方！"

爸爸、妈妈领着我们兄弟俩来到天坛城根底下。妈妈一下神采焕发，蹲下来挖了两棵野菜。原来是挖野菜来了！爸爸口中念念有词："野菜更有营养！"我和弟弟谁也不信，都觉得那玩意儿很苦。挖野菜，妈妈是行家。她在农村待过好多年，逃过荒、要过饭，闹饥荒的岁月就是靠吃野菜过来的。她很得意地告诉我和弟弟这叫什么菜、那叫什么菜，那样子很像老师指着黑板告诉我们什么是正确答案。以后，我写小说时要写一段有关野菜的具体名字时问她，她依然眼睛一亮，得意地告诉我什么是苣菜、马齿苋、曲公菜、苦苦菜、老瓜筋、洋狗子菜、牛舌头棵……

就是这些名目繁多味道却一贯苦涩的野菜，充饥在妈妈和爸爸的肚子里。那时，从天坛城根挖来的野菜，被妈妈做成菜团子（用玉米面包着野菜做馅和食品），大多咽进她和爸爸的胃里，而把馒头和米饭让给我和弟弟吃。野菜到底是野菜，就在灾荒眼瞅着快要过去的时候，爸爸、妈妈却病倒了。

先是爸爸，患上高血压，由于饥饿，全身浮肿，脚面像被水泡过发酵一般，连鞋都穿不进去。他上不了班，只好提前退休，每月拿60%的工资，全家只有靠爸爸的42元钱过日子了。紧接着，妈妈病了，那么硬朗的身子骨也倒下了。

我永远不会忘记那一夜。

那时，我正要初三毕业，弟弟小学毕业，正要毕业考试之际。一天半夜里，我被里屋妈妈一阵咳嗽刺醒，睁眼一看见里屋的灯亮着。爸爸和妈妈正悄悄说着话。我听出来是妈妈吐血了。我再也睡不着，用被子捂着脸偷偷地哭了，又不敢哭出声，怕惊动弟弟和他们。我知道，这一切是为了我们。我们这些孩子有什么用！我们就像趴在他们身上的蚂蟥，在不停吸吮着他们的血呀！我们快长大了，他们的血也快被吸干了。

第二天上午，我对他们讲："爸！妈！我不想上高中了，想报中专！"上中专吃饭不用花钱，每月还能有点助学金。

爸爸一听挺吃惊："为什么？你一定得上高中，家里砸锅卖铁也要供你！"爸爸知道我初中几年都是优良奖章获得者，盼我上高中、上大学。

妈妈坐在一旁不说话，只是不断地咳。她每咳一声，都像鞭子抽打在我的心上。那一刻，我真想扑在她的怀里大哭一场。

爸爸又说："你听见吗？一定要上高中！"他见我不答话，生气地一再逼我答应。

我急了，流着泪嚷了句："妈都吐血了，我不上！"

这话让他们都一惊。妈妈把我叫到她身边，说："你听谁瞎嘞嘞？我没——！"

"您甭骗我了！昨夜里你们的话，我都听见了！"

她本来就不会讲瞎话，让我这么一说更不会遮掩了："妈妈是没事！我以前身子骨好，你放心！上学可是一辈子的事。妈妈一辈子没文化，你可要……"她说着有生以来最多的一次话。她说得不连贯，讲不出什么道理，但我都明白。

"你快别惹你爸生气，你爸有高血压。听见不？就点点头说你上高中！"

她说着，望着我。我望着她蜡黄的脸上皱纹一道道的，心里不禁一阵阵抽搐。

"你快答应吧！"她急得掉出眼泪。

我不忍心她这样悲伤近乎哀求一样对我说话，只好点了点头。

当天，爸爸把这事写信告诉了姐姐。就是从那个月起，姐姐每月寄来30元钱，一直寄到我到北大荒插队。我知道我只能上高中，只能好好学习，比别人下更大的苦功夫学！

爸爸一辈子留下两件值钱的东西：一是那辆破自行车；另是一块比他年纪还要老的老怀表。他卖掉了这两样东西，给妈妈抓来中药。我卖掉了集起来的一本邮集，又卖掉几本书，换来一些钱，交到妈妈的手中。我想让妈妈的病快点儿好起来，心想妈妈会为我这孝顺高兴的。谁知她听说我卖了书，什么话也没说，眼泪落了下来。弄得我不知怎么回事，一个劲问："妈，您怎么啦？……"

"你真不懂事啊！真不懂事！我为了什么？你说！你怎么能卖书呢？"

我讲不出一句话。妈妈，你病成这样子，想的还是要我读书！

"你答应我以后再也不干这傻事了！"

我只好点点头。

我升入高中。就在高一这一年下乡劳动中，我上吐下泻病倒了。同学赶着小驴车连夜把我送到长途汽车站。我回到家后几天高烧不退，昏迷不醒，可吓坏了爸爸、妈妈。一位邻居对妈妈说："孩子是魂儿丢了。你得快替孩子招招魂！"妈妈赶紧脱下鞋，用鞋底子拍着门槛，嘴里大声反复叫着："复兴，我的儿呀，你快回来吧！复兴，我的儿呀，你快回来吧！……"然后不住叫我的名字："你答应啊！复兴，你答应啊！……"

躺在床头迷迷糊糊听见她在叫我，我不应声。我当时刚刚入团，又是学校堂堂的学生会主席，自以为很革命，怎么能信招魂这迷信的一套呢？我不应声，妈妈便越发用鞋底子使劲拍门槛，越发大声叫："复兴，你答应啊……"那声音越发充满了紧张和急迫，直到后来嗓子哑了、带着哭声了。她是那样虔诚地相信我的魂还未被她招回。我的性子可真拧，或者说我的革命性可真坚定，妈妈就这样叫了我半宿，我硬是不应声。

弟弟在一旁急了，揎掇我："你快答应一声吧！"没办法，我只好有气无力地应了一声："呃！"妈妈长舒一口气，穿上鞋站起来走到我身边，说："总算把魂招回来了！没事了，你病快好了。"

病好之后，我说她："妈！大半夜的叫魂，多让人难为情。您可真迷信！"

她一笑："什么迷信不迷信！你病好了，我就信！"

这就是我的母亲！在所有人面前，我从来不讲她是后娘，也绝不允许别人讲。

我忽然想起这样一件事。那时，我在学校食堂吃一顿午饭，负责打饭、分饭。我们班有个眼皮有块疤癞的同学，有一次非说我分给他的饭少了，横横地对我说："怎么给我这么点儿？你后娘待你也这样吧？"我气得浑身发抖，扔下盛馒头的筐箩，和他扭打了起来。我从来没和别人打过架，自小力气便弱。疤癞眼是个嘎杂子琉璃球的个别生，很会打架。我知道我打不过他，可还是要打。结果，吃亏的当然是我，我被他打得鼻青脸肿。但他也没占什么便宜，开始时，他毫无准备被我朝他的小肚子上结结实实打了好几拳。

回到家，见我狼狈的样子，妈妈吓坏了，忙问："小祖宗，你这是怎么啦？"

"没什么！"我没告诉妈妈。但我觉得我值得。我为妈妈做了点什么。虽然，也付出了点儿什么。

五

我是用爸爸的一条命从北大荒换回来的。

"文化大革命"中，我和弟弟分别到了北大荒和青海。那时，我们热血沸腾，挥斥方遒，一心只顾指点江山，而把两个老人那样毅然决然、毫无情义地抛在家里，像抛在孤寂沙滩的断楫残桨。我们只顾自己年轻，却忘记了老人的年龄。1973年秋天，和我弟弟回北京探亲，我刚刚返回北大荒不几日，而弟弟还在途中，电报便从家中拍出：父亲脑溢血突然病故在同仁医院。我们匆匆往家中赶，三个姐姐先赶到家。我进门第一眼便看见妈妈臂上带着黑箍，异常刺目。死亡，是那样突然、那样无情、又是那样真实。我的心一下子紧缩起来。

妈妈很冷静。听到爸爸去世的消息，她孤零零一个人赶到同仁医院。我们都是她的儿女啊，却没有一个人在她的身边。在她最需要我们的时候，我们却远在天涯，只顾各奔自己的前程。

好心的街坊问她："肖大妈，有没有孩子们的地址？找出来，我们帮您打电报！"她从床铺褥子底下找出放好的一封封信。那是我们几个孩子这几年给家中寄来的所有的信。她看不懂一个字，却完完整整保存完好；虽目不识丁，却能从笔迹中准确无误辨认出哪封是我、是弟弟、是姐姐们寄来的。街坊们告诉我："你妈这老太太真是刚强的人，一滴眼泪都没掉，等着你们回来！"街坊就是按这些信封上的地址给我们几个孩子分别拍来电报。

清冷的家，便只剩下妈妈一个人。我这时才发现，她已经老了，头发花白了，皱纹像菊花瓣布满瘦削的脸上。我算算她的年龄，这一年，她整整七十岁了。年轻和壮年的时光一去不返，我们却以为她还不老，还可以奔波。我的心中可曾装有几分老人的位置？我感到很内疚。父亲丧事料理妥当，姐姐、弟弟分别回去了，我留下没走。我决心一定要办回北京，决不让妈妈一个人茕茕孑立，守着孤灯冷壁、残月寒星地生活！

我回到北京，开始了待业的生涯。姐姐又开始每月寄来30元。弟弟也往家寄来钱。我和妈妈真正相依为命的日子是从这时候开始的。以往，我觉得并没有像这时候一样感到心贴得如此近，感到彼此是个依靠，是不可分离的。

当我像家中的男子汉一样，要支撑这个家过日子了，才发现家里过冬的煤炉是一个小小圆孔小肚的炉子，早已经落后了十年甚至二十年。它无法封火，又无烟道，极易煤气中毒。院里没有一家再用这种老式简易炉子了。而妈妈却还在用！而我几次探亲，居然视而不见！我真是个不孝的子孙！我骂自己。我想起刚刚到北大荒正赶上大雨收割小麦，双腿陷入深深的沼泽中，便写信让家里给我买双高腰雨靴寄来。买新的，没那么多钱；买旧的，得到天桥旧货市场，妈妈走不了那么远的道。那时候我怎么就没有想到呢？是妈妈托街坊毕大妈的儿子到天桥旧货市场帮我买的。我连想也没想，接到雨靴便穿在脚上去战天斗地了。这年冬天，又写信向家里要条围脖，好抵御北大荒朔风如刀的"大烟泡"。这一回，毕大妈的儿子到吉林插队了，妈妈没有了"拐棍"，只好自己到王府井，爬上百货大楼，替我买了一条蓝围巾。我怎么就没有想到呢？她是踩着小脚走去的呀！这已经是她力不胜任的事情了。我接到围巾时，发现那是条女式围巾，连围都没围便送给了别人。我怎么就没想到那是妈妈眯缝着昏花的老眼挑了又挑，觉得这条围巾又长又厚，才特意买下的，为的是怕我冷呀！当时，我什么都没想，随手将围巾送给了人，只顾嚼着那围巾里包裹的一块块奶糖……

我实在不知道人生的滋味，不知道妈妈的心。妈妈细致的爱如同润物无声的春雨，却只打在我那粗糙、梆硬如同水泥板的心上，没有渗进，只是悄无声息地流走了……

我望着那已经铁锈斑斑、残破不全的煤炉，一股酸楚和歉疚拱上嗓子眼。我对妈妈说："妈，咱买个炉子去吧！"

"买什么呀！还能用！"

"不！买个吧！这炉子容易中煤气！"

大概是后一句话打动了妈妈，同意去买个炉子。实际上，她是怕我中煤气。莫非我的命就比她金贵吗？

我不知道那年头买炉子还要票，我也不知道妈妈找到街道办事处是怎样磨到了一张票。她和我从前门转到花市，就像如今买冰箱彩电一样，挑了这家又挑那家。那时，炉子确实是家中一个大物件。最后终于买到一个煤球、蜂窝煤两用炉。我家中有史以来第一次冬天生起这样正规的炉子。那是我家第一件现代化的东西。红红的炉火苗冒起来，映着妈妈已经苍老的脸庞，她那样高兴，身旁有了我，她像是有了底气。我回家为妈妈做的第一件事便是买这个炉子。且以新火试新茶，我和妈妈新的生活就是从这炉子开始的。

我的待业生涯并不长，大约半年过后，我在郊区一所中学教书，每月可以拿到薪水 42 元 5 角。我将这第一个月工资交给妈妈，她把钱放进那棕色牛皮箱里，就像当年爸爸每月将工资交给她由她放好一样。节省是一门学问，是一项只有在人生苦难中才会磨炼出来的本领。妈妈就有这种本领和学问。每月 42 元 5 角，两个人过日子并不富裕。她料理得有理有条，中午自己从不起火做饭，只是用开水泡泡干馒头和米饭，就几根咸菜吃；每天只买 2 角钱肉，都是留到晚上我下班回家吃。而我当时却偏偏还在迷恋文学，还要从这紧巴巴的日子里挤出钱来买书、买稿纸。每次妈妈那小皮箱里拿钱，她从不说什么。每次我问："还有钱吗？"她总是说："有！有！拿去买你的书吧！"仿佛那箱子是她的万宝箱，钱是取之不尽的。

我清楚：我的书一天天增多，家里的日子一天天紧巴巴，妈妈脸上的皱纹一天天加深。

一天傍晚下班回家，还没进家门，听见一阵婴儿的啼哭声从屋里传出。谁的小孩？我们家任何亲戚都不曾有这样小的孩子呀！家里出了什么事？我心里很不安，走进家门，看见妈妈正给躺在床上的一个婴儿换褥子。

"妈！这是谁家的孩子？"

"我给人家看的。"

妈妈抱起正在啼哭的孩子，一边拍着、哄着，一边对我说。

"谁叫您给人家看孩子？"

"每月 30 元钱，好不容易托人才找到这活的！"妈妈说着，显得挺激动。那时，每月增加 30 元，对我家来说差不多等于生活水平翻一番呢。她抱着孩子，像抱着一面旗，很有些自豪，"这孩子挺听话，不闹人！孩子他妈还挺愿意我给看……"

"不行！您把孩子送回去！"我粗暴地打断妈妈兴头上的话。生平头一次，我冲妈妈发这么大火，"现在就送回去！"

妈妈也急了，泥人还有个土性呢，冲我也叫道："你还要吃人呀？"

"不行，您现在就把孩子送回去！"我不听妈妈那一套，铁嘴钢牙咬紧这一句话。我只觉得让年纪这么大的妈妈还在为生计操劳，太伤一个男子汉的尊严，让街坊四邻知道该多笑话我没出息、没能耐！

争吵之中，孩子哭得更响了。妈妈和我都在悄悄地擦眼角。最后，妈妈拧不过我，只好抱着孩子送回去了。她回来后，我们谁也不讲话。整整一晚上，小屋静得出奇。我心里很难受，很想找茬儿对妈妈讲几句什么，却一句也说不出。

第二天清早，妈妈为我准备好早饭，指着我鼻子说了句："你这孩子呀，性子太犟！"昨天的事过去了。妈妈终归是妈妈。

傍晚下班回家，一进门，好家伙，家里简直变了样。床上、地上全是五颜六色的线团和绒布。本来不大的屋子，一下子被这些东西挤得更窄巴了。妈妈被这些彩色的线簇拥着，只露出半边身子，头发上沾满了线毛。

这一回，妈妈见我进屋就站起来拦落一身的线毛，先发制人："这回你甭管！我一定得干！拆一斤线毛有×角钱（我忘记具体是几角钱了，只记得拆的线毛是为工厂擦机器的棉纱）。这点钱不多，每天也能添个菜！再说你爸一死，我也闷得慌，干点儿活也散散心。你不能不让我干！"

我还能说什么呢？妈妈的性子也够犟的！她从没上过一天班，没拿过一分钱工资。她一无所有，没有财富没有文化也没有了青春，正如现在那首歌里唱的："脚下这地在走，身边那水在流，可我却总是一无所有。"她所有的只是一颗慈爱的心和一双永远勤劳不知累的大手。即使如今她老了，还将她那最后一缕绿荫遮挡我，将她最后一抹光辉洒向我。那些个小屋里弥漫着彩色棉纱的夜晚，给我们的家注满了温馨和愉悦。我就是这样坐在妈妈身旁，帮妈妈用废钢锯条拆着那彩色线毛。妈妈常笑我笨，拆得不如她快、她利索……

一次参加朋友的婚礼，招待我喜糖，里面有金纸包装的蛋形巧克力。说起来脸红，那时我还从未尝过巧克力。小时候，只有在过年时才能吃到硬块水果糖，最好的也只是牛奶糖。嚼着另一种味道的巧克力，我忽然想起还在灯下拆线毛的妈妈，她也从来没吃过这种糖呀！我偷偷拿了两块金纸巧克力，装进衣兜里。婚礼结束后回到家，我掏出那两块巧克力对妈妈说："妈！我给您带来两块巧克力，您尝尝！"谁知衣兜紧靠身体，暖乎乎的身子早把巧克力暖化了。打开金纸只是一团黑乎乎、黏糊糊的东西了。我好扫兴。妈妈用舌头舔了舔，却安慰说："恶苦！我不爱吃这营生……"

我一把揉烂这两块带金纸的巧克力，心里不住地发誓：我一定让妈妈过上一个幸福的晚年。

六

妈妈病了。

谁也不会想到身体一直那么结实、心地那么宽敞的妈妈会突然发病，而且是精神病。

起初，我没有一点儿思想准备，一直不相信这残酷的现实。有时半夜，她蹑手蹑脚地走到我的床头，伏在我的耳边悄悄地说话，生怕别人听见："你听见了吗？隔壁有人在嘀咕咱娘俩，要害咱娘俩！"我坐起来仔细听，哪有什么声响！我劝她快睡觉："没有的事！"越说不信她的话，她越着急。一连几夜如此，弄得我心烦得很："妈！您耳朵有毛病了吧？没人嘀咕，咱又没招人家，没人要害咱们，也没人敢害咱们！"她一听就急了，先压低嗓门："我的小祖宗，你小点儿声，不怕人家听见！"然后生气地伸手捂住我的嘴。

"没有的事，您自个尽胡思乱想！"我也急，不知该怎么向她解释才好。越解释，她越生气："怎么，我的话你都不信？我这么大年纪了还能胡说八道？你呀，你甭不信，你就等着人家来害你吧！"

我不知该怎么办才好。

突然，一天夜里，正飘着秋天凄苦的细雨。她又走到我床头，把我摇醒，说："快走！有人来害咱娘俩！"我把她扶到自己的床上，让她躺下，耐着性子说："妈！外面下雨了，您听岔了吧！快睡吧！别想别的！"她不再说什么，我也就放心回屋睡去了。

没过一会儿，我听见房门悄悄打开了。我以为她是看看窗外屋檐下的火炉，怕炉子被雨浇来了。可是，过了许久，再听不见门开的声音，我的心陡然紧张起来，忙爬起身来跑到屋外。夜色茫茫，冷雨霏霏，没有一个人影。妈妈到哪儿去了？我的心一下沉落进冰窖里，从来没有那么紧张。我这才意识到事情比我原来想的要坏。我没了主心骨，慌忙拍响街坊张大叔的家门，他的两个孩子一听立刻打着手电筒跑出来，和我兵分三路去寻找。"妈！"我冲着秋雨飘洒的夜空不住大声呼喊。在北京城住了这么多年，我还从来没有这样可劲响亮开嗓门这样喊过。可是，除了细雨和微风掠过树叶的飒飒声外，没有妈妈的回声。我的心像秋雨一样凉，眼泪顺着雨水一起从脸上流下来。

就在我已经毫无希望往回家走时，半路上忽然望见有个人影坐在一个地坡上。走近一看，竟是妈妈！她的屁股底下坐着一个包袱卷。这显然是她早准备好的。我拉她回家。她不回。两位街坊赶来，说死说活，好不容易把她拽回了家。

街坊对我说："肖大妈这样子像是得了精神病呀！你得带她去医院看看呀！"

那是我第一次来到安定医院这家北京唯一一家精神病院。诊断结果：幻听式精神分裂。

我怎么也接受不了这残酷的现实。妈妈！您从不闹灾闹病，平日常说："你呀，身子骨还不抵我呢！"怎么会闹下这样的病呢？我开始苦苦寻找着答案，夜夜同妈妈一样睡不安稳。父亲去世后，谁能理解妈妈的心呢？她又从来不对任何人诉说自己的苦处，总是默默地忍着，将所有的苦嚼碎了，吞咽进肚里淤积着，直到淤积不了而喷发。老伴、老伴，人老了失去了患难与共的伴该是什么滋味？我才明白老伴这词的含义。而那一阵子，我光顾着忙，有时感到苦闷、孤独，常常跑到朋友家聊天，一聊聊到深夜才回家。有几次为了创作还跑到外地一去几个星期，把妈妈一个人甩在家中。她呢？她的苦闷、孤独，向谁诉说？我没有想到应该好好和她聊聊，让她把淤积的心里的苦楚倒出来。没有。她从不爱讲话，我便以为她没什么话要讲。我只顾自己了，像蚕一样只钻在自己织的茧里。我太自私了！我不知道她心里装的究竟是什么，才使她神经再也承受不了重荷，像绷得太紧的琴弦一样断了……

我第一次感到自己并不了解妈妈。即使再老、再没文化、再忠厚老实的老人，也有自己的思想、情感。仅仅吃饱穿暖，并不是对老人最为挚切重要的关心和爱。

每天三次让妈妈吃药，成了我最挠头的难事。她一直不承认自己有病，尤其反感说她是精神病，最反对我那次带她去安定医院。再让她去说死说活也不去，弄得我没辙，只好自己去医院挂号，把情况讲给大夫听，求人家把药开出，拿回家。见到药，她的话就是："吃哪家子药，没事乱花钱！"我递给她药，她一把扔到地上："我一辈子也没吃过什么药，身子骨不是好好的？"没办法，我把药碾成末放进糖水里，可她一喝还是能喝出来药味，便把杯往旁边一放，再不喝一口。我只好再想新招，把药放在粥里，再加大量的糖，一定盖过药的苦味，在吃饭时让她把粥喝进去。她喝了。她还从来没喝过这么甜的粥，指着我鼻子说："你把卖糖的打死了？"

吃完这药，她总是昏昏睡，有时口水止不住流。大夫讲这都是服药后正常反应。我望着她那样子，揪心一样难受。她老了，确实老了。她像快耗完油的灯盏，摇曳着那样微弱的光，一切都是为了我们啊！在那些难熬的夜晚，我弄不清她究竟在想什么？她总是昏昏睡过之后，睁着被密密皱纹紧紧包围的昏花老眼瞅着我，一言不发地瞅着我……

这是她有生以来第二次吃药。一次是那年吐血后。药力还真起作用，我见她的脸渐渐又红润起来。我以为她的身体又会像那次吐血后迅速恢复过来一样。我忽略了人已经老了十二三岁了呀，而且病也不一样：一个是累的病，一个却是心病呀！

一天下午，我正带着学生下厂劳动，校长突然给我挂来电话，要我立即回家，校长在家等我有要紧的事。我的心一下子提到嗓子眼。校长亲自找我，说明事情的严重性。又是要我立即回家，我马上想到了妈妈！我骑着自行车从郊外赶到家，屋里挤满了人，一时竟看不到妈妈在哪儿。校长迎了出来安慰我："刚才电话里没敢对你说，你妈妈刚才要跳河，你千万不要着急……"下面的话，我什么也听不清了，脑袋立刻炸开。我赶紧拨开人群，见到妈妈钻进被子躺在床上，脱下来放在地上的棉裤已经湿到腰。"妈！"我叫着，她睁开眼看看我，不讲话。街坊们开导她说："肖大妈！您看您儿子不是好好的没事？您甭胡思乱想！"然后对我说："你快给肖大妈找衣服换换吧！"

好心的街坊告诉我，我才知道妈妈的病复发了。依然幻听，依然是恐惧，依然是有人要害我，这一次是听见有人已经在半路上把我害了，她一下失去依靠，觉得无路可走，竟想寻短见。她走到河边，正是初冬，河水瘦得清浅，离岸上有长长一段河堤。她穿着笨重的棉裤没有那大气力走下去，而是坐在堤上一点点蹭下去的。河边上遛弯的人不知她要干什么，待她蹭到河里时，才意识到不好，赶紧跳下去把她救了上来……

我帮妈妈换上一条新棉裤，看见她的腿那样细，细得像麻秆，骨骼都凸凸地显出格外明显。这么多年，我是第一次看见她的腿，居然这样瘦削得刺目，心里万箭穿透。妈妈！您为什么要这样！小屋里散发着湿棉裤带有河水的土腥味。那一夜，我总想着妈妈蹭到河水中的那一幕。那一刻，她的脑子里想的是什么？她是否已经万念俱灰？是否觉得另一个世界父亲的召唤？我至今不得而知。我再次责备自己的无能、自己对妈妈缺少理解和关心，自己太大意了！以为病好转了，可这并不是一般的头疼脑热呀！谁能够妙手回春，替妈妈把病治好？我愿意献出自己的一切。

我再次把妈妈送到安定医院。

这次病好转后，我们娘俩谁也再不提这件事。那是一块伤疤，烙印在彼此的心上。每逢路过那条小河，我对它充满恐惧。我十分担心她病情再次复发，曾对妈妈说："要不送您到天津大姐家住一阵日子吧！换换环境有好处！"她不说话，却果断而坚决地把手一摆：不同意。我便再也不提。我知道这是妈妈对我的信赖。我对她说："那您得听我的，还得接着好好吃药！"她点点头。每次吃药，皱着眉头也吞下去，只是她要喝好多好多的水，那药就是在嗓子眼里转，迟迟才肯下去，那样子，让我感到像个小孩子。人老了，有时跟孩子一个样。

1978 年 11 月，我考入中央戏剧学院。报到日期到了，我拖到最后一天。那天，我很晚才离开家。妈妈不说话，默默看着我收拾被褥、脸盆和书籍。她不大明白戏剧学院是怎么一回事，反正上大学总是件大事，打我小时候起上大学一直便是她和爸爸唯一的梦。我是吃完晚饭离开家的，她送我到家门口，倚在门旁冲我挥挥手。我驮上行李，骑上自行车便走了。天刚擦黑，新月升起，晚雾飘散，四周朦朦胧胧。风迎面打来，很冷，小刀片般直往脖领里钻。我骑了一会儿，不知是下意识，还是第六感官的提醒，回头看了看，竟一眼看见妈妈也走出家门和院子，拐到了马路上，向我迈紧了步子。我立刻涌出一股难以言说的感情。我知道，这一夜，我住进学院，她将孤零零守着两间小屋，听着冷风像走得太疲倦的旅人一样拍打着门窗，她会是一种什么心情？儿子再次为自己的前程去挤上大学的末班车，妈妈怎么办？我又像十年前为了自己的前程跑到北大荒一样，把妈妈又甩在一边。只不过那次是知识不值钱这次知识又值了钱，我像被风吹转的陀螺旋转着奔波，妈妈呢？她却一样孤寂地守候着，望着我陀螺旋转着。这一次，她将要熬四年，四年苦苦地等待。等待什么？等待的是自己头发更花白、皱纹更深、身体更瘦削。我立刻跳下车，推着自行车回向她走去。这一刻，我真想不上什么劳什子大学！她却向我摆着手，不让我折回。我走到她身边，她仍然不停地摆着手。她不说一句话，只是摆着手，那手背像枯树枝在寒冷的晚风中抖动。

到学院报到之后，在宿舍里安置妥当。我睡在上层铺，天花板是那样近，似乎随时都有压下来的危险。我的心怎么也静不下来，像是被风吹得急速旋转的风车。望着窗外高高的白杨树枝不住摇动，我知道风越来越大了，便越发睡不安稳，赶紧跳下床跑出宿舍，骑上自行车一路飞快朝家中奔去。当我敲响房门时，听见妈妈叫了声："谁呀？"我应了声："是我。"屋里没开灯，只听见鞋拖地的声音，然后看见妈妈掀开窗帘的一角，露出皱纹密布像核桃皮一样的脸，仔细瞧瞧外面，认准确实是我，才将门打开。这时，我发现门被一根粗大木头死死顶着。这一刻，我真想哭。我知道，她怕。人老了，最怕的是什么？不是吃，不是穿，不是钱，不是病……是孤独。

这一宿，我没有回学院去住，而是和妈妈又守了一夜。我的心再也放不下，那根粗木头时时像顶在我的胸口上。我经常隔三差五地从学院跑回家，生怕出什么万一的差错。妈妈看出我的担心，劝我不要这样三天打鱼两天晒网地上课，讲她没事，让我放心。我知道，总这样，我和她都得身心交瘁。我想把她送到天津大姐家，又怕她不去。再说人家也是一大家子人，对妈妈又是陌生的地方，她不愿去是可以理解的。但我实在怕我不在家时出什么意外。犹豫再三，我还是试探着对妈妈讲了。这一次出乎意料，她爽快地点点头，就像上次果断地摇头一样。我知道这都是为了我：在母亲的心中，只有儿子的事最重要，尤其是儿子的学业，是寄托她同父亲一并的期望。为了儿子，母亲能够做出一切牺牲。为了儿子，母亲她七十五岁高龄时又开始奔波，客居他方……

小屋锁上了门。我再回家时，小屋里是冰冷，是灰尘，是扑面而来的潮气。只要妈妈在，小屋便绝不是这样，小屋便充满生气、充满温暖、充满家的气息。哪怕我再晚回家，小屋里也总会亮着灯，远远就能望见，它摇曳着桔黄色的灯光，像一颗小小跳跃的心脏……

七

世上有一部书是永远写不完的，那便是母亲。

我不能再写下去了，那些喃喃自语，只能留给自己听，留给母亲听。

四年后大学毕业，到天津去接妈妈，我同妻子做的第一件事是给她老人家买了件毛衣，订了一瓶牛奶。生活不会亏待善良的人，妈妈的病好了，好得那样彻底，以后再也没有犯过，大姐和我们一样为妈妈高兴。虽然她喝牛奶像喝药一样艰难，总嫌它味太冲，但那奶毕竟使她脸色渐渐红润、光泽起来。生活，像一只历尽艰辛的小船，重新张起曾经扑满风雨的风帆，家中重新亮起那盏桔黄色如同心脏跳动着的灯光。

这几年，我能写几本小书了。那里大都写的是像我母亲一样的普通人。我知道这是为他们，为自己，也为母亲。当街坊或朋友指着新出版书上我的名字和照片高兴地向她夸赞让她辨认时，她会一扬头："这不是复兴嘛！"然后又说："写这些行子有什么用，怪费脑子的，一天一天坐在那儿不动地方地写！他身子骨还不抵我呢……"

谁能想到呢？就是这样一个硬朗的身子骨，再没犯过其他什么病的妈妈，竟会突然倒下去，再也没有起来呢？

她已经八十六岁，毕竟上年纪了。她不是铁打的金刚，身体内各个零件一天天老化、锈损。我知道这一天迟早要来，绝没想到会这样早，这样突然！头一天，她还把自己所有的衣服洗了，连袜子和脚巾都洗得干干净净，然后拣好新买的小白菜和一捆大葱，傍晚时站在窗前看着孙子练自行车，待我回家时高兴地告诉我："小铁学会骑车了，骑得呼呼往前跑……"谁会想到呢？这竟会是她留给我最后的话语。第二天傍晚，她却突然倒在床上，任我再怎么呼喊"妈妈"，却再也答应不了……

母亲去世的第二天清早，我走进她的房间，一眼看见床中间放着四个红香蕉苹果。那是妻子放上的。我不大明白为什么要放上这红苹果，却知道那床再不会有妈妈睡，再不会传来妈妈的鼾声了。我也知道那苹果是前两天我刚刚买来的，新上市的还挂着绿叶，妈妈还来不及尝上一口。我打开她的柜门，看见里面她的衣服一件件都洗得干干净净、叠得整整齐齐。仿佛她只是出去买菜，只是出一趟远门。她没有给孩子留下一点儿麻烦，哪怕是一件脏衣服、一条脏手绢都没有！在她人生灯盏的油将要耗尽之时，她想的依然是孩子们！孩子们！什么是母亲？这便是母亲！母亲！

而我们呢？我们做儿女的呢？我们是如何对待自己的父母老人呢？尤其是如何对待像母亲一样忠厚、善良、从来不会讲话又从不多讲话的人呢？每个人的内心都是自己灵魂的审判官。我为此常常内疚，常常想想儿时种种不懂事、少年时的虚荣、对母亲看不起、长大成人后只顾奔自己的前程而把老人孤伶伶甩在家中，以及自己的自私和种种闪失……我知道，什么事情都会很快地过去，很快地被人遗忘。即使鲜血也会被岁月冲洗干净不留一丝痕迹，在死亡的废墟上会重新长出青草，开出花朵，而忘记以往曾经发生过的一切。我也会吗？会忘记陪我度过三十七个年头，为我们尝尽酸甜苦辣的人生况味的母亲吗？不，我永远不会！我会永远记住她老人家的！

我将那些红香蕉苹果供奉在她的遗像前，一直没有动，一直到它们全部烂掉。

我的老家在河北沧县东花园村。三十七年前，妈妈便是从那来到北京，来到我们身边，把我们抚养成人，与我们相依为命的。在乡亲们的关怀和帮助下，我将她的骨灰连同父亲和我亲娘的一并下葬在家乡的祖辈中间。在坟前，我和弟弟跪在那充满黏性的黄土地上，一起将我们俩人合写的一本刚刚出版不久的新书《啊，老三届》点燃着。纷飞的纸灰黑蝴蝶一般在坟前缭绕着、缭绕着……

佳作赏析：

肖复兴（1947—），北京人。著有长篇小说、中篇小说集、报告文学集多部，有《肖复兴自选集》三卷出版。

很多人都有一种偏见：后娘多心狠，这篇文章则向我们展现了一个并非亲娘、胜似亲娘的后母形象，她给了养子太多的呵护和关爱。作为养子，作者对于后娘经历了一个反感——疏远——理解——关怀孝敬的情感历程。作者截取了自己成长过程中与后母相关的一些生活片断，叙述了"妈妈"对他的爱，也对自己曾经不理解妈妈而忏悔。这位母亲是生活的强者，神圣的母爱支撑着她的耐心，她无私地把关怀和体贴奉献给两个养子，令人感动和敬佩。

回家去问妈妈

□〔中国〕毕淑敏

那一年游敦煌回来，兴奋地同妈妈谈起戈壁的黄沙和祁连的雪峰。说到在丝绸之路上僻远的安西，哈密瓜汁甜得把嘴唇粘在一起……

安西！多么遥远的地方！我在那里体验到莫名其妙的感动。除了我，咱们家谁也没有到过那里！我得意地大叫。

一直安静听我说话的妈妈，淡淡地插了一句：在你不到半岁的时候，我就怀抱着你，走过安西。

我大吃一惊，从未听妈妈谈过这段往事。

妈妈说你生在新疆，长在北京。难道你是飞来的不成？以前我一说起带你赶路的事情，你就嫌烦。说知道啦，别再啰唆。

我说，我以为你是坐火车来的，一件司空见惯的事情。

妈妈依旧淡淡地说，那时候哪有火车？从星星峡经柳园到兰州，我每天抱着你，天不亮就爬上装货卡车的大厢板，在戈壁滩上颠呀颠，半夜才到有人烟的地方。你脏得像个泥巴娃娃，几盆水也洗不出本色……

我静静地倾听妈妈的描述，才知道我在幼年时曾带给母亲那样的艰难，才知道发生在安西的感动源远流长。

　　我突然意识到，在我和最亲近的母亲之间，潜伏着无数盲点。

　　我们总觉得已经成人，母亲只是一间古老的旧房。她给我们的童年以遮蔽，但不会再提供新的风景。我们急切地投身外面的世界，寻找自我的价值。全神贯注地倾听上司的评论，字斟句酌地印证众人的口碑，反复咀嚼朋友随口吐露的一滴印象，甚至会为恋人一颦一笑的涵意彻夜思索……我们极其在意世人对我们的看法，因为世界上最困难的事莫过于认识自己。

　　我们恰恰忘了，当我们环视整个世界的时候，有一双微微眯起的眼睛，始终在背后凝视着我们。

　　那是妈妈的眼睛啊！

　　我们幼年的顽皮，我们成长的艰辛，我们与生俱来的弱点，我们异于常人的禀赋……我们从小到大最详尽的档案，我们失败与成功每一次的记录，都贮存在母亲宁静的眼中。

　　她是世界上第一个认识我们的人。我们何时长第一颗牙？我们何时说第一句话？我们何时跌倒了不再哭泣？我们何时骄傲地昂起了头颅？往事像长久不曾加洗的旧底片，虽然暗淡却清晰地存放在母亲的脑海中，期待着我们将它放大。

　　所有的妈妈都那么乐意向我们提起我们小时的事情，她们的眼睛在那一瞬露水般的年轻。我们是她们制造的精品，她们像手艺精湛的老艺人，不厌其烦地描绘打磨我们的每一个过程。

　　我们厌烦了。我们觉得幼年的自己是一件半成品，更愿以光润明亮、色彩鲜艳、包装精美的成年姿态，出现在众人面前。

　　于是我们不客气地对妈妈说：老提那些过去的事，烦不烦呀？别说了，好不好？！

　　从此，母亲就真的噤了声，不再提起往事。有时候，她会像抛上岸的鱼，突然张开嘴，急速地扇动着气流……她想起了什么，但她终于什么也没有说，干燥地合上了嘴唇。我们熟悉了她的这种姿势，以为是一种默契。

为什么怕听母亲讲过去的事情？是不愿承认我们曾经弱小？是不愿承载亲人过多的恩泽？我们在人海茫茫世事纷繁中无暇多想，总以为母亲会永远陪伴在身边，总以为将来会有某一天让她将一切讲完。

在一个猝不及防的刹那，冰冷的铁门在我们身后戛然落下。温暖的目光折断了翅膀，掩埋在黑暗的那一边。

我们在悲痛中愕然回首，才发现自己远远没有长大。

我们像一本没有结尾的书，每一个符号都是母亲用血书写。我们还未曾读懂，著者已撒手离去。从此我们面对书中的无数悬念和秘密，无以破译。

我们像一部手工制造的仪器，处处缠绕着历史的线路。母亲走了，那唯一的图纸丢了。从此我们不得不在暗夜中孤独地拆卸自己，焦灼地摸索着组合我们性格的规律。

当我们快乐时，她比我们更欢喜；我们忧郁时，她比我们更苦闷的人，头也不回地远去的时候，我们大梦初醒。

损失了的文物永不能复原，破坏了的古迹再不会重生。我们曾经满世界地寻找真诚，当我们明白最晶莹的真诚就在我们身后时，猛回头，它已永远熄灭。

我们流落世间，成为飘零的红叶。

趁老树虬蚺的枝丫还郁郁葱葱时，让我们赶快跑回家，去问妈妈。

问她对你充满艰辛的诞育，问她独自经受的苦难。问清你幼小时的模样，问清她对你所有的期冀……你安安静静地偎依在她的身旁，听她像一个有经验的老农，介绍风霜雨雪中每一穗玉米的收成。

一定要赶快啊！生命给我们的允诺并不慷慨，两代人命运的云梯衔接处，时间只是窄窄的台阶。从我们明白人生的韵律，距父母还能明晰地谈论以往，并肩而行的日子屈指可数。

给母亲一个机会，让她重温创造的喜悦；给自己一个机会，让我深刻洞察尘封的记忆；给众人一个机会，让他全面搜集关于一个人一个时代的故事。

在春风和煦或是大雪纷飞的日子，赶快跑回家，去问妈妈。让我们一齐走向从前，寻找属于我们的童话。

佳作赏析：

毕淑敏（1952—），女，山东文登人，作家。著有《昆仑殇》《阿里》《补天石》等。

作者这篇文章告诉我们一个很朴素的道理：知儿莫如母。母亲是对我们最了解的人，而太多的人却对此忽略了，长大成人后以为自己可以独立生存、生活了，不再需要母亲的关心和叨唠。但实际上这是错误的，母亲的人生经验、对我们的了解是任何人所不能比拟的，母亲对于子女而言是一笔巨大的"财富"，我们要珍视，不能等到母亲永远离开我们以后才意识到这个问题。多陪陪自己的母亲吧，亲子之间的感情会融洽许多；多和母亲交流吧，抱着学习和谦虚的态度，这样的人生才会更充实、更精彩、更有意义。

合欢树

□ [中国] 史铁生

　　十岁那年，我在一次作文比赛中得了第一。母亲那时候还年轻，急着跟我说她自己，说她小时候的作文做得还要好，老师甚至不相信那么好的文章会是她写的。"老师找到家来问，是不是家里的大人帮了忙。我那时可能还不到十岁呢。"我听得扫兴，故意笑："可能？什么叫可能还不到？"她就解释。我装作根本不再注意她的话，对着墙打乒乓球，把她气得够呛。不过我承认她聪明，承认她是世界上长得最好看的女的。她正给自己做一条蓝底白花的裙子。

　　二十岁，我的两条腿残废了。除去给人家画彩蛋，我想我还应该再干点别的事，先后改变了几次主意，最后想学写作。母亲那时已不年轻，为了我的腿，她头上开始有了白发。医院已经明确表示，我的病目前没办法治。母亲的全副心思却还放在给我治病上，到处找大夫，打听偏方，花很多钱。她倒总能找来些稀奇古怪的药，让我吃，让我喝，或者是洗、敷、熏、灸。"别浪费时间啦！根本没用！"我说。我一心只想着写小说，仿佛那东西能把残疾人救出困境。"再试一回，不试你怎么知道会没用？"她说，每一回都虔诚地抱着希望。然而对我的腿，有多少回希望就有多少回失望。最后一回，我的胯上被熏成烫伤。医院的大夫说，这实在太悬了，对于瘫痪病人，这差不多是要命的事。我倒没太害怕，心想死了也好，死了倒痛快。母亲惊惶了几个月，昼夜守着我，一换药就说："怎么会烫了呢？我还直留神呀？"幸亏伤口好起来，不然她非疯了不可。

后来她发现我在写小说。她跟我说："那就好好写吧。"我听出来，她对治好我的腿也终于绝望。"我年轻的时候也最喜欢文学，"她说，"跟你现在差不多大的时候，我也想过搞写作。"她说。"你小时候的作文不是得过第一？"她提醒我说。我们俩都尽力把我的腿忘掉。她到处去给我借书，顶着雨或冒了雪推我去看电影，像过去给我找大夫，打听偏方那样，抱了希望。

三十岁时，我的第一篇小说发表了，母亲却已不在人世。过了几年，我的另一篇小说又侥幸获奖，母亲已经离开我整整七年。

获奖之后，登门采访的记者就多。大家都好心好意，认为我不容易。但是我只准备了一套话，说来说去就觉得心烦。我摇着车躲出去。坐在小公园安静的树林里，想：上帝为什么早早地召母亲回去呢？迷迷糊糊的，我听见回答："她心里太苦了。上帝看她受不住了，就召她回去。"我的心得到一点安慰，睁开眼睛，看见风正在树林里吹过。

我摇车离开那儿，在街上瞎逛，不想回家。

母亲去世后，我们搬了家。我很少再到母亲住过的那个小院儿去。小院儿在一个大院儿的尽里头，我偶尔摇车到大院儿去坐坐，但不愿意去那个小院儿，推说手摇车进去不方便。院儿里的老太太们还都把我当儿孙看，尤其想到我又没了母亲，但都不说，光扯些闲话，怪我不常去。我坐在院子当中，喝东家的茶，吃西家的瓜。有一年，人们终于又提到母亲："到小院儿去看看吧，你妈种的那棵合欢树今年开花了！"我心里一阵抖，还是推说手摇车进出太不易。大伙就不再说，忙扯些别的，说起我们原来住的房子里现在住了小两口，女的刚生了个儿子，孩子不哭不闹，光是瞪着眼睛看窗户上的树影儿。

我没料到那棵树还活着。那年，母亲到劳动局去给我找工作，回来时在路边挖了一棵刚出土的"含羞草"，以为是含羞草，种在花盆里长，竟是一棵合欢树。母亲从来喜欢那些东西，但当时心思全在别处。第二年合欢树没有发芽，母亲叹息了一回，还不舍得扔掉，仍然让它长在瓦盆里。第三年，合欢树却又长出叶子，而且茂盛了。母亲高兴了很多天，以为那是个好兆头，常去侍弄它，不敢再大意。又过一年，她把合欢树移出盆，栽在窗前的地上，有时念叨，不知道这种树几年才开花。再过一年，我们搬了家，悲痛弄得我们都把那棵小树忘记了。

与其在街上瞎逛，我想，不如就去看看那棵树吧。我也想再看看母亲住过的那间房。我老记着，那儿还有个刚来到世上的孩子，不哭不闹，瞪着眼睛看树影儿。是那棵合欢树的影子吗？小院儿里只有那棵树。

院儿里的老太太们还是那么欢迎我，东屋倒茶，西屋点烟，送到我跟前。大伙都不知道我获奖的事，也许知道，但不觉得那很重要；还是都问我的腿，问我是否有了正式工作。这回，想摇车进小院儿真是不能了。家家门前的小厨房都扩大，过道窄到一个人推自行车进出也要侧身。我问起那棵合欢树。大伙说，年年都开花，长到房高了。这么说，我再看不见它了。我要是求人背我去看，倒也不是不行。我挺后悔前两年没有自己摇车进去看看。

我摇着车在街上慢慢走，不急着回家。人有时候只想独自静静地待一会儿。悲伤也成享受。

有一天那个孩子长大了，会想起童年的事，会想起那些晃动的树影儿，会想起他自己的妈妈。他会跑去看看那棵树。但他不会知道那棵树是谁种的，是怎么种的。

佳作赏析：

史铁生（1951—2010），河北涿州人，作家。著有小说《我的遥远的清平湾》，散文集《自言自语》《我与地坛》《务虚笔记》等。

这是一篇借物抒情的散文。文章回忆了作者与母亲共同生活的一些往事，重点提及了母亲种在小院的那棵合欢树。作者的母亲对自己残疾的儿子是十分关心和呵护的，为他想方设法看病，为他学习写作提供支持。然而时不待人，当作者终于在写作上取得了一点成绩时，母亲却已不在人世，不能和儿子共同分享这份快乐了。母亲种的合欢树在这里已经成为母亲的象征，而小院中那个整天盯着合欢树的孩子实际上也成了作者的化身。看似平淡的叙述中却包含着作者对母亲无限的思念和缅怀之情。

两代人

□ [中国] 贾平凹

　　爸爸，你说你年轻的时候，狂热地寻找着爱情。可是，爸爸，你知道吗？就在你对着月亮，绕着桃花树一遍一遍转着圈子，就在你跑进满是野花的田野里一次一次打着滚儿，你浑身沸腾着一股热流，那就是我，我也正在寻找着你呢！

　　爸爸，你说你和我妈妈结婚了，你是世上最幸福的人。可是，爸爸，你知道吗？就在你新喜之夜和妈妈合吃了闹房人吊的一颗枣儿，就在你蜜月的第一个黎明，窗台上的长明烛结了灯彩儿，那枣肉里的核儿，就是我，那光焰中的芯儿，就是我。你从此就有了抗争的对头了！

　　爸爸，你总是夸耀，说你是妈妈的保护人，而善良的妈妈把青春无私地送给了你。可是，爸爸，你知道吗？妈妈是怀了谁，才变得那么羞羞怯怯，似莲花般温柔；才变得绰绰雍雍，似中秋的明月丰丰盈盈？又是生了谁，才又渐渐褪去了脸上的一层粉粉的红晕，消失了一种迷迷丽丽的灵光水汽？

　　爸爸，你总是自负，说你是妈妈的占有者，而贤惠的妈妈一个心眼儿关怀你。可是，爸爸，你知道吗？当妈妈怀着我的时候，你敢轻轻撞我一下吗？妈妈一个人偷偷地发笑，是对着你吗？你能叫妈妈说清你第一次出牙，是先出上牙，还是先出下牙吗？你的人生第一次哭，她听见过吗？

爸爸，你总是对着镜子忧愁你的头发。你明白是谁偷了你的头发里的黑吗？你总是摸着自己的脸面焦虑你的皮肉，你明白是谁偷了你脸上的红吗？爸爸，那是我，是我。在妈妈面前，咱们一直是决斗者，我是输过，你是赢过，但是，最后你是彻底输了的。所以，你嫉妒过我，从小就对我不耐心，常常打我。

爸爸，当你身子越来越弯，像一棵曲了的柳树，你明白是谁在你的腰上装了一张弓吗？当你的痰越来越多，每每咳起来一扯一送，你明白是谁在你的喉咙里装上了风箱吗？爸爸，那是我，是我。在妈妈的面前，咱们一直是决斗者，我是输过，你是赢过。但是，最后你是彻底输了。所以，你讨好过我，曾把我架在你的脖子上，叫我宝宝。

啊，爸爸，我深深地知道，没有你，就没有我。而有了我，我却是将来埋葬你的人。但是，爸爸，你不要悲伤，你不要忌恨，你要深深地理解，孩子是当母亲的一生最得意的财产，我是属于我的妈妈的，你不是也有过属于你的妈妈的过去吗？啊，爸爸，我深深地知道，有了我，我就要在将来埋葬了你。但是，爸爸，你不要悲伤，你不要忌恨，你要深深地相信，你曾经埋葬过你的爸爸，你没有忘记你是他的儿子，我怎么会从此就将你忘掉了呢？

佳作赏析：

贾平凹（1952—），陕西商洛人，作家。代表作有长篇小说《商州》《浮躁》《废都》《秦腔》等。

用对话的方式向自己的父亲诉说，是这篇散文的一大特色。作者接连用疑问——自答的形式，将父子关系比拟成了竞争关系，而竞争的对象是父亲的妻子、儿子的母亲，思维奇特，发人深思。应该说，两代人之间由于生活阅历、每个人在家庭中所扮演的角色的不同，肯定会或多或少地存在一些隔阂、矛盾，但这种隔阂或矛盾是可以沟通化解的，因为两代人之间流淌着共同的血液，世界上没有什么比亲情更可贵、更持久。多一分理解，一种信任，一种宽容，理性地处理两代人的关系，是每个家庭两代人之间要共同面对的问题。

父母们的眼神

□ [中国] 周国平

　　街道上站着许多人，一律沉默，面孔和视线朝着同一个方向，仿佛有所期待。我也朝那个方向看去，发现那是一所小学的校门。那么，这些肃立的人们是孩子们的家长了，临近放学的时刻，他们在等待自己的孩子从那个校门口出现，以便亲自领回家。

　　游泳池的栅栏外也站着许多人，他们透过栅栏朝里面凝望。游泳池里，一群孩子正在教练的指导下学游泳。不时可以听见某个家长从栅栏外朝着自己的孩子呼叫，给予一句鼓励或者一句警告。游泳课持续了一个小时，其间每个家长的视线始终执着地从众儿童中辨别着自己的孩子的身影。

　　我不忍心看中国父母们的眼神，那里面饱含着关切和担忧，但缺少信任和智慧，是一种既复杂又空洞的眼神。这样的眼神仿佛恨不能长出两把铁钳，把孩子牢牢夹住。我不禁想，中国的孩子要成长为独立的人格，必须克服多么大的阻力啊。

　　父母的眼神对于孩子的成长有着不可低估的影响。打个不太确切的比方，即使是小动物，生长在昏暗的灯光下抑或在明朗的阳光下，也会造就成截然不同的品性。对于孩子来说，父母的眼神正是最经常笼罩他们的一种光线，他们往往是借之感受世界的明暗和自己生命的强弱的。看到欧美儿童身上的那一股小大人气概，每每忍俊不禁，觉得非常可爱。相比之下，中国的孩子便仿佛总也长不大，不论大小事都依赖父母，不肯自己动脑动手，不敢自己做主。当然，并非中国孩子的天性如此，这完全是后天教育的结果。我在欧洲时看到，那里的许多父母在爱孩子上绝不逊于我们，但他们同时又都极重视培养孩子的独立生活能力，简直视为子女教育的第一义。在他们看来，真爱孩子就应当从长计议，使孩子离得开父母，离了父母仍有能力生活得好，这乃是常识。遗憾的是，对于中国的大多数父母来说，这个不言而喻的道理尚有待启蒙。

我知道也许不该苛责中国的父母们，他们的眼神之所以常含不安，很大程度上是因为看到了在我们的周围环境中有太多不安全的因素，诸如交通秩序混乱、公共设施质量低劣、针对儿童的犯罪猖獗等等，皆使孩子的幼小生命面临威胁。给孩子们提供一个相对安全的生存环境，这的确已是全社会的一项刻不容缓的责任。但是，换一个角度看，正因为上述现象的存在，有眼光的父母在对自己孩子的安全保持必要的谨慎之同时，就更应该特别注意培养他们的独立精神和刚毅性格，使他们将来有能力面对严峻环境的挑战。

一九九九年二月

佳作赏析：

周国平（1945—），上海市人，当代学者、作家。著有学术专著《尼采与形而上学》，散文集《守望的距离》《各自的朝圣路》，散文集《智慧引领幸福》，纪实作品《妞妞：一个父亲的札记》《岁月与性情》等。

与其他怀念、追思自己亲人的文章不同，这篇文章主要是讨论父母如何教育、培养孩子的问题，即家庭教育问题。作者对中国父母过于关注、关心孩子的教育方式和行为提出质疑，认为这样不利于培养孩子独立思考、独立生活的能力，并且拿西方国家父母教育孩子的方式方法与之作对比来证明中国家庭教育的弊端，发人深省，值得中国的家长们反思。

努力创造家庭幸福

□ ［美国］ 戴尔·卡耐基

　　我们一生中的大部分时间都是在家庭中与家人一起度过的。但就是在这一空间，因为许多原因，可能会爆发无数难以调解的矛盾。

　　一个家庭的幸福，需要每个家庭成员付出艰苦的努力。要认识到每个人的思想是有区别的。他不可能和你一样思考，他所喜欢的东西不一定就是你所喜欢的东西。当你认识到这一点时，你更易于发展积极的心态，更易于做出相应的反应，也更易于收到满意的效果。

　　磁铁的性质是正负极相吸引，具备相反性格特点的人们也是这样。一个有进取心、乐观、有雄心、有信心并且具有巨大的内驱力、能力和毅力的人，与一个易满足、胆怯、害羞、机智和谦逊以及缺少自信心的人在一起时，经常会互相吸引、互相补充、互相完善。他们联合以后，便可融合他们的性格，这样，每个人的缺点也就互相抵消了。

　　也许你的丈夫或太太与你的性格完全相同，那么，你的生活幸福快乐吗？答案可能是否定的。

孩子们应该了解和尊重自己的父母。家庭中许多不幸正是因为孩子们不了解、不尊重自己的父母所造成的。但这是谁的过失呢？是孩子的？还是父母的？或者是双方的？

不久以前，我们同一个大企业的总经理进行了一次会谈。这位大企业家因为工作卓越，大名曾出现在美国各大报刊显要的版面上，但是，在我们见到他的那一天，他好像很忧郁。

"我现在是世界上最不受欢迎的人，甚至我的孩子们也恨我！真不知道这是为什么！"他沮丧地说。

其实，他并不是暴君或吝啬鬼，他给了孩子们金钱所可能买到的所有东西，为他们创造了安逸的生活。但是，他阻止孩子们取得某些必需品，这些东西曾经迫使他在童年时代取得力量，从而发展为一个成功的人。他力图使孩子们远离生活中那些丑陋的东西。他给他们创造了舒适的生活条件，使他们不再像他过去那样必须进行奋斗。当他的儿女还很小的时候，他从未要求或盼望他们尊重他，而他也从未得到过尊重。然而他曾经认为，孩子们了解他，他没有必要刻意去追求。

事情本来不会变成目前这个样子，假如他真的教育孩子们要尊重人，并且至少部分地依靠艰苦奋斗，依靠自己的力量安排自己的生活。他给了孩子们幸福，却没有教育他们也使别人幸福，从而使自己更幸福。假如在他们成长的时候，他就信任他们，并且告诉他们，为了他们的利益，自己曾历尽坎坷，或许他们就不会如此对待他。

其实，这位总经理和与他处在同样境况中的任何人，没有必要依然处在不愉快中。他们应该把自己积极的心态和对儿女的看法展示出来，尽力使自己为亲爱的人所熟悉和了解。

如果他热爱孩子的方式是同他们分享他自己的优点，而不是只给他们提供那些物质的东西；如果他能同他们自由地分享他的优点，就像分享他的金钱一样，他就会体验到孩子们由于爱和了解所赐予的丰厚回报。

不知你是否相信，语言的交流是能吸引人和排斥人的。无论你是谁——你都能够运用语言艺术展示你的魅力。但是某些个别的人可能不是这样想。

假如你觉得他们对于你所说的话、所做的事反应不当，并含有不应有的对立，你对这事就要采取一些措施。世上通情达理的人还是占多数。

有时候别人对你作出的令人不快的反应，可能是因为你所说的话以及你说这些话的方式或态度不当。话音经常能反映说话人的语气、态度和心中潜在的思想。要你认识到过失在于你，这可能是困难的。当你认识到过失确实在于你时，你要采取主动，改正错误，这可能有些使你为难，但你必须做到。

如果某人用一种发怒的声音向你叫喊而使你感觉十分不快，你就要想到假如你用那种声音对别人叫喊，也会产生同样的效果，哪怕他是你5岁的儿子，或者是最亲密的人。

如果有人误解了你的好意，你就该表明你的真心，以消除误会。如果你喜欢受到称赞，如果你喜欢人家记住你，如果你得悉某人在怀念你，你就觉得愉快——你应该确信：假如你称赞别人，或者写一封短信，让他们了解你在想念他们，他们同样会心情愉快。

书信常常能加深人们之间的感情。彼此分离的人若常有书信往来，反而会觉得更亲密。有许多分居两地的人之所以举行了婚礼，就是因为在分别之后，他们通过鸿雁传书而加深了彼此的情感的缘故。

通过书信交流，双方能够增强理解。每个人都能在信件中表达自己正直的内心思想。表达爱情的信件不必也不应当因结婚而中止。马克·吐温天天都给他的妻子写情书，甚至当他们都在家的时候也是如此，他们的幸福生活天长地久。

应该注意的是，写信，就一定思考，把你的思想提炼在纸上。你能够借助回忆过去、分析现在和展望将来发展你的想象力。你愈是常写信，你就愈对写信感兴趣。你写信时最好采用提问的方式，这样能够促使收信人给你回信。当他回信的时候，他就成了作者，你就能够体验到阅读的欢乐。

一般来说，收信人是依据你的思路进行思考的。假如你的信是经过周详考虑写下的，它就能使收信人的理智和情绪沿着你指引的路径前进。收信人读你的信时，信中令人鼓舞的思想被记录在他的下意识心理中，将久久难以被忘怀。

拿破仑·希尔作为报刊专栏作家曾写过一篇名叫《满足》的文章，这篇文章对我们很有启示。下面就是其中的摘录：

全世界最富有的人住在"幸福谷"。他富有历久不衰的人生理想，富有他所不能失去的东西，这些东西可以给他提供幸福、健康，还有宁静的心情和内心的谐和。

下面是他的财产清单，看完你就会明白他是怎样获得这些财产的：

我获得幸福的办法就是帮助别人获得幸福。

我获得健康的办法就是生活有节制，我只吃维持我身体健康所必需的食物。

我不怨恨任何人，不嫉妒任何人，而是热爱和尊敬全人类。

我从事我所喜爱的劳动，我还把游戏与劳动相结合，所以我很少感到疲劳。

我每天祈祷，不是为了更多的财富，而是为了更多的智慧，用以认识、利用、享受我已经拥有的诸多财富。

我从不用辱骂的语言。

我不要求别人的恩赐，只要求我有权把我的幸事分享给那些需要帮助的人。

我和我良心的关系良好，所以它总是指导我正确处理一切事情。

我所拥有的物质财富多于我的需要。由于我清除了贪婪之心，我只需要在我有生之年能用于建设的那部分财富。我的财富取自分享了我的幸事而受益的那些人。

我所拥有的"幸福谷"的资产当然是不能课税的。它主要以无形财富的形式存在于我的心里，这种财富无法估计价值，也不能被占用，除去那些能接受我的生活方式的人。我用了一生的时间，尽力观察自然的规律，形成了遵循自然规律的习惯，因而创造了这些财产。

"幸福谷"中的人的成功信条是没有版权的。这些信条也可以给你带来智慧、宁静和满足。宾斯托克在他的著作《信任的力量》中谈到幸福时说：

人类是一起诞生的，整个人类原是一个整体。正是人类所形成的世界把人类自己分裂开了。

多么愚蠢的世界！多么虚伪的世界！多么恐惧的世界！假如人类有了信任的力量，就可让人类重新聚集到一起———信任他自己，信任他的同胞，信任他的命运，信任他的上帝。

那时，只有那时，人类才能真正成为一个整体。

那时，只有那时，人类才能找到幸福和宁静。

佳作赏析：

戴尔·卡耐基（1888—1955），美国成功学家、作家。代表作品有《人性的弱点》《人性的优点》《美好的人生》等。

这是一篇探讨如何处理家庭成员之间关系的文章。常言说"血浓于水"，家庭成员之间因为血缘和亲情的关系，是人类社会中最亲密、最牢固的关系。然而这种最紧密的关系如果处理不好，也会造成许多不必要的误解、隔阂、矛盾，甚至出现夫妻之间、父子之间、母女之间关系的破裂，酿成许多悲剧。卡耐基在这篇文章中提出了解决之道：作为父母，要让孩子了解自己；作为子女，要理解和尊重自己的父母。双方多沟通交流，及时化解误会，这样家庭才能和睦。沟通交流时注意方式方法也很重要，和自己最亲近的人说话，多些信任，多些理解，那么一切问题都会迎刃而解，一切都会变得美好起来。

回忆爸爸海明威

□〔美国〕格雷戈里·海明威

我至今不能忘怀的那个人是个善良、纯朴和胸襟开阔的人……我们总是叫他爸爸，这倒并不是怕他，而是因为爱他。我所了解的那个人是个真正的人……

我这就给你们谈谈他的情况。

秋天，打野鸭的季节开始了。多亏爸爸对妈妈好说歹说，妈妈才答应我请几个星期假，不去上学，这样我又多逍遥了一段时间。

那年秋天，有许多人来同我们一起打猎。其中我最喜欢的是加莱·古柏。我看过他拍的好多影片，他本人不怎么像他所扮演的那些角色。他极其英俊，为人温和可亲，彬彬有礼，有一种与众不同的生来就有的高尚气度。

我记得有一次打猎后我们决定去买些东西，进了一家商店，有一位老太太认出了古柏，要求他签名留念：

"古柏先生，我是那样地喜欢您的影片，您知道是什么原因吗？因为您在所有影片里都是一模一样的。"古柏只是笑了笑，签好名后对她说："谢谢您，太太。"

要是人家对一个演员讲，他在各部影片里都演得一模一样，这很难说是恭维。可爸爸发誓说，古柏对话语中这种微妙的差别一向辨别不出来。我想未必见得。否则为什么爸爸尽管很喜欢谈关于这个老太婆的故事，可是只要古柏在场，就绝口不提这事呢。

每当吃午饭的时候，菜都是用我们猎获的野鸡做的。爸爸总是同古柏久久地交谈，不过基本上都是闲聊，谈谈打猎和好莱坞什么的。虽然从气质上来说，他们两人毫无共同之处，但是他们的关系却是亲密得融洽无间，他们两人从相互交往中都得到了真正的欢乐，这从他们谈话时的声调、眼神，就可以看出这一点。他们周围只有妻子儿女，并无一个需要使之留下强烈印象的人——这倒是很好的。本来用不着讲这些，但要知道他们俩都是大人物，已习惯于出人头地，有时是自觉的，有时是不自觉的。他们俩都是时代的英雄和崇拜的偶像。他们彼此从未竞争过，也没有必要竞争。两人那时都已达到了顶峰。

许多人都断言，跟古柏在一起很可能会感到枯燥乏味。我虽然还是个孩子，我可一点也没有这种感觉。我也认为他是"跟所有的人一样"或者相貌虽然漂亮，但漂亮得很一般的一个来到好莱坞的"风度翩翩的先生"……

古柏用来复枪射击非常出色，跟我父亲射得一样好，甚至更好，但是当他手里握着一支普通的猎枪时，那种本来有利于射击的镇静和信心，反而使他成为一个动作迟钝的射手，爸爸的情况也是如此，如果他是个职业猎手的话，倒是出色的，但作为一个业余猎手，却是平凡的。的确，爸爸还有麻烦事，他的视力有问题，他要戴着眼镜才能看清野鸡，还需要花很长时间，结果本来轻而易举可射中目标却变得很困难了。这就像打垒球一样，站在场地最远的一个垒里，一球飞来，迟迟不接，最后只好在一个不可思议的跳跃中去接住球，而本来只要及时奔过去就可轻而易举地把球接住的。

　　这次到森瓦利来的还有英格丽·褒曼。我第一次看到褒曼是在一个星期天，她容光焕发，脸上简直射出光来。我曾经看过她的影片《间奏曲》。那次是特地为我父亲试映。她本人比在影片中要美丽得多。

　　有一些女演员能够使自己的影迷在一段时间内对她们神魂颠倒。但是褒曼却可使这种神魂颠倒持久不衰。

　　嗬！要走到她身边几乎是不可能的。看霍华德·霍克斯、加莱·古柏或者我父亲总是团团地围住她。看到他们当她在场时那种精神百倍的样子，真是好笑。

　　秋天过去了，我必须回到基韦斯，回到温暖的地方，回到妈妈身边，回到学校去了……

　　我满十八岁了，已中学毕业，我想考大学，我在反复思考我的前途……

　　当然，我是有打算的，我在中学成绩不错，因此基本上可以考取任何一个大学……但是我最想当的是海明威笔下的主人公。

　　然而，海明威笔下的主人公应该是个什么样的人呢？这可以通过分析海明威的全部作品来求得答案。但归根结底，有个最简单的答案，海明威笔下的主人翁就是海明威本人，或者说是他身上最好的东西。然而要过海明威那样的引人入胜的生活方式，就要在最困苦的情况下也能表现得轻松自如，高尚风雅，而同时又能赚钱养家糊口，还必须有本事把这一切都写出来。而要进入这种美好生活的通行证是天才，天才是与生俱来的。此外，还要掌握写作技巧，这是可以学到手的。我决定当一个作家。今天我讲这话很容易，可当时却是极其困难的。

　　"爸爸，在你小时候，哪些书对你影响最大？"有一次在哈瓦那过暑假时我问他。

　　我的问题使爸爸十分高兴，他给我开了一张必读书的书单。于是我开始了学习，爸爸建议我说："……好好看，深入到人物的性格和情节发展中去，此外，当然啰，看书也是一种享受。"

在哈瓦那度过的那年夏天，我读完了爸爸喜欢的全部小说，从《哈克贝里·芬历险记》到《一个青年艺术家的肖像》。有时，我也像爸爸一样，同时看两三部小说。此后爸爸就要我阅读短篇小说大师莫泊桑和契诃夫的作品。

"你别妄想去分析他们的作品，你只要欣赏它们就是了，从中得到乐趣。"

有天早晨，爸爸说："好吧，现在你自己试着写写短篇小说看，当然啰，你别指望能写出一篇惊人的小说来。"

我坐到桌子旁，拿着爸爸的一支削得尖尖的铅笔，开始想呀，想呀。我望着窗外，听着鸟啼声，听着一只雌猫呜呜地叫着想和鸟做伴，听着铅笔机械地在纸上画着什么所发"BM"的沙沙声。我把一只猫赶走了，但立刻又出现了另一只。

我拿过爸爸的一只小型打字机来，他那时已不用这只打字机了。我慢慢地打出了一篇短篇小说，然后，拿给父亲看。爸爸戴上眼镜，看了起来，我在一旁等着，他看完后瞅了我一眼。"挺好，及格。比我在你这个年纪时写得强多了。只有一个地方，要是换了我的话，我是要改一改的"接着他给我指出了需要修改的地方。那是写一只鸟从窝里摔了下来，突然，谢天谢地，它发现自己张开翅膀站着，没有在石头上摔得粉身碎骨。他讲：

"你写的是：'小鸟骤然间意想不到地明白了：它是可以飞的'。'骤然间意想不到'不如改成'突然'的好，你应当力求不要写得啰里啰嗦，这会把情节的发展岔开去。"爸爸微微一笑，他好久没有对我这样笑过了。"你走运了，孩子，要写作就得专心致志地钻研，律己要严，要有想象力。你已经表明你是有想象力的。你已经做成功了一次，那你就再去做成功一千次吧，想象力在相当长的时间内是不会离弃人的，甚至永远也不会离弃。"

"我的天啊，在基韦斯特，日子真是难过。"他接着说，"不少人把他们的作品寄给我，我只消看完第一页就可以断定：他没有想象力，而且永远也不会有。我回信时，总是在每封信上讲明：要掌握写作的本事，而且还要写得好，那是一种很侥幸的机会，至于要才气卓越，就更像中头彩一样了，一百万人中只有一个人交此好运，如果你生来缺乏这种才气，无论你对自己要求多么严，哪怕世界上的全部知识你都掌握，也帮不了你忙。如果来信中提到什么'大家讲，我可以成为一个出色的工程师。但是，我却很想写作'这类话，那我就回答他：'也许大家讲对了，您确实很可能成为一名优秀的工程师，您还是忘掉想当个作家的念头吧，放弃这个念头会使您感到高兴的。'"

"这类信我写过几百封，后来，我的回信越来越简略了。只说写作是件艰苦的事情，如果可能，还是别卷进去的好，也许人们会这样埋怨我：'这样自以为了不起的狗娘养的，十之八九我写的东西他连看也没看，他以为既然他会写作，那么写作这件事就不是人人都干得了的了。'"

"主要的是，孩子，现在我能够指导你了，因为看来可能不会白费工夫。我可以毫不狂妄地说，这个行当我是了如指掌的。

"我早就想少写点东西了，现在对我来说写作不像过去那么容易了，但是我如果能对你有所帮助，这对我来说就像自己写作一样幸福。让我们来庆祝一番吧。"

我记得，只有一回爸爸对我也这么满意。那是有一次我在射击比赛中同一个什么人分享冠军的时候。当我的短篇小说在学校的比赛中得到一等奖时，他深信，我们家里又出了一个头面人物。

其实，应当获得这份奖金的是屠格涅夫，这是他的短篇小说，我不过是抄了一遍，仅仅把情节发生的地点和人物的名字改了改。我记得，我是从一本爸爸没来得及看完的书里抄下来的，我说他没看完是因为剩下好些书页还没有裁开……

他发现我的剽窃行为时，算我运气好，我没在他身旁，后来别人告诉我，有个人问他，你儿子格雷戈里在写作吗？"是呀，"他马上得意地回答说，并粲然一笑，这是他那种职业性的笑容，总是能使人入迷。"格雷戈里算是开出了张支票，虽然他写得不怎么的。"不消说，大家对这件事嘲笑了一番。

爸爸常常讲，他在动笔之前，总是能清楚地意识到句子是怎么在他的头脑中形成的。他总是试着用各种不同的方案来写这句句子。再从中选出最好的方案。他指出，当他笔下的人物讲话时，话就滔滔不绝地涌出来。有时，打字机都跟不上他们的讲话。因此我不懂，爸爸在四十年代末和五十年代时为什么要写信给批评家说……作家的劳动是一种"艰苦的行当"等诸如此类的话，指望用这些话来引起他们对他的怜悯。

现在我懂得了，爸爸是指他写作起来已不如以前那么轻松自如。过去是一口喷水井，而现在却不得不用抽水机把水抽出来。他对语言的非凡的敏感并没有背弃他。而且，不消说他更富有经验，更明智了。然而他早先那种无所顾忌的态度却已丧失殆尽。世界已不再像流过净化器那样流过他的头脑，他如果在净化器里净化一番的话，他就更加是个真正的、优秀的人了。他已不再是诗人……他变成了一个匠人，埋怨自己的命运，叹息他的打算成了泡影。

其中只有一个不长的时期是例外，那时有一位出身豪门的意大利少妇来访问爸爸在古巴的田庄，爸爸对她产生了柏拉图式的倾慕之情，于是创作的闸门重又打开了。在此期间，爸爸写完了《老人与海》，以及他未完成的作品《海流中的岛屿》的第一、三两章，诺贝尔奖基金委员会指出，他对人类的命运充满忧虑，对人充满同情，并认为这是"创作的发展"，这一切乃是他那种新的幻觉的结果。这种新的幻觉是：他意识到自己才气已尽，不知该怎样才能"在现实中"生活下去，因为他是知道其他许多几乎不具备天才的人是如何生活的。

他总是竭力要赢，输他是受不了的。他经常对我说："孩子，成功是要靠自己去争取的。"或者说："你知道赌博的方法吗？要一刻不停地行动。"也许，他在才气已尽的情况下，懂得了赌博的方法，输赢全凭命运。

他一生可谓应有尽有。年轻时他像电影明星一样漂亮，经常被女人所包围。她们那种崇拜他的样子，非亲眼目睹是决不会相信的。他天生极为敏感，身体非常强壮，精力充沛，为人又十分乐观，这就可以使他不顾惜自己的身体，却很快就能从肉体和精神的创伤中恢复过来。而这种创伤如果是意志比较脆弱的人遭受到，就很可能把他们毁了。他是一个想象力非常丰富，同时又具有健全的思维能力，遇事能冷静思考的人——像这么些品质能兼备于一身是很罕见的。因此他的成功几乎是自然而然的事。遗传方面的有利条件使他在受到濒临死亡的重伤之后还能康复如初。

可是，像他这样的人在《丧钟为谁而鸣》问世后，发觉自己才华每况愈下，就变得动辄发怒，无法自制，这是不是应当感到奇怪呢？如果一个人具有上述的种种品质，而且又善于把因为具备了这些品质才得以理解的东西描绘得栩栩如生，那是不可能表现出夸大狂的。但如果才气耗尽后，却完全有此可能。

后来，犹如小阳春一样，他的天才又回来了，从而孕育出了一部杰作，规模虽然不大（因为短暂的小阳春天气来不及产生大规模的作品），却充满了爱、洞察力和真理。但随后就是——而且永远是——漫长的秋天和严寒的冬天了。

要是你们在我爸爸年轻时就认识了的话，不会不爱他，不会不钦佩他，可是等他到了老年，你们就只会难过地回忆起他的过去，或者只会可怜他，因为你们记得他年轻的时候是多么的美好！

他是无论如何也不会去找那种可以眼看自己日益衰老而无动于衷的职业的。但凡是具有他那样的才华，具有他那样的对生活的洞察力和深刻、丰富的想象力的人，恐怕也很难做到这一点的吧……

佳作赏析：

格雷戈里·海明威（1931—2001），美国人，著名作家欧内斯特·米勒尔·海明威的幼子。

这篇文章记述了世界著名作家海明威作为父亲与儿子日常生活中的一些

琐事，展现了大文豪生活化的一面。从作者的记述来看，海明威是一个性格开朗、社交广泛的人，他对于自己儿子的生活和教育培养也十分关心，曾亲自为儿子列书单、指导和修改作者的处女作。从文章中我们看到了以硬汉形象著称于世的海明威温情的一面。

我的童年

□〔印度〕泰戈尔

读书的磨盘从早到晚就那么不停地旋转着。这个轰隆轰隆的推磨工作被我的哥哥海门德拉那特掌握着。他是一位很严厉的统治者。琴弦太用力扭紧就会咝的一声断了的。他在我们的心上打算装运那么多的货物，竟使装载过重的小艇翻了，不知道沉到什么水底去了。

这件事现在也不必再隐瞒。我的学问实在已经成了丢掉了的货物了。三哥一心要把他的大女儿造就成一个学者，于是在恰当的时候把她送进了加尔各答最著名的贵族化女子学校里去。其实在入学以前她在孟加拉文方面已经有很好的基础了。她是由她父亲指定学西洋音乐的，可是这并没有影响到她学本国音乐的信心，这个我们都知道。那时候上等人家里像她这样精于印度歌曲的人很少。

西洋音乐的调子的运用异常准确，使耳朵容易练准，而且有钢琴伴奏的限制，也不会使节拍随意拖长。

她从小时候就开始在毗湿纽教师那儿学国乐。我也曾被送到那学校去学习唱歌。毗湿纽教我们的歌都是村俗民歌中的最下乘，是现在无论有名无名的教师连碰都不愿意碰的。例如：

> 有个游荡的姑娘，
>
> 到这儿来呀！
>
> 会给人文身。
>
> 这样平常的一个文身的，
>
> 哎呀，我的姐姐呀！
>
> 她可来这儿勾引人啦。
>
> 为了这文身，我哭了多少呀！
>
> 哎呀，我的姐姐呀！

我还记得一些零碎句子如下：

> 太阳月亮吃了败仗。
>
> 萤火虫儿大放光亮。
>
> 饱学的人儿不识字，
>
> 织布匠却把波斯文来唱。
>
> 哥乃尸的妈，别发你芭蕉儿媳妇的火吧，
>
> 要是一个苞儿结了果，
>
> 大大小小的儿子会有几多个？

有些句子还带来了久已被人忘却的古老时代的历史的影子：

> 那里什么也不长。
>
> 尽有狗尾草和仙人掌，
>
> 砍了砍它就做国王。

今日的习惯是先在手风琴上学会"Sa Rc Ka Ma"，然后再学一点简单的印地语的歌。但是从前那些负责教育我们的人，却都以为儿童时代有儿童自己的事，而且孟加拉儿童学孟加拉文当然会比印度语容易得多。此外，这种歌的本地调使左手打鼓的节奏都省略掉了。它可以直跳进我们心里去。从母亲那里听来的儿歌无非是孩子们最初学到的文学，在他们的心上最有吸引盘踞的力量，因此足以引起儿童兴趣的歌曲，应该是随着儿歌在开始教给他们。这种情形在我的身上已经有过了试验。

那时我们还没有做那从机器上挤出来的调子的奴隶。手风琴也还没有到这一块国土来摧毁它的音乐，我们还是肩上倚着四弦琴学唱歌。

在学习的正路上任何东西也不能使我继续学习多天以上。我几乎没有用心勤学的本性，只是依自己的意思，随便收集收集，把碰上手的东西放在口袋里就算了。所以今日的音乐教师总会藐视我，因为我实在有充分的机会来学习。在三哥负责教育我们的那些日子，我总是在毗湿纽那儿心不在焉地哼着那些颂诗。有时候心里高兴了，我便站在房门旁边"收集"歌曲。有时会暗暗地在心中记着三哥在反复地练习着"啊！你摆着象王缓步"的晚调印象。晚上到妈妈身边把这歌一唱，她总是会大吃一惊。希里于特先生是我们家里的朋友，他总是日夜沉溺在歌曲之中。他常在凉台上坐着用花露香油擦身洗浴。他的手里拿着烟袋，芬芳的烟气往天空中回散，他一面哼出歌曲，小孩子们便从四面把他围绕起来。他的歌不是教的，而是给的，我们自己都不晓得什么时候学会的。当他无法再忍住自己的兴致的时候，他就站起来。一面跳舞，一面弹起琴来，两只大眼闪闪发光得笑着，开始唱：

我吹起我的仙笛……

如果我不同他一齐合唱起来，他是再也不肯停止的。

从前家里招待客人的大门是永远开放的，客人全用不着寻找相识的人。当有客人来了以后，便会给他提供卧房，还按时送饭菜。有一天，一位不认识的人腋下挟着布包裹的琴来到我们家里。他把行李打开后，便在客厅的一角躺下。管拿烟的仆人便立刻照例把烟袋送上。那时，烟和槟榔叶包一样是待客的必需品。家中的妇女们清晨便开始工作，为那些外面客厅里来的客人预备许许多多的槟榔叶包。她们灵巧地在槟榔叶上放石灰，用一个小木棒涂上红色，加上适量的香料，包起来用一根丁香针扣紧，装满一铜盘，然后上面用满是红香料污点的一块湿布盖好。外面楼梯下的房子里则是忙着预备烟。在一个小瓦钵巾放上炭火，上面再盖上灰，烟袋的皮管像蛇一样摇摆，烟袋里面再装上香水。只要来家里的客人，一上楼便能享受主人拿烟的招待。这在当时是一个一定不变的规矩，只要你把一个人当做人看待。可是好久以来，装满了槟榔叶包的盘子就已经不见了，那些管拿烟的仆人也脱了号衣，到糕饼店里去把三天前的旧糕翻成新糕去了。

那位不速之客在我家里随意住了好些天。谁也没有过问他。一早上我便去把他从蚊帐中拉出来，拖到外面去听他唱歌。不喜欢规规矩矩求学的人却总是喜欢上自由课的。清晨的调子开始了："啊，我的笛子……"

当我年纪稍大以后，家里便请了一位著名的乐师雅都帕特别来教我。他的大错便是他一定要叫我唱歌，非学过才放手。因此我简直就不学唱歌了。我只暗地里偶尔自己收集歌曲。我很喜欢一首《雨调》，"从云里嘀嘀嗒嗒落下雨来"，它至今还在我的《雨季歌集》里。之后又有一位客人一声不响来到我家。听说他还是打虎的好汉。孟加拉人也能打虎，这在当时真是惊人的新闻，因此我的大部分时间便在他的房里消磨。他说的他落在虎口的故事使我们心跳不止。实际上他并没有从虎口中受伤，而是从博物院里那大张着嘴的死老虎身上捏造出来的故事罢了。当时我并不知道，不过现在却已经很明白了。在那时对这位英雄我总是不断忙着拿烟拿槟榔叶包招待他。因此音乐练习只是从远处传到我的耳朵来而已。

以上说了不少关于音乐的事情。其实我在三哥手里还学了其他的东西，也是很神气地打下了基础，没有学出结果来。当然这完全是怪我天生的本性不行。拉姆普拉沙有一句话就是为我这样的人说的：

"心啊！你是不能学耕种的。"我也的确从来没有学过种田。

至于我还在什么田里做了一点耕种工作，我现在叙述来。

城里有一位著名的一只眼的摔跤拳师，他教我们摔跤。那时天不亮我就起身去学摔跤，天冷的时候冻得发抖，汗毛直竖。在大厅北面有一块空地，叫作"谷仓"，我们从它的名字可以知道，从前有一段时间这城市还没有完全将乡村生活破坏，所以，城里面还有一些空地耕种。当城市生活初起的时候，谷仓里常储满一年的粮食。"私田"里的佃户也各将他们应缴的地租送来。紧靠着大厅的墙壁就是我们摔跤的棚子。把这空地掘下一"肘"许深，把泥土挖松，再浇上几斤菜油，便是我们的摔跤场了。我在那儿和拳师练习摔跤，简直是一场儿戏。过不了多少时候，我便全身都涂上了泥土，之后才穿上衬衫走回家来。每天一清早就弄得一身泥土回来，母亲很不能理解。她怕孩子的皮肤以后会变黑了，于是每逢放假她就要给我全身擦洗一次。如今时髦太太的手提包里各种化妆香粉都是外国铺子里买来的，可是当时的太太们却只有自己动手做。其中有杏仁、乳酪、橘皮，还有一些别的什么。倘若我知道而且记得那配制的单方的话，我一定要给它起名叫作"皇后香粉"，开店来卖，收入绝不会比糖果店来得少。

每星期日早晨坐在走廊上受种种香膏的擦洗，使我烦厌得一心想逃走。可是学校的孩子们中还流行一种谣言：说我们家里的孩子一生下来就浸入酒里，因此皮肤才和洋大人一样白。

我从摔跤场一回来，就看见有一位医学院的学生坐在那儿等着教我认识人的骨头了。墙上挂着一整幅人的骷髅。晚上它又挂在我卧室的墙上，骨骼在风中咯咯作响。我把这骷髅翻来倒去才最终把难记的骨骼名目完全记住。因此我也渐渐消失了对它的恐惧。

大门口的钟敲了七下。尼尔卡玛尔老师的表是异常准确的，一分钟的差池都没有过。他身体又干又瘦，可是他的健康却同我的一样好，连头痛的机会都碰不到。我于是拿起书和石板到桌前坐下。黑板上满是用孟加拉文书写的粉笔算式，算术、代数、几何。文学方面我也从《悉多在森林》一直读到

《云音夜叉被戮》。和这些一起还得念自然科学。有时达特先生来了。从熟知的事物的实验中，我也学得了一点肤浅的科学常识。有时一位"囚明论师"赫兰勃来了。一点也不能懂的一本梵文《文法启蒙》我也得完全背熟。就这一早晨的时间各种不同的学问向我压来，我心里就越想从这中间暗暗地把一些负担丢出去。在这读书的大网中钻出洞来，那些背诵了的学问就从这洞中滑走了。我的老师对于学生的智力的评语也实在不能在大庭广众之间说出来。

走廊上的另一头有个老裁缝，戴着一副老花眼镜，弯腰在那儿缝衣裳。有的时候他也在照他的时间做回教祷告。我常对他那边看，心里觉得这裁缝是很幸福的。算术加法题使我做得头昏时，我便把石板遮住眼睛往下而看，旃陀罗潘正在过道里用木梳梳他的长胡须，梳完了分向两边缠在两边耳朵上。在他旁边戴着手镯的瘦高的青年看门人坐在那儿切烟叶。那一边马已经嚼完了桶中早晨应得的豆子，乌鸦跳来跳去地啄食那些撒落在地上的余粒。小狗佳尼则汪汪地叫着驱赶老鸦。

我在堆扫在走廊一角的一堆泥土里面，种上了番荔枝的果子种。为着要看它几时才会从那堆土中钻出芽来，我的心一刻不安宁，只要老师一起身，我一定赶快跑去看它，给它浇水。可是原先把这一堆土扫到那儿去的扫帚后来又把它扫到别处去了。我的希望到底没有了。

太阳升起来了，院子里的阴影减去了一半。钟敲了九下，肩上放着污秽的黄手巾的矮小的黑黝黝的哥文特来捉我去洗澡了。九点半钟又要吃我心里真不想吃的照例每天一样的豆汤、米饭和鱼酱。

十点钟了。外面大街上传来了卖青芒果的无精打采的声音。卖瓶罐的人哨哨地敲着从远处走来又渐渐走远了，巷子另一面的房顶上的老太太在太阳光中晒她的湿的长头发，她的两个小女孩便一直在那儿不慌不忙地玩着贝壳。那时候上学的重担还没有加在女孩子的头上。所以我常想，女孩子真是生下来便为了享福的。而我却被捉进老马拖的马车里送到安达曼去，从十点钟一直关到四点钟。四点半我从学校回来，体育教师又已经来等我了。又得在那木头杠子上把身体上上下下地乱翻一个小时。这位教师刚走，教我画画的老师便来了。

白昼的光辉渐渐暗下去。城市的种种喧嚣又开始在这木石筑成的怪物身上奏睡眠曲了。

书房里的油灯点亮了。阿哥尔先生来了,英文功课又开始了。封面已经变黑了的英文读本静静地躺在桌上,好像等着要抓我。书面都已经要脱开,书页有的已经撕破,有的涂满了污点,到处都是用大写字母写着的自己的英文名字。我念着念着,瞌睡来了,睡着睡着,又忽而惊醒。我不念的时候比念的时候多。之后在我上了床才算有了偷空闲的机会。在床上我几乎没有听完过王子走向广漠无边的大平原去的故事。

佳作赏析:

泰戈尔(1861—1941),印度诗人、作家。1913年获诺贝尔文学奖,是首位获得此奖项的印度人和亚洲人。代表作品有诗集《暮歌》《晨歌》《园丁集》《飞鸟集》,长篇小说《沉船》《戈拉》等。

泰戈尔出生在印度一个具有深厚文化教养的贵族家庭,在这篇文章中他回忆了自己的童年生活。对于贵族家庭的孩子而言,他的童年既幸福又不幸。幸福的是从小就衣来伸手、饭来张口,而不幸的则是从小就要学习名目繁多的课程和技艺,很少有自由自在的欢乐童年。泰戈尔每天大量的时间和精力用于学习,不过从行文来看,他对于这些课程并没有太大的反感,虽然繁重却并不是完全枯燥,而哥哥、母亲对他的关心呵护也令人感到温暖。

孩童之道

□ [印度] 泰戈尔

只要能讨得孩子的欢心，他愿意此刻飞上天。

他所以不离开我们，是有着一定原因的。

他爱把他的头偎在妈妈的胸前，他即使是一刻不见她，也是不行的。

孩子知道的聪明话非常之多，虽然世间的人很少懂得这些话的意义。

他所以永不想说，也是有一定原因的。

他所要做的一件事就是要学习从妈妈的嘴唇里说出来的话，这就使得他看上去天真浪漫。

孩子虽有为数可观的财宝，但他到这个世界上来却像一个乞丐。

他所以这样假装着，是有一定原因的。

这个可爱的小小的裸着身体的乞丐，所以假装着完全无助的样子，其目的便是想获取妈妈的爱。

孩子在纤小的新月的世界里是全无牵挂的。

他所以放弃了他的自由，是有一定原因的。

他知道有无穷的快乐藏在妈妈的心里的小小一隅，被妈妈亲爱的手臂拥抱着，其甜美要胜过任何形式的自由。

孩子永不知道如何哭泣，他所住的是完全的乐土。

他所以要流泪是有一定原因的。

虽然他用了可爱的脸儿上的微笑，强逗得他妈妈的热切的心向着他，然而他同样有目的的哭声，却编成了怜与爱的双重约束的带子。

佳作赏析：

这是一篇充满诗意的散文。作者用成人的心理和思维方式去揣测刚出生不久的婴儿的心理活动，一个天真无邪的娃娃在作者笔下成了精于"算计"的高手，令人忍俊不禁。文章语言生动活泼，刻画精确，充满童真童趣，读来别有一番趣味。

年轻的母亲

□ [法国] 保尔·瓦雷里

这个一年中最佳季节的午后像一只熟意毕露的橘子一样的丰满。

全盛的园子，光，生命，慢慢地经过它们本性的完成期。我们简直可以说一切的东西，从原始起，所作所为，无非是完成这个刹那的光辉而已。幸福像太阳一样的看得见。

年轻的母亲从她怀里小孩的面颊上闻出了她自己本质的最纯粹的气息。她拢紧他，为的要使他永远是她自己的。

她抱紧她所成就的东西。她忘怀，她乐意耽溺，因为她无尽期地重新发现了自己，重新找到了自己，从轻柔地接触这个鲜嫩醉人的肌肤上。她的素手徒然捏紧她所结成的果子，她觉得全然纯洁，觉得像一个完满的处女。

她恍惚的目光抚摩树叶，花朵，以及世界的灿烂的全体。

她像一个哲人，像一个天然的贤人，找到了自己的理想，照自己所应该的那样完成了自己。

她怀疑宇宙的中心是否在她的心里，或在这颗小小的心里——这颗心正在她的臂弯里跳动，将来也要来成就一切的生命。

佳作赏析：

保尔·瓦雷里 (1871—1945)，法国诗人、评论家。主要作品有长诗《旧诗稿》《年轻的命运女神》，诗集《魅惑》《幻美集》等。

诗意的语言，诗化的意境，是这篇散文最大的特色。作者营造出一个如梦如幻的美好场景：充满生机的果园里，一位年轻母亲抱着自己的孩子在园中伫立。对于这位年轻的母亲而言，孩子就是她的全部：孩子寄托着她生活的全部希望，孩子决定着她生活的喜怒哀乐。对于一个母亲而言，孩子就是宇宙的中心。文章语言优美，字里行间流淌着浓浓的亲情。

父亲与我

□〔瑞典〕帕尔·费比安·拉格奎斯特

记得我快满十岁的一个星期天的下午，父亲挽着我的手，去森林里听鸟的歌声。母亲因为要留在家里做晚饭，所以不能与我们同去。太阳暖暖地照着，我们精神抖擞地上了路。其实，我们也不是今天非去不可，只是趁礼拜天，父亲休息在家罢了。父亲和我都是在大自然的怀抱中长大的，熟悉了它的一切，我们并不把去森林、听鸟鸣看作一件了不起的大事，好像有多么稀奇或怎么的。我们走在铁路线上，这里一般是不让走的，但父亲在铁路工作，我们便享受了这份权利。这样，我们也就可以直接去森林，无需绕圈子、走弯路了。

我们刚走入森林，四周便响起了鸟雀的啁啾和其他动物的鸣叫。燕雀、柳莺、山雀和歌鸫在灌木丛里欢唱，它们悦耳的歌声在我们的身边飘荡。地面上铺满了一层厚厚的银莲花，四周弥漫着树木的气息，白桦树刚绽出淡黄的叶子，松树吐出了新鲜的嫩芽。泥土在太阳的照射下，腾起缕缕蒸气。这里处处充满了生机：野蜂正从它们的洞穴里钻出；昆虫在沼泽地里飞舞；一只鸟突然像子弹似的从灌木丛中穿出，去捕捉那些虫类，然后又用同样速度拍翼而下。正当万物欢跃的时候，一列火车呼啸着向我们驶来，我们跨到路基旁，父亲把两指对着礼帽，朝车上的司机行礼，司机也舞动一只手向我们回敬。我们继续踏着枕木往前走，枕木上的沥青在烈日的暴晒下正在溶化。这里还交杂着汽油的、杏花的、沥青的以及石楠树的各种气味。我们迈着大步，尽量踩在枕木上，因为轨道上的石子太尖，会把鞋底磨坏的。路轨两旁竖着一根根的电线杆，人从旁边擦过时，会发出歌一般的声音。这真是一个迷人的日子！天空晶蓝透明，不挂一丝云彩。父亲说，这种天气是很少见的。

没走多久，我们来到铁轨右侧的燕麦地里。我们在这里认识的那个佃户，有一块火种地。燕麦长得又整齐又稠密，父亲带着行家的表情观察着它们，随后脸上露出满意的神态。那时，因为长时间住在城里，我对农家之事不怎么懂。我们走过一座桥，桥下有一条小河，河水在欢腾着流动。我们手拉着手，以免从枕木间掉下去。过了桥一会儿，我们便到了掩映在浓密的翠绿之中的护路工的小屋，小屋四周是苹果树和醋栗。我们走进去，和里面的人打招呼，他们请我们喝牛奶。然后，我们去看他们养的猪、鸡和盛开着鲜花的果树。看完了，又继续赶路。我们想去那条大河，那里的风景算最好的了，而且很别致。河流蜿蜒着北去，流经父亲童年的家乡。我们通常得走好长的路才返回，今天也一样。走了很久，几乎到了下一个车站，我们才收住脚。父亲只想看看信号牌是否放在了适当的位置。我们在河边停下来，河水在烈日下轻缓地拍击着两岸，发出悠扬的声音。沿岸苍苍的落叶林把影子投在波光涟涟的河面上。这里所有的一切都是明亮、新鲜的。微风从前面的湖上吹来。我们走下坡，顺着河岸走了一阵，父亲指点着钓鱼的地方。小时候，他常常一整天地坐在石上，垂着鱼竿静候鲈鱼，但往往是见不到鱼的影子。不过，这种生活很是悠闲快活，但现在没时间钓鱼了。我们在河边闲逛着，大声笑闹着，把树皮抛入河里，水波立刻将它们带走，又向河里扔小石块，看谁扔得远。父亲和我都快活极了。后来，我们都感到有点累，并觉得已经尽兴，便开始往家返回。

这时，暮色已经降临了，森林几乎快变成一片黑色。母亲现在一定焦虑地等待我们回家吃饭，于是我们加快起脚步。她总是提心吊胆，怕有什么事会发生。在这样好的日子里，一切都应该安然无事，一切都会叫人称心如意，自然也不会发生什么事情。天空越来越暗，树的模样也变得奇怪，它们静静地伫立着听我们的脚步声，好像我们是奇异的陌生人。在一棵树上，有只萤火虫在闪动，它趴着，盯视黑暗中的我们。我紧紧抓着父亲的手，但他根本不看这奇怪的光亮，只是走着。天完全黑了，我们走上那座桥，桥下可怕的声响仿佛要把我们一口吞掉，黑色的缝隙在我们的脚下张大着嘴，我们小心地跨着每道枕木，使劲拉着彼此的手，怕从上面坠下去。我原以为父亲会背我走的，但他什么也不说。也许，他想让我和他一样，坦然地面对眼前的一切。我们继续走着。黑暗中的父亲神态自若，步履匀稳，他沉默着，在想自己的事。我真不懂，在黑暗中，他怎会如此镇定。我害怕地环顾四周，心扑通扑通地狂跳着。四下一片黑暗，我使劲地憋着呼吸。那时，我的肚里早已填满了黑暗。我暗想：好险呵，一定要死了。我清楚地记得那时我确实是这样想的。铁轨徒然地斜着，好像陷入了黑暗无底的深渊。电线杆魔鬼似地伸向天空，发出沉闷的声音，仿佛有人在地底下唔语，它上面的白色瓷帽惊恐地缩成一团，静听着这些可怕的声音。一切都叫人毛骨悚然，一切都像是奇迹，一切都变得如梦如幻，飘忽不定。我挨近父亲，轻声说：

"爸爸，为什么黑暗中，一切都这样可怕呀？"

"不，孩子，没什么可怕的。"他说着，拉住我的手。

"是的，爸爸，真的很可怕。"

"不，孩子，不要这样想，我们知道上帝就在世上。"

我突然感到我仿佛像个弃儿一样孤独。奇怪呀，怎么就我害怕，父亲一点也没什么，而且，我们想的不一样。他也不说帮助我，好叫我不再担惊受怕，他只字不提上帝会庇护我。在我心里，上帝也是可怕的。在这茫茫黑暗中，到处有他的影子。他在树下，在不停絮语的电话线杆里——对，肯定是他——他无处不在，所以我们才总看不到。我们默默地走着，各自想着心事。我的心紧缩成一团，好像黑暗闯了进去，并开始侵蚀它。

就在我们刚走到铁轨转弯处，一阵沉闷的轰隆声猛地从我们的背后扑来，把我们从沉思中惊醒，父亲蓦地将我拉到路基上，他紧紧地拉着我。这时，火车轰鸣着奔来，这是一辆乌黑的火车，所有的车厢都暗着，它飞也似的从我们身旁掠过。这是什么火车？现在照理是没有火车的！我们惊惧地望着它，只见它那燃烧着的煤在车头里腾扬着火焰，火星在夜色里四处飞蹿，司机脸色惨白，站着一动不动，犹如一尊雕像，被火光清晰地映照着。父亲认不出他是谁，也不认识他。那人两眼直愣愣地盯视前方，似乎要径直向黑暗开去，深深扎入这无边的黑暗深渊。

恐惧和不安使我呼吸急促，我站着，望着眼前神奇的情景。火车被黑夜的巨喉吞掉了，父亲重新把我拉上铁轨，我们加快了回家的脚步。他说：

"奇怪，这是哪辆火车，那司机我怎么不认识？"说完，一路没再开口。

我的整个身子都在颤栗，这话自然是对我说的，是为了我的缘故。我猜到这话的含意，料到了这欲来的恐惧，这陌生的一切和那些父亲茫然无知、更不能保护我的东西。世界和生活将如此在我的面前出现！它们与父亲那时安乐平安的世界截然不同。啊，这不是真正的世界，不是真正的生活，它们只是在无边的黑暗中冲撞、燃烧。

佳作赏析：

帕尔·费比安·拉格奎斯特（1891—1974），瑞典诗人，剧作家，小说家。1951年获诺贝尔文学奖。代表作品有诗集《痛苦》，剧本《绞弄吏》，长篇小说《侏儒》《强盗》《女巫》等。

文章描述了一对父子在一个周末出游，去森林里听鸟的歌声的过程。无论从内容上还是感情基调上，文章都可以分为两部分：第一部分是父子去森林路上的所见所闻，这一切都是美好的，父子俩的心情也是愉快的；第二部分则是父子回家途中所经历的事情。这时天已经黑了，年幼的作者心中已经感到有些恐惧，而身后突然飞驶而过的火车可能造成的致命危险令父子俩都心神不定，气氛很压抑。文章并没有详细描述父子关系，但从父子出游、火车突然驶来父亲对儿子的保护等细节可以感受到其中浓浓的亲情。

·

我们是怎样过母亲节的

□ [加拿大] 斯蒂芬·巴特勒·里柯克

我们是怎样过母亲节的

—— 一个家庭成员的自述

在最近提出来的所有意见里，我认为一年过一次"母亲节"这个主意要算最高明的了。在美国，五月十一日正在成为一个人人喜爱的日子，而且我还相信，这样的想法也一定会逐步蔓延到英国去。

这个想法在我们这样一个大家庭里特别受欢迎，所以我们决定为"母亲节"举行一次特别庆祝。我们觉得这是个好主意。它使我们大伙儿都体会到：母亲为我们成年累月地操劳，并为我们吃足苦头和付出牺牲。

因此，我们决定把这一天作为全家的一个节日，过得痛痛快快的，我们要尽可能地让母亲高兴。父亲也决定向办公室请一天假，好在庆祝节日时帮忙，姐姐安娜和我从大学请假回家，妹妹玛丽和弟弟维尔也从中学请假回来了。

我们计划把这一天过得像过圣诞节或别的盛大节日一样隆重，我们决定用鲜花点缀房间，并在壁炉上摆些格言，以及诸如此类的事情。我们请母亲安排格言和布置装饰品，因为在圣诞节她是经常干这些事情的。

　　两个姑娘考虑到，在这样一个大场面，我们应该穿戴得漂亮些才合适，于是她们俩都买了新帽子。母亲把两顶帽子都修饰了一番，使它们显得更好看。父亲给他自己和我们兄弟俩买了几条带活结的丝领带，作为纪念母亲节这个节日的纪念品。我们也准备给母亲买顶新帽子，不过，她似乎更喜欢她那顶灰色的旧无檐帽，两个女孩子也都说，那顶旧帽子，更合适她戴。

　　早饭后，我们做了一个令母亲出乎意料的安排，我们准备雇一辆汽车，带她到乡下去兜游一番。因为我们只雇得起一个女佣，在家里母亲几乎整天忙个不停，很难有时间这样享受。不然，如今乡下正是风光明媚的时节，要是让她驱车游逛几十里，度过一个美好的早晨，这对她来说是莫大的享受。

　　但是，就在当天早晨，我们把计划稍微做一下改动，因为父亲觉得与其让母亲坐在汽车里逛来逛去，倒不如带她去钓鱼更妙。父亲说，如果你只是驱车出游而没有一个目标，那么你就会有一种漫无目的感觉；可是如果你要去钓鱼，前面就有个明确的目标，能提高你的兴致。就像父亲说的，雇了出租汽车一样得花钱，我们何不利用它又游玩又开到山上有溪流的地方去钓鱼呢。

　　我们大伙儿都觉得父亲的这个主意会更好些；再说，父亲昨天刚好又买了一根新钓竿，这就更自然地使他想起钓鱼来了。他还说，要是母亲愿意的话，她可以使用那根钓竿；真的，他说过，钓竿实际上就是给她买的。不过母亲说，她宁愿看着父亲钓鱼，她自己却不想钓。

　　这样，我们便为这次旅行做好了一切安排，为了怕我们肚子饿，母亲切了些夹心面包片，还准备了一顿便餐。当然中午我们还要回到家里来吃一顿丰富的正餐，就像过圣诞节和新年那样。母亲把所有的东西都给我们收拾齐全，放到一只篮子里，准备上车。

　　等到车子到了门口的时候，我们发现汽车里面并没有我们想象的那么宽敞，因为我们没有把父亲的鱼篓、钓竿以及便餐估计在内。显然，我们没法儿都坐进车里去。

父亲说他留在家里，叫我们不必管他，他可以利用这段时间在花园里干点活儿；他说那里有一大堆他可以干的粗活和脏活，比如挖个垃圾坑什么的，这样可以免去雇人来干了，所以他愿意留在家里；他说让我们不用顾虑他三年来一直没有过过一个真正的假日这回事；他要我们马上出发，快快活活地过个节，不要为他操心。他说他能够整天埋头干活，而且，真的，他还说，本来，他想过个什么节就是想入非非。

不过，我们全都觉得让父亲留在家里是绝对不可行的；我们都知道，他果真留下来的话，准会闯祸。安娜和玛丽姐妹两倒也都乐意留下来，帮着女佣人做中饭。只是，在这样一个美好的日子里，她们新买的帽子不戴一戴，未免有点扫兴。不过，她们都表示，只要母亲说句话，她们就都乐意留在家里干活。维尔和我本来也愿意退出，但是我们在准备饭菜上，却是一点忙也帮不上。

到最后，还是母亲决定留下来，反正母亲不喜欢钓鱼，就在家里痛痛快快地休息一天，同时准备午饭。而且虽然天气明媚，阳光灿烂，但室外还是有点儿凉，父亲有些担心，母亲出门没准会着凉。

他说，母亲好不容易可以好好地休息一下的时候，如果硬拉她到乡下去转悠，一下子得了重感冒，他会永远不原谅自己的。他说，母亲既然已经为我们大伙儿操劳一辈子了，我们应该想方设法让她尽可能安静地多休息会儿。他还说，他之所以想到出门去钓鱼，主要的还是考虑到可以给母亲一点安静。他说年轻人很少能体会到，安静对于上了年纪的人有多么重大的意义。关于他自己，他总算还够硬朗，不过他很高兴能让母亲避免这一场折腾。

于是我们向母亲欢呼了三次之后便出发了。母亲站在阳台上，从那里瞅着我们，直到瞅不见为止。父亲每隔一会儿就转身向她挥手，后来他的手撞在车后座的边上，他才说，他认为母亲已经看不见我们了。

我们的汽车在美妙无比的山岗中行驶，度过了最愉快的一天。父亲钓到了各式各样的大鱼，他肯定地说，要是母亲来钓的话，她是无论如何也拽不上来的。维尔和我也都钓了，不过我们钓的鱼都没有父亲钓的那么多。至于两个姑娘，在我们乘车一路去的时候，她们碰到不少熟人，在溪流旁边她们还遇到几个熟识的小伙子，便在一块儿聊起来。这一回，我们大伙儿都玩得痛快极了。

我们到家已经快到下午七点了，母亲似乎猜到我们会回来得晚，于是她把开饭的时间推迟了，热腾腾的饭菜给我们准备着。可是首先她不得不给父亲拿来手巾和肥皂，还有干净的衣服，因为他钓鱼时总是弄得一身脏，这就叫母亲忙了好一阵子，接着，她又去帮女孩子们开饭。

终于，一切都齐备了，我们便在最最豪华的筵席上坐了下来，有烤火鸡和圣诞节吃的各种各样的好东西。吃饭的时候，母亲不得不屡次地站起来，去帮着上菜、收盘。父亲注意到这种情况，便说她完全不必这样忙来忙去，他要她歇会儿，他自己站起身到碗橱里去拿水果。

这顿饭吃了好长的时间，真是有趣极了。吃完饭，我们大伙儿争着帮忙擦桌子，洗碗碟，可是母亲说她情愿亲自来做这些事，因为这一次我们也总得迁就她才行，只好让她去做了。

等一切收拾完毕，时间已经很晚了。在睡觉之前我们都去吻了母亲；她说，这是她有生以来过得最最快活的一天。我觉得她眼里含着泪水。总之，我们大家都感觉到，今天我们所做的一切得到了最大的报偿。

佳作赏析：

斯蒂芬·巴特勒·里柯克 (1869—1944)，加拿大著名作家，出生于英国，7 岁时随父母移居加拿大。代表作品有《史比利金斯的爱情故事》《我的金融生涯》《玛丽波莎银行奇案》《穿石棉衣的人》《家庭女教师杰楚德》等。

母亲节在西方历史悠久，近年来在我国也被重视和流行起来。其他家庭成员，尤其是子女们在这一天为母亲庆祝节日、送些礼物、做些事情、尽一尽孝心，都是很不错的事情。在这篇文章里，整个家庭为了过好母亲节费尽心思，又是请假，又是布置房间，又是买东西，还决定带母亲到外面游览钓鱼。而当所有事情都准备停当后发现车子太挤，最终这一节日的主角儿母亲留在家里为大家准备午饭，其他人痛快地玩了一天。母亲为了丈夫和子女过得快乐，一直在默默付出，却从来不图回报，其实这正是天下为人妻、为人母的所有女性的伟大之处，令人感动和敬佩。

母亲之歌

□ 〔智利〕加夫列拉·米斯特拉尔

智　慧

此刻，我明白了，在二十个春秋里，阳光为什么始终照耀着我并让我在田野上采撷鲜花。为什么呢？在那些非常美好的日子里，我扪心自问，温暖的阳光和新鲜的花草，这美妙的礼物为什么要送给我？

为了赢得我献出的柔情，阳光像一束蓝色的光带穿透了我。这种在我的心底一滴滴酿造我的血脉的东西，是我的酒和我的柔情。

因此，为了以上帝的名义，把我的泥土转送给他并塑造他自己。我祈祷。而用我以颤抖的心灵去读一行诗的时候，美像一簇炭火一样燃烧着我。我从他人的肉体里获得了自己那永不熄灭的光芒。

柔　情

为了我怀着的那熟睡的婴儿，我的脚步已变得轻盈。自从这一秘密来到我的心中，我的整个心都变得隐秘起来了。

我的声音温柔，仿佛在悄悄地诉说着爱情，那是我怕把他惊醒。

现在，我用目光流露出来的忏悔，告诉人们并希求理解我双颊苍白的缘由。

我在草丛里小心翼翼地寻找鹌鹑筑巢的地方，我蹑手蹑脚，静悄悄地走在田野上。此刻，我确信，树木和万物都有自己的孩子，并且正在俯身守护着他们。

永恒的痛苦

如果他在我的体内觉得不舒服，我便面色苍白；我为他那深处的压迫而感到疼痛，并且，只要那个我还没有看见的孩子一动，我也许就会死去。

但是，你不要认为，只有在我怀着他的时候，我才会因为他在我身体里扭动而痛苦。当他自由自在地在世界上游走的时候，猛烈吹打着他的狂风，也会撕扯着我的身体。而且他的呼叫，也会从我的喉咙里发出。我的孩子！我的泪水与微笑，始终从你的脸上表情开始。

大地的象征

从前，我不曾发现过大地的名副其实的贴切的象征。大地也有着孕育着自己孩子的妇女的身姿，以她那宽厚的臂膊拥抱着自己的创造物（万物与果实）。

我渐渐懂得了世间万物的母性寓意。俯视着我的山峦，也是母亲，傍晚，雾霭犹如一个孩子，在她的肩膀和膝头上嬉耍……

此刻，我想起群山里的一条山谷。在那深深的谷底，有一条小溪在歌唱，隐藏在人生的荆棘里。而我就像那条山谷，觉得小溪在我的心底歌唱，并且我要把自己的身体献给小溪，让她沿着荆棘丛生的地方，向着阳光流去……

佳作赏析：

加夫列拉·米斯特拉尔（1889—1957），智利女诗人。1945年，获得诺贝尔文学奖，成为拉丁美洲第一位获得该奖的诗人。代表作品有《死的十四行诗》《绝望》《柔情》《有刺的树》等。

这是一篇充满诗情画意的散文。作者展开丰富的想象，将一个初为人母的母亲形象塑造出来。她细心地呵护着腹中的婴儿，有痛苦，更有幸福。因为孩子，她意识到母性的伟大，意识到生命的意义，意识到自己身上的责任，意识到山川大地对人类的重要。文章语言优美，想象丰富，充满诗的意境和激情。

版权声明

本书部分作品无法与权利人取得联系，为了尊重作者的著作权，特委托北京版权代理有限责任公司向权利人转付稿酬。请您与北京版权代理有限责任公司联系并领取稿酬。联系方式如下：

北京版权代理有限责任公司

北京市东城区朝阳门内 55 号南门 1006 室

邮编：100010

电话：（010）58642004

E-mail:bookpodcn@gmail.com

Website:www.bookpod.cn